新 潮 文 庫

ツナグ　想い人の心得

辻 村 深 月 著

新 潮 社 版

11623

目次

ツナグ　想い人の心得

プロポーズの心得

風が吹いて、コートの襟に手をやる。

空を見ていた目線をずらして横を見ると、さっきまで誰もいなかった街路樹の前に小さな女の子が立っていた。

「紙谷《かみや》ゆずるさん？」

急に声をかけられた時の、俺の衝撃は凄《すさ》まじいものだった。「へ？」と答えて、改めて目の前の少女を見つめる。

街中で声をかけられるのは珍しいことじゃない。駆け出しとはいえ、曲がりなりにも事務所に所属してる新人の役者だし、レギュラーの仕事もある。日曜朝の特撮ヒーローの一人を務めているという点から言えば、むしろ、この年頃の子たちから声をかけられることは多いほうだった。

しかし、問題は呼び方だ。

紙谷ゆずる、は俺の名前だが、子供に呼ばれる時はだいたいが、戦隊ヒーローのカラーである〝ブルー〟か、役名の〝かなたクン〟だ。この年代の子が、「さん」という呼称を使うのは、あまり当たり前のことではないような気もした。

「……そうだけど」

少女は、小学校低学年くらいだろうか。確かに特撮ヒーローのファンにしては年齢は上の方だ。

大人びた顔立ちで、ぱっちりとした黒目がちの瞳《ひとみ》にも臆《おく》した様子が見られない。小さな顔に、シャープな顎《あご》。薄い眉《まゆ》。少し茶色がかったふわふわの髪の毛を、リボンで二つに結び、真ん中で分かれた前髪の間から、形のよいおでこが覗《のぞ》いていた。

子供と言えば、番組で共演している子役たちを思い浮かべてしまう俺は、ああ、この子もあの子たちと同じで随分頭がよさそうだな、と咄嗟《とっさ》に思う。

日比谷のオフィス街の一角にある、公園だった。

高いビルとビルとに挟まれた、通りを渡れば飲み屋街というこの場所にこんな公園があるなんて、俺は今日まで知らなかった。夜しか来たことがなかったが、平日の昼間も、また夜とは違う雰囲気で意外なほど賑《にぎ》わっている。公園には、子供を乗せたベビーカーを押す母親や、仕事をさぼっているようなサラリーマンやＯＬといったふうな人たちの姿もある。

だけど、一体、いつこの子が来たのかわからなかった。

「あの……。君は？」

待ち合わせの場所と時間に間違いはない。さっきからずっと待っていた。けれど、俺が想定していた待ち合わせ相手は、もっとずっと年上で——少なくとも、こんな少女じゃないはずだった。彼女は一人きりで、他に連れらしき姿はない。ピンク色の、裾《すそ》にフリルがついたポシェットを下げている。いかにも、この年頃の子らしいおしゃれだ。

やっぱり、俺のファンなんじゃないか。

営業用に笑顔を作りかけたところで「行きましょうか」と彼女が言った。この年頃の子の敬語は、それこそ、子役のセリフを聞くような違和感がある。少女が俺に背を向けたのを見て、俺は「ええと」と声をかける。

「——ごめんね。俺、ここで人を待たないといけなくて……」

「ご心配なく。私が、あなたが待ってた使者《ツナグ》です」

息を呑《の》んだ。振り返った少女が、俺の目線のだいぶ下からこっちを見上げていた。

「呼んだんでしょ？」と彼女がさらに言った。

「今から私が話を聞きます。だから、行きましょう」

啞然《あぜん》とする。

「いやその、俺、会わせてもらえるって聞いて――」

「だからそれもご心配なく」

彼女がうんざりしたように、ため息をついた。利発そうな瞳が、まっすぐに俺を見る。

「死んだ人間と生きた人間を会わせる窓口。私が使者だよ」

よくできたドラマで、達者な子役の演技を見ているようだった。彼女のはっきりした声を、俺は呆然《ぼうぜん》としたまま聞いた。

1

彼女が俺を連れて行ったのは、そこから歩いて数分の、ショッピングビルの地下にある喫茶店だった。珈琲《コーヒー》やクリームソーダのレプリカを店の前のガラスケースに陳列しているような古い感じの店だ。

新しい商業ビルやブランドの路面店が次々オープンしているこの辺りで、わざわざこんなレトロな建物に、しかもこんな小学生に案内されていることに戸惑いながら、それでも黙ってついていく。一人だと入るのに躊躇《ちゅうちょ》したかもしれない店は、常連とおぼしき客の姿がぽつぽつとある他は、空《す》いていた。みんな年配で、客の中では俺たちがダントツで若い。入り口近くにあるマガジンラックに差さった新聞や文芸誌も、俺のような若者を相手にする雰囲気がまったくなかった。

少女が奥の席に座る。さっさと上座を取って、生意気そうな目で俺を見た。促されるままに、向かいに座る。

「あのさ――」

睨《にら》まれたように感じて、こんな小さな子相手に情けないけれど、微《かす》かに身が竦《すく》んだ。

「本当に君が使者？　噂《うわさ》だと、おばあさんとか、おじいさんとかだって、聞いたような気がするんだけど。電話した時も、出たのは大人だったし」

もともと、半信半疑な話ではあった。一生に一度だけ、死者との再会を叶《かな》えてくれる人がいる、という噂話。最初に聞いたのは、出演した舞台の打ち上げの席だったろうか。

身内に死んだ人とかいる？　と酔った勢いで聞いてきた役者仲間のあの先輩は、俺に深刻な答えなど期待していない様子だった。ただ、酒の席の与太話《よたばなし》として話すくらいの気持ちだったのだろう。

誰かもし会いたい人がいるなら、探してみれば——。

都市伝説のようなものだろうと思い、俺もそれから、他の場所で、何気なく別の相手に話した。使者って知ってる？　と問いかける俺の言葉に、ほとんどの相手は俺のようにただ面白がるだけの反応だったが、何度か人に尋ねるうち、俺は、その中に、真剣な顔つきをする人がいることに気づいた。

ある時、別の舞台の打ち上げでその話をしていた俺に、知り合ったばかりの共演相手が、近づいてきて言った。「そういうことって、人前で軽々しく話さない方がいいんじゃない？」と。

「そういう話が嫌いな人もいるだろうし、何より、紙谷くんはそういうのが好きだって思われると、損することもあるかもしれないよ」と、彼女からは言われた。強い言い方ではなかったが、だからこそ聞く気になった。宗教や、目に見えないものに過度に頼っている、と思われるのはこの仕事ではマイナスイメージだ。そこからは俺も軽々しく使者の話を人に振るのはやめた。

あの時はまさか、それから数年経《た》って、自分が本気で噂を辿《たど》り、使者を探す羽目に陥るとは思っていなかった。

使者を名乗った目の前の少女は、俺の問いかけに答えなかった。ただ、不機嫌そうな顔つきで、「信じないなら、私は帰っても構わないんだけど？」と言う。

彼女が尋ねた。

「使者のことは、どこで知ったの？」

「……何年か前に、噂で。あ、俺、役者やってるんだけど、その先輩から」

そう言って反応を見るが、『役者』と告げても、彼女の顔にはぴくりとも変化が現れなかった。なんだよ、俺のこと知らないのかよ、という肩透かしな気持ちと、そんな自分のなけなしの自尊心に我ながら微かに呆《あき》れる思いがしながら、続ける。

「最初に知った時は、都市伝説みたいなものかと思ってたけど、そこからもう少し本腰入れて調べ始めて——、それで、電話を」

かけた時に繫《つな》がった相手は、自分とそう年が変わらない男性だった気がする。それまでにネットでは、使者を務めるのは老人だという書き込みを多く見たから、ひょっとして自分は騙《だま》されるのではないか、使者というのは、大がかりな組織がやっている霊感商法のようなもので、電話はその窓口に繫がったのではないか、とも思った。もし騙されそうな気配を少しでも感じたら引き返せばいい。そう思って今日は来た。けれど、現れたのが少女というのは、また現実感がない。

俺の説明を聞いているのかいないのか、どっちだっていいように少女が「ふうん」と呟《つぶや》く。年季の入ったテーブルの隅に置かれたプラスチックのメニューを示し、「私、クリームソーダ。あなたは？」と尋ねてきた。

「あ、じゃ、俺も」

折りよくやってきた、初老の店主っぽい人が水を置き、それから布巾《ふきん》でテーブルを拭《ふ》いていく。クリームソーダ二つ、という注文を受けて、「はいはい」とゆっくり答える彼の方が、よほど俺が想定していた使者っぽかった。

「ルールはどの程度、知ってる？」

店主が行ってしまってから、少女が尋ねた。

「たぶん、だいたいは。だけど、きっと、本当の情報と嘘《うそ》とがごっちゃになってると思うから、説明してくれたら助かるけど。――だけどさ、本当なの？　君がその、もう死んでる相手と話ができるっていうのは……」

「話ができるんじゃなくて、会わせるの」

彼女がきっぱりと言い切った。

「恐山《おそれざん》のイタコのような『口寄せ』のスタイルを想像してるんだとしたら、それは違います」

「口寄せ？」

「……霊能者が死んでしまった人を自分に憑依《ひょうい》させたり、死者からのメッセージを受け取って伝えるようなやり方じゃないってこと。私は、死者本人とあなたが会う機会を用意する、あくまで単なる面会の仲介人なの」

本当に、よくできた台本のセリフをそらんじてるみたいだ。話してる内容に、俺の方がついていくのが大変に思えてくる。

「え、と。つまり、君たちが会わせてくれるって、そういうこと？」

「君たち？」

少女が首を傾《かし》げる。俺は慌《あわ》てて言う。

「えと……。使者って、そういう組織みたいなものじゃないの？　何人かいるのかと思ってたけど」

「何人もいるわけじゃないよ。言ったでしょう、私が使者」

少女が顔を顰《しか》める。

「最後まで、とりあえず説明させてね。まず、使者は、生きている人間、たとえばあなたから依頼を受ける。すでに会うことが不可能になった、死んでしまった人間の誰に会いたいか、依頼を受け、持ち帰って、対象となった死者に交渉します。あなたが会いたがっていることを伝え、それに応《こた》え、会うつもりがあるかどうか意志を確認する。了解が得られれば、私が間に入って、会う段取りを整えます」

「うん」

それが、使者。――ツナグと呼ばれる人たち。

最初にその名前を聞いた時、さっき彼女が例に出した恐山のイタコのような名前だと、確かに感じたことを覚えている。

政界の大物が過去の大物から使者を通じて助言をもらったり、芸能人の誰それが夭《よう》逝《せい》した友人に会って涙した、という種類の噂話が、これまでも大人のための御伽噺《おとぎばなし》のようにして、数多くまことしやかに語られて来たと聞く。そんなバカな、と多くの人が相手にしないような噂の類《たぐい》だ。

しかし、財界人や著名人たちに高額な報酬を払うお抱えの占い師がいる程度には、知る人にとってはごく自然な存在なのだとも聞く。辿りつけるかどうかは、主に三点にかかっていると聞いた。

その存在を知っているかどうか、知って信じるかどうか、それにそこからの運次第だ。俺のように。

「会わせてもらえる、っていうのは、つまり、そのままの意味？」

少女が目線を上げ、黙って俺を見た。不思議なものを見るような光がその目に浮かんでいる。そんなこともわからないで来たのか、というような。

「身体《からだ》、どうすんの？　死んだ人の身体って、普通はもうないよね。葬式が終われば墓に入るわけだし、火葬で燃やされたりするわけだし」

「生きてた時と変わらない姿で現れるよ」

少女の前に、クリームソーダがやってくる。

俺たちの前に「お待たせしました」と、店主がゆっくりコースターやスプーンを置く間、彼女は一度、静かになった。

先に紙ナプキンが巻かれたクリームソーダ用の細いスプーンを手に、少女が「いただきます」と手を合わせる。「あ、じゃ、俺も」と、二人して、緑色の、身体にはあまりよくなさそうな色のソーダをストローですする。

少女がそのまま、目だけ俺の方に向けて続ける。

「使者の用意した面会の場で、死んだ人の魂は実体を持つことが許される。生きた人間は、現れた死者を目で見ることもできるし、触ることだってできるよ」

「信じらんないなぁ」

思わず声に出してしまうが、少女は俺の声を無視するように答えない。ソーダに浮かんだアイスをつついている。

「どうして、そんなことができるわけ？」

「でも、それを望んで連絡してきたわけでしょう？」

少女がふうっと息をつき、それから「不満なら、他へどうぞ」とつっけんどんな口調で言い添えた。

「身体を持った本人と顔を合わせて直接話ができるんだよ。それの何が不満なの？」

「でも、やっぱ簡単には信じられないよ。『あの世』と『この世』が繋がるなんてこと」

「依頼を受けたことに関しては、きちんと動くよ。それを、相手の死者の魂が受け入れるかどうかは別として、交渉はきちんとします」

事務的にてきぱきとした物言いで話を進めていく。胸にリボンのついたニットワンピースにムートン素材のショートブーツという格好と、その口調との違和感が、どんどん広がっていく。

少女がクリームソーダから手を離す。そして、尋ねた。

「——先に聞いておきます。あなたが会いたい人の名前と、その死亡年月日を教えてください」

「……会いたいのは、俺じゃないんだ」

答えると、彼女が俺の目を正面から見た。どう思われたかわからないけれど、俺は続ける。

「今日、ここに来たのは、俺が誰かに会わせてもらうためじゃなくて——、その、俺の友達が、会いたいと思ってるはずの人に会わせてもらえないか、それを頼むために来たんだ」

最初に電話をした時に、一度、説明しているはずのことだった。

使者、という存在について、初めて聞いた時からずっと思っていることがある。

それは、俺はそうじゃないけど、世の中には確実に、そういうものの存在を必要としてる人がいて、だからこそ、使者は、本当か嘘かわからないけど、その人たちの希望を乗せて、都市伝説のように存在し続けているのだろうということだ。

会いたい誰かに会えないことで長く時間が止まっているような人が、そして、俺の近くにもいた。

「代理で頼みに来た」

少女を見つめて、なるべく真剣に聞こえるように言う。

「俺の友達の女性を、昔亡《な》くなったっていう彼女の親友と、会わせてもらうことはできないでしょうか」

2

美砂《みさ》と知り合ったのは、二年前に舞台で共演したことがきっかけだった。

駆け出しの俳優である俺と、同じく駆け出しの女優だった美砂は、ともに主演ではなかったが恋人同士の役で、稽古《けいこ》を通じて親しくなり、舞台が終わってからも連絡を取り合うようになった。

昔から、人に注目されることが好きで、周りからも「ゆずるにはスター性がある」、「向いてる」、「かっこいい」ともてはやされたことで調子に乗っていた俺は、十代の頃から、アイドルと呼ばれる存在を育てることで有名な芸能事務所のオーディションを片っ端から受けて、あちこち落ちまくった挙句、どうにか今の事務所の最終選考に引っ掛かった。その時に受かった男が家庭の事情により、芸能界入り直前になって辞退したため、俺のところまで声がかかったのだ。

満を持してのスター性のあるデビュー、というわけじゃなかったけど、舞台もドラマも、俳優の仕事は学校にいくより何倍も充実して楽しかった。

学校の勉強は好きじゃなかったのに、稽古や芝居に熱中すればするほど「ゆずるは勉強熱心だ」と褒められた。そんなふうに言ってもらえたのは初めてで、なんだか、それまで勉強ができなかったことに対して復讐《ふくしゅう》できているようで、俺はますますのめり込んだ。やり甲斐《がい》があった。

舞台を中心に与えられた仕事をこなし、もらった役と似た設定の映画や舞台があると聞けば、それを観《み》る。とてもこの人たちみたいにできないなぁと感じ、圧倒されながらも、俺は自分を業界一の下手クソだと思っていたので、逆に怖いもの知らずに、貪欲《どんよく》になれた。人の演技を参考にすることも、負けを感じることも怖くない。

そのうちにだんだん、テレビでも名前のある役をやれるようになってきて、この春から始まった子供向けの戦隊もののヒーローの話が来た時には、母さんに泣いて電話した。

乗りと勢いだけでこの世界に飛び込み、向こう見ずにやってこられた俺は、とんでもなくラッキーな部類の役者だったのだろう。実際、「調子がいい」という言い方をいい意味でも悪い意味でもよくされる。

美砂は、そんな俺とは対照的な、「本格派」と言われる女優だった。

地道にコツコツと学生時代から演劇学校に通い、今の事務所に所属する前から、有名な劇団で裏方のようなことをしていたり、若いけれど「下積み」と呼ばれる期間が長かった。俺と出会った頃も、有名だというわけではなかったし、今も映画やドラマでたまに目にすることがあっても、それは一度きりの役ばかりで、レギュラーはない。俺なんかよりよほど表情の作り方も身のこなしも堂に入っているのに、それが逆にテレビのような媒体だと周囲から浮いてしまうのか、なかなか声がかからない状況だというのが残念だった。

芝居の話、映画の話、音楽の話、美砂と話していると時間があっという間に過ぎた。

本を読まない俺に、マンガ以外にもおもしろくて読みやすい本があるのを教えてくれたのも美砂で、活字だけの本を最後まで一冊まるまる読み終えられた時には感動して、夜中だというのに、「すっげぇ、嬉《うれ》しい。俺、今まで自分がバカだと思ってたから快挙だよ」と電話してしまった。美砂は、「そんなことでわざわざ電話してきたの？」と呆れた様子だったけど、声が弾んで聞こえた。「他の小説も教えてあげるよ」と言うのを聞いて、ああ、この子は本当にいいな、と思った。

その次に会った時に、「好きだから、付き合って欲しい」と、そのままの言葉でストレートに言った。

自分が軽く見られがちだということは、よくわかっていたけれど、俺としては本気だったから、これでも一応勇気を振り絞った告白だった。だけど、美砂は、ふっと——それこそ、一笑に付す、と形容されるような笑い方で、俺に向け「冗談でしょ？」と微笑《ほほえ》んだ。

ちょうど、俺の特撮ヒーローの役が決まったばかりの頃だった。

「ゆずるはこれから大事な時期なんだし、私だって、まだまだ勉強が必要だし。今は、それどころじゃないんじゃない？」

美砂の言い分はごもっともだったし、俺だって、自分の仕事は大事だ。けれど、俺は、断られるとは全く思っていなかった。俺が楽しい分だけ、美砂も俺といて楽しいはずだと勝手に思っていた。

「他に好きな奴《やつ》とかいるの？」

「いないけど、そういう問題じゃなくて」

生まれて初めて、焦《あせ》った。これまで自分でイケると思って告白して、ダメだったことなんか一度もなかった。

頭の中で、美砂が俺以外の誰かと付き合うところを想像したら、架空の相手に対する嫉妬《しっと》が一瞬にして止まらなくなる。それによって思い知った。俺、本当にこの子が好きなんだ。人に渡したくないんだ。

「じゃあ、待てばいいの？　俺が年を取って、大事な時期を抜けて、美砂が仕事で満足行く結果が出るまで。それまで誰とも付き合わないつもり？」

彼女は彼女で、俺が食い下がるとは思っていなかったみたいだった。驚いた彼女の顔を見て、俺は、どうやら自分が思っていた以上に軽薄に見られていたんだな、とがっかりする。

美砂が言った。

「どれだけ待っても、多分、無理。私は、誰かと幸せになったりするようなことはしちゃいけないの」

咄嗟に口に出してしまった、という感じだった。

「は？」と返した俺の声に、美砂がはっとしたように居住まいを正す。

「――今の仕事をさせてもらってるだけでも、感謝しなきゃいけないのに、その上、私生活でも幸せになったらバチがあたるよ。そう思わない？」

急に曖昧《あいまい》に笑って、そこからは、俺が何を言おうとはぐらかしてばかりだった。

その上で、「ゆずるはいい人だよ。私にはもったいない」なんて言われては、諦《あきら》めきれるものも諦めきれなかった。いっそ、嫌いとか、友達以上に見られない、と言ってくれた方が楽になれる気がした。

そんな――ある日。

美砂が出演した舞台を観に行き、上演後に楽屋を訪ねると、たまたま彼女の高校時代の先輩だという人たちが挨拶《あいさつ》に来ていた。観劇が趣味だというその人たちは、偶然やってきた俺を見て、「うっそぉ、紙谷くん？」と声を上げた。どうやら俺の出た舞台を見てくれたことがあったらしい。

美砂が、他にも来ていた自分の招待客の相手をする間、彼女たちと話す機会を得た俺は、さりげなく、「美砂って、学生時代、彼氏とかいたんですか」と問いかけた。

ひょっとして、何か男関係で嫌な目に遭って、それで今も躊躇しているんじゃないかと微かな疑惑が湧《わ》いたのだ。けれど、そのうちの一人が、「さぁ、昔からあの子は真面目《まじめ》だから」と答えた。それから、別の先輩がこう続けた。

「昔は、今よりは少しいい加減だったり、ミーハーなところもあったんだけど、ある時期を境に変わったんだよね。今は、本当にストイックな子になっちゃった」

他の招待客と笑顔で話す美砂に、俺たちの話は届いていない様子だった。彼女たちが、そして、教えてくれたのだ。

高校時代に、彼女の親友が亡くなったことを。

その時期を境に、美砂はあまり笑わなくなった。好きな男子や恋愛の話題ではしゃぐようなことも、一切なくなった。

「本当に仲がよくて、双子みたいだった。……なんだか、今のあの子を見てると、自分の半分がなくなっちゃったみたいに見える」

もう一度、会えるものなら会わせてあげたい、と、彼女たちは言った。

3

「急な事故だったみたいで、きちんとお別れもできないまま、その親友は即死。必要だっていうなら、新聞記事見つけてきたから、正確な死亡年月日もわかるけど……」

事情を説明する途中で、ふと、さっきからずっと、使者の少女が無言でいることに気づいて顔を上げる。

「今、教えた方がいい？」と問いかけると、彼女がその大きくてぱっちりした目を瞬《またた》いて、静かに息を吐いた。

「熱心に説明してくれている途中で、申し訳ないんだけど」と彼女が言う。「使者への依頼は本人からじゃないと受け付けられないよ。他人が代理で頼みに来る、なんてのは無理」

「え」

「会いたいと望んでいる、本人からの連絡でなければ依頼は受けられない。その人に改めて連絡してもらえるように言ってくれる？」

「いや、でもさ」

少女が今にも席を立って帰ってしまいそうな気配を感じて、俺は慌てて腰を浮かした。

「そういうの、信じるタイプの友達じゃないんだよ。超リアリストっていうか、冷静で頭がいいタイプだから。自分からなんて絶対に動かないよ」

「――使者のところに来る人は、まるでリアリストじゃない上に頭が悪いって言ってるように聞こえるけど」

少女の目がじっとり、咎《とが》めるように細くなって俺を睨んだ。俺は身を竦めながら「でも」と懸命に声を繋げる。

「前にちょっと、話してみたことあるんだけど、その時もまず相手にしない感じだった。だから、俺が来たんだよ。死んだ人間に会えるなんて普通は信じられなくて当然なんだし、だったら目の前に用意して、強引に会わせるしかないじゃないか」

「それでも、彼女が望まないことには、そもそも交渉にならない。私にできることはない」

「でも、会えるんでしょう!?」

思いの外、大きな声が出てしまった。それまで冷めた目をしていた少女が、びくっと驚いたような顔をする。

「会わせたいんだ」と俺は言った。店内の他の客が、こちらを見る気配がしたけど、どう思われても構わなかった。

「絶対に会えないと思ってた人に会える機会があるなら、その機会をあの子に作ってあげたいんだよ。お願いだよ。どうにかならない？」

「ちょっと、落ち着いてよ」

少女がふーっと息を吐き、困ったように眉根を寄せた。子供なのに、やっぱり、とても大人びた表情の作り方だ。

一体、どういう家でどんな育ち方をしてきたらこんなふうになるんだろうと思う俺の前で、彼女がついっと、顔を覗き込んできた。

「整理すると、つまり、彼女のためにその機会を用意してあげたいと」

「うん」

「……そこで感謝されて、恩を売っておいて、あわよくば、彼女と付き合いたい、とそういうことでいい？」

「え」

「彼女にもう一度、告白してうまくやりたいって、そういうことでしょ」

明け透けに言われてしまうと、「違うよ」という言葉だけは出てきたけど、それ以上は否定も肯定もできなかった。言葉が継げない俺の前で、少女がメモ帳のようなものを取り出す。かわいいクマのキャラクターがプリントされた、ごく普通のメモ帳を開く彼女に向けて、俺は少々むっとしながら抗議する。

「俺はただ、あの子に心残りなことがあるなら、それを解消してほしくて」

「死者と会うことで、生きてる側の心残りが解消されるっていう保証はないけどね。ともかく、どう言われても条件は変えられない。もし会いたければ、本人に直接来てもらうしか方法はない」

辛辣《しんらつ》な内容を、彼女が滑《なめ》らかに口にするのが憎らしかった。

「ただし、あなたから、彼女に連絡先を伝えてもらっても、彼女と私が繋がれるかどうかは、残念ながらわからない。申し訳ないけど、使者と依頼人が会えるかどうかは、すべて〝ご縁〟によるの。どれだけ電話をかけても繋がらない人がいる一方で、ご縁がある人のところには自然と繋がる。――彼女が使者に縁があるかどうかは、あなたとはまた別の話」

「なんだよ、それ」

つい、不機嫌な声が出てしまう。納得いかなかった。

「じゃあ、なんで俺はすんなり電話が繋がったんだよ。こんなふうにダメだって断られてるのに」

「それが不思議なのよね」

少女が意外にも素直な仕草で首を傾げた。

「普通は、こんな依頼、まず繋がらないはずなの。――それが不思議で、一応会いにきてみたんだけど、どうしてかしら」

「あー、もう。じゃあ、電話の段階で最初から断ってくれよ。俺だって暇じゃないのに」

貴重なオフの昼なのに、と顔を覆《おお》う。

俺が役者であることなど、知りもしなければ興味もなさそうな彼女は、黙ったまま、ずーっとクリームソーダをすする。アイスが溶けてソーダと混ざり始めた俺のグラスと違い、話の間も器用に食べていた少女のグラスに、もうアイスは残っていなかった。

「ともかく、彼女にもう一度、使者の話をすることね。その上で、彼女がどうするかだと思う。これは、彼女自身の問題であって、あなたはそこでは部外者だよ。安易に恩を売りたいなんて考えるのはやめたら？」

「——あの子に、使者の話はしたよ。したけど、信じる様子はなかったし、逆に、そんな話をしてくる俺に対して、不信感アリアリって感じだった」

恩を売りたい、という少女の言い方にはまだかちんと来ていたが、「じゃあさ」と続ける。

「俺が代わりに会う、っていうんじゃダメ？　その、事故で死んだっていう、親友の子と」

今初めて思いついたけれど、口に出してみるとなかなか悪くないように思えた。美砂の代わりに、その子に会う。その子との突然の別れをきっかけに変わってしまった、という美砂の心残りの原因を、その子ならきっと知っているだろう。俺が会って、それを聞き出すことができたなら、少しは今の美砂の役にも立てるのではないだろうか。

少女は「いいけど」と答え、それから大袈裟《おおげさ》な仕草でテーブルに頬杖《ほおづえ》をついた。

「だけど、その場合、その人が会うって言ってくれるかどうかはわからないよ」

「え？」

「使者のルールの、続きを説明するね」

彼女が手にしていたメモ帳の別の頁《ページ》を開き、手元を俺の方に隠しながら、頁に目線を落とした。そこに何か書かれているのかもしれない。

「会いたいと希望することはできるけど、死者の方にもそれを断る権利がある。――今日依頼を受けたところで、あなたの名前と会いたい理由を、死者に伝えることはできるけれど、死者の方にも、その希望を受けるかどうかを選ぶ権利がある。残念ながら、相手が拒否すれば、今回はここまで」

「うん」

しかし、亡くなったその彼女にとっても、美砂は親友だったはずだ。その美砂の知り合いだと名乗れば、会える望みはまったくないということもないだろう。そう思いかけた俺に、彼女が追加で説明する。

「使者が設ける面会は、死んだ者と生きた者、どちらにとっても一度きりの機会なの。一人の死者に対して、会うことができる人間はただ一人だけ」

「え？」

思わず声が出た。

「それって、じゃ、たとえば、相手の身内か誰かがもう会ってたとしたら——」

「残念だけど、その人に対する依頼はその一回でおしまい。その場合、あなたはその人に会うことができません」

「そう——、なのか」

肩透かしを食らったような気持ちになる。ということは、と頭の中を整理する。

「じゃ、逆に言えば、もし俺がその子に会えちゃったら」

「その子はもう誰にも会えない。——あなたが告白した彼女が、いつか、長い人生の中で気持ちが変わって、使者に依頼をしてみようという気持ちになった時にも、その一回をすでにあなたが潰《つぶ》してしまっている状態になりますね」

俺が思っていた危惧《きぐ》そのままのことを、少女が意地悪い言い方で説明する。言い返せない俺に、彼女が続けた。

「死者の魂もまた依頼人に会いたがっているという『両思い』の状態なら交渉は成立して、問題なく会えることになるけどね。死者にとっても、生きた人間と最後に会える機会がその一回で消滅するわけだから、慎重にならざるを得ない」

彼女が目線を上げた。

「それと、私たち――使者は逆指名は受け付けられないの。あなたの言う『この世』から『あの世』、あちら側に依頼があったことを伝えることはできるし、交渉できます。だけど、『あの世』の死者から『この世』にまだ生きている人に対して、会いたいと働きかけることはできない。死者は常に待つ側で、会いたい人がいる場合、辛抱強く向こうから依頼に来るのを待たなければならない状態」

「うん」

「つまり、その人もまた、会いたい相手から依頼を受けるのを待ってる状態だったとしたら？　あなた、そこに割り込めるほどの図々《ずうずう》しさ、ある？」

「……ない」

気の抜けた返事が出た。すっかり少女にやり込められた思いで、唇を噛《か》んだ。

「あと、その条件はあなたにとっても同じね」

少女が、正面から俺の顔を見つめる。

「俺にとっても？」

「うん。一人の人間が、『この世』にいるうちに、『あの世』の死者に会える機会は一人分だけ。今ここでその子に会ってしまったら、あなたはもう二度と、誰かと面会することはできない。だから、あなたも慎重に考えて」

「つまり、『この世』にいる時と、『あの世』にいる時、一度ずつってこと？」

「うん。ただし、相手が断った場合、その依頼は一回にはカウントされない。あくまで、実現して機会がきちんとできた場合に限られます。別の相手に再度依頼することはできるよ」

「そっかぁ。簡単じゃないんだなぁ」

「尤《もっと》も、あなたがまた誰かに会いたくなって連絡しようっていう気になった時に、使者と再び繋がれるかどうかは、さっきも言ったようにこれもまた〝ご縁〟だから、わからないけどね」

「……聞けば聞くほど、今回君に会えた俺は超ラッキーってことね」

厳しいが、いい条件なのかもしれない。

この世とあの世の入り口。そこを繋ぐことが叶うなら、きっとたくさんの人がその場所に殺到する。それでは、死ぬことに意味がなくなる。

「その子は、まだ、誰にも会ってないのかな。十代で死んだんだったら、それこそ、お父さんとか、お母さんとかさ」

「他の依頼については、一切答えられません」

今日が徒労に終わったことを思いながら、「ケチ」と声が出た。

「どうしますか？」

しれっとした表情のまま、彼女が借り物のように丁寧な言葉で俺に尋ねる。

「それでも依頼、しますか？」

「いや、いいよ。……そんな貴重な一回を、本当に会いたい当人を差し置いて俺がもらいたいなんて思えない」

美砂をもう一度説得してみるしかないだろう。がっかりする俺の思いなどお構いなしに、少女がつんと澄ました顔のまま「そうですか」とそっけなく口にする。

そのまま、沈黙が落ちた。

話せることが尽きてしまうと、後には、手をつけずにいたせいでアイスがドロドロに溶け込んだ俺のクリームソーダと、少女の空になったグラスが残っていた。甘ったるいソーダ水をかき混ぜてストローですする。

帰り支度をするように、広げたメモ帳をポシェットにしまう彼女をただ見つめていると、彼女から、「そんなの飲むの、珍しくない？」と尋ねられた。

「大人はもっと、珈琲とか飲むんじゃないの？」

「そうかもね。俺は好きだけど、アイス浮かんでる飲み物」

「ふうん」

普段、他の依頼で会う大人たちは、きっと彼女に付き合ってこんな甘い飲み物は飲まないのだろう。音を立てて一気に飲み干すと、疲れた頭に糖分が急激に巡っていく。今日も夕方からはまた撮影だ。

喫茶店の会計を申し出たが、少女から、「いい」と断られた。

ちゃきちゃきと自分のポシェットからかわいいお財布を出して、お金を支払うその後ろ姿を所在なく見守りながら、店の外に一歩出る。

「じゃあ」

と、またもそっけなく彼女が言い、それに合わせて手を振ろうとしたその時。

なぜ、急にそんな気持ちになったのか、説明が難しいのだけど、衝動的に、俺は彼女に声をかけていた。

「あのさ、せっかくだから、じゃあ、依頼、してもいい？」

少女が声もなく、俺の顔を見上げた。怪訝《けげん》そうな、え？　と戸惑うような表情が浮かぶ。背中を押したのは、この、とんでもなく利発そうに喋《しゃべ》る、少女に会えたのはスーパーラッキーなのだ、という思いだった。

ここで別れたら、二度と会えるかどうかわからない。

すべては〝ご縁〟だから、再び依頼したいと思っても、もう彼女と繫がれるかどうかわからない。

「俺、親父《おやじ》が死んでるんだけどさ。つっても、ずっと昔にお袋と離婚してるせいで、俺は顔も知らないんだけど……」

もったいないから、と言ったらあんまりだろうけど、ふと、依頼してみてもいい気になった。使える機会を棒に振るのが、ふと惜しくなったのだ。

「会わせてもらえないかな。せっかくだから」

少女が、ポシェットに財布をしまいながら、ふーっと呆れたようなため息をついた。

「……なんで別れ際《ぎわ》になってそういうこと言い出すかな」

大袈裟に、めんどくさそうに肩を回すその仕草は、やはりどう見ても子供のものには見えない。

「ごめんごめん」と謝る俺をじろりと睨み、財布の代わりに今度はさっきのメモ帳を取り出す。立ったまま、白紙のページを開き、ペンを取り出して、俺に突きつけた。

「名前と、死亡年月日は？」と彼女が尋ねた。

「名前は、久間田《くまだ》市郎《いちろう》。死んだのは、確か──」

記憶を辿りつつ、渡されたメモ帳に、我ながら下手な字で書き付ける。名前の漢字、めていた。

これで確か合ってたよな、と自信なく書き入れる俺を、少女が不思議そうな顔で見つ

「何？」

「……自分のお父さんが死んでるのに、それでも、自分の好きな子の依頼のことで頭がいっぱいだったの？　自分がお父さんに会いたいって思うよりも」

呆れているという様子はなく、純粋に疑問に思っているようだった。俺は苦笑して、「うん」と答える。実際、そうとしか答えようがなかった。

使者の話を、最初に仕事仲間から聞いた時から、それはそうだった。

身内に誰か死んだ人とかいる？　と聞かれた時、「いや、特に」と何の躊躇《ためら》いもなく答えた。親父のこととは結びつかなかった。

世の中には確実に、使者の存在を必要としてる人がいる。会いたい誰かに会えないことで、長く時間が止まったような人が確実にいる一方で、俺にとって、親父の存在はそうではないということだ。

「会いたい理由は？」

少女が聞いた。

「聞いちゃった以上、一応交渉するから。教えて」

「ええと……」

思いつきと勢いで口にしたものの、言葉に詰まる。「強《し》いて言えば」と続ける。

「顔も知らないから、見てみたいっていうのと、母さんに苦労かけたことを多少なじれたらってとこ、かな」

生きている時から会わないままだろうと思っていたし、実際、会わないまま死んだ。いまさら、こんな気持ちになったことに、我ながら驚いている。

しかし、それでも「もったいないから」の機会に選ぶのは、血が繋がってるってだけで、やっぱり俺の場合は親父なのか。

少女はどうだっていいように「ふうん」と頷《うなず》き、俺が書いた汚い文字をしげしげ見つめて、メモ帳を閉じた。

「あ、と、お金」

うっかりしていた。確認するのが最後になったけど、尋ねる。

「いくら、払えばいいの。面会が実現した場合と、しなかった場合」

あんまり高いんだったら依頼を取り消そうか、ということも頭を掠《かす》める。一説には、何十万、場合によっては何百万とも聞く。身構える俺をよそに、少女が「ああ」と頷いた。

「いらない」と、彼女が答えた。「え?」と目を見開く俺に、またもめんどくさそうに「ボランティアみたいなもんだから」と答えた。

「マジで?」

信じられない。無料であること、ボランティアであることを入り口にする詐欺《さぎ》の手法をあらゆる場面で聞く。

「何百万もかかる場合もあるって、聞いたんだけど。後から請求されても困るから、今のうちに教えてくれない?」

「必要ないんだってば」

少女がますます顔をしかめた。

「でもさ」

「それとも、払いたいわけ? タダじゃ不満?」

強い言い方で睨まれて、黙ってしまう。少女が不機嫌そうにメモ帳をしまう。俺に向け、「また連絡します」と、突き放すように告げた。

「あなたのお父様の意志を確認したら、また」

「うん」

頷くと、少女が今度こそ「じゃあ」と俺に背を向ける。

とことこと足早に遠ざかるその後ろ姿の向こうに、ひょっとしたら誰か大人の姿があるんじゃないかと目をやったが、それが確認できるより早く、彼女が地下街の角を曲がる。姿は、すぐに見えなくなってしまった。

4

翌日は、早朝から撮影所に詰めていた。

「はい、カーット！　休憩入ります」

助監督の声が、屋内撮影所内に威勢よく響き渡る。

共演している子役が、今日は絶不調だった。

普段はしっかりした子なのに、どういうわけか今日は台詞《せりふ》を間違えたり、動作に空振りが目立ったり。NG続きで、一度休憩に入る。

隼多《はやた》は、まだ七歳だ。気丈な彼には珍しく半べそをかき始めたところで、彼の母親がそばに寄ってきた。彼らを横目に、俺は手渡されたベンチコートを羽織って、カップの珈琲を一口呑《の》む。

NGはお互いさまだから、特に険悪な雰囲気もなく、皆がおのおの、「じゃあ、先に食事でもとってきますか」と軽い空気を作る。隼多の横についた母親が、そんな俺たちに向け、申し訳なさそうに「すいません」と腰をきれいに折って、頭を下げていた。

ピンク役の三代《みしろ》サナが、「隼多くんも、差し入れ食べるー？」と撮影セットの脇《わき》にある鯛《たい》焼《や》きを一つ手に取ると、俯《うつむ》いていた彼の顔がさっと輝いた。

「ありがとうございます。いただきます」とはきはき話す彼の顔を見ると、すごいな、と思うのと同時に、ちょっと痛々しくも思う。

視聴率のよかったゴールデンの連続ドラマで人気を博した隼多は、俺なんかよりよほど知名度が高い人気俳優だ。最初に会って、「あのドラマ、よかったよ」と話しかけた俺に、隼多はこの時もまたはきはきとした口調で、「ありがとうございます。これもみんな、皆さんのおかげです」と頭を下げた。それは、決まった台詞を読むように淀《よど》みなく滑らかで、それ以上、俺と会話をすることを遮断するようでもあった。誰に対しても同じ礼儀正しさ、感謝の受け答え。

「紙谷さんも、すいませんでした」とＮＧを謝られて、「気にすんなって」と笑顔でＶサインを作ってみたが、隼多には笑顔が戻らず、真剣な顔でぺこっとさらに頭を下げるだけだった。カメラが回って演じている時の方が、よほど自然に話しているように思える。

それを見て、俺だったら、小さいうちからこの仕事はとても務まらなかったろうな、と思う。

昨日会ったばかりの使者の少女は、子役のように頭がよさそうだったけど、それとも少し違うんだ、と、思い返した。大人びているけど、誰かに教育されてそうなっているわけではなさそうで、あれは、初めて会うタイプの子だった。

隼多と並んで鯛焼きをかじる三代サナの、冬でも健康的に素足を晒《さら》したミニスカート姿を、かわいいなあ、としばし眺める。このクールのピンク役のオーディションを、実は美砂が受けて落ちていたことを、俺は自分の役が決まったずっと後に知った。俺と同じ年の美砂は、ピンク役が受けられるギリギリの年齢だった。女優は、男優よりオーディションが受けられる年齢が低い場合が多い。

「飯、行かない？」

ブラック役の高杉《たかすぎ》に誘われて、「おう」と答える。ベンチコートを羽織ったまま、二人でふらっと、撮影所内の食堂に向かう。

桜の名所として有名な撮影所も、今の時期は落ち葉すら見られない。並木に沿って流れる川と橋の付近は、一般のお客さんも公園のように出入り自由なせいで、散歩がてら撮影見学に来る人たちで、今日も人だかりができている。

スタジオを出て、食堂に向かう途中、「かなたくーん」、「ブラックー！」と役名の方で声が飛び、振り返ると、幼稚園に通うくらいの男の子二人が、俺たちが演じるブルーとブラックの決めポーズを作って、無言で表情を硬くしていた。笑顔でやりゃあいいのに、と思うけど、緊張しながらも声をかけてくれる子供を見ると純粋に嬉しい。

「よう！」と高杉が手を振ると、子供でも、そのお母さんでもなく、横にいた女の子たちの方から「きゃー」と歓声が上がった。それに合わせて俺も「ありがとう！」とぶんぶん、大きく頭上で手を振った。

ふと、昔、付き合っていた子のことを思い出した。俺のことを、「調子いい」と評した、何人目かの彼女だ。

——よりどりみどりでモテるのに、どうして、私なの、と彼女からは言われた。付き合っていても、不安で、楽しいと安らげたことなど一度もない、と言われた。もう、昔のことだ。

食堂に入って、日替わり定食の食券を買い、席に座る。テレビの向こうで見るだけだった、憧《あこが》れの女優や男優が普通に食事をしているようなここの雰囲気にも、最近ようやく慣れてきた。「うっわ、誰々だ」と内心心臓がバクバクしていても、とりあえず、平静を装《よそお》うことくらいはできる。

普段の時間より人の少ない食堂の、窓辺の席に座って、「いただきます」と手を合わせる。そこで、スマホに着信があった。マナーモードにしたディスプレイが『ツナグ』という文字を表示しているのを見て、「ちょっとごめん」と高杉に断り、急いで電話を取る。食堂の隅に向かう。

「――もしもし」

『使者です』

声は、昨日会った少女のものだった。幼い声が、今日もやけにしっかりとした口調ではきはきと、スマホの向こうから流れてくる。

『昨日の依頼の件ですけど。お父様、お会いになるそうです』

空気の塊を一度呑み込んで、そのまま、静かに吐いた。

思ったのは、だろうな、というどこか冷めた感想だった。酒浸りで、浮気性。周りから、典型的なろくでなしのように言われる親父は、これまで誰かに使者を通じて会いたいと言われたことも、これから先に誰かに会いたいと言ってもらえる可能性も露ほどもなさそうな人物だ。

俺に会う以外、使者の世話になれる機会なんて今後もないだろう。

「――罵《ののし》られたり、殴られたりする可能性は考えてねえのかな」

思わず吐き捨てるように口にしてしまうと、電話の向こうで少女が一拍押し黙る気配があった。

『話は、後ほどお父様にお会いになった時に直接どうぞ』

事務的に、話を続ける。

『お父様に会えるのは、一晩だけです。普通は、午後七時くらいから、夜明け、今の時期だと午前六時くらいまで。場所は品川のホテルです』

ホテルの名前と、日付を示される。二週間後だった。

今話しているこのスマホの中にスケジュール帳もすべて入っている俺が即答できずにいると、彼女が言った。

『この日が都合が悪いなら、別の日をまた連絡します。その場合、この日から一ヵ月ほどあとになります』

「あとで確認して連絡するよ。この日って、何か意味があるの？」

『満月だから』

彼女がきっぱりと言って、俺はなんだか妙に「へえ」と納得する。月というのは、確かに神秘的で、使者の面会みたいなものに関係あるというのも頷ける。

『満月が一番、面会時間を長くできます。では、また。予定を確認したら、電話ください』

「わかった」

用件だけを告げた、短い電話がまた唐突にぷつりと切れる。

ふと顔を上げると、食堂の入り口に、泣き止《や》んだ隼多とその両親がいた。

ステージママ、という存在は珍しくないが、父親とともに撮影所入りする子役もいる。

あ、今日はお父さんも来てたんだ、と思って何気なく様子を見ていると、隼多の父親は、失敗した我が子を叱《しか》るでもなく、「食堂広いなぁ」とこんな時ほど笑顔で接していた。母親の手作りらしい弁当を提げ、食券は買わずに、空いている席に三人で座る。

「お父さん」と呼ぶ、隼多の声が、普段よりずっと幼く聞こえる。

父親の手が、隼多の手をぎゅっと握っていた。

席に戻ると、すでに日替わり定食を半分ほど食べ終わった高杉が「見ろよ」と嬉しそうに隼多親子の方を指さして言った。

「あいつ、父親といるとあんな子供みたいに笑えんだな」

「いや、あいつ、俺たちよりよほど老成してっけど、子供だから」

俺まで、ほっとして、そう軽口を叩《たた》く。

5

父親は、俺が物心ついた時にはもういなかった。

女手一つで俺を育ててくれた母親に、小学生の頃はまだ、俺も父親の話をせがんだ。どうしてうちには父親がいないのか。どうして、母さんだけなのか。父さんは、どんな人だったのか。

母親は多くを語りたがらなかったが、かろうじて、生きているらしい、ということはわかった。

子供というのは残酷なもので、どうせ同じ〝いない〟なら、死んでた方がいっそかっこいいのにな、と思った。死別なら、普段観ているドラマでもどことなく「いい話」になる要素があるのに、生きていて別れたというなら、そこには嫌な話しか待っていないような気がした。

実際、母親が語らなくても、そういう話は周りから聞こえてきた。ギャンブル狂いの、ろくでなし。借金塗《まみ》れの酒浸り。それでいて、どこが女をひきつけるのかわからないが、女にだらしなくて、お袋は俺が生まれる前から随分親父に泣かされてきたらしい。「相手の女が刃物持って怒鳴り込んできたこともあったってね」と人づてに聞いて戦慄《せんりつ》した。

結婚した頃は、不動産ブローカーのようなことをやっていて、それでだいぶ羽振りがよかった時期もあったらしいけど、そのうちに、怪しげな土地開発の話に手を出し、小さかったとはいえ、自分の会社を倒産させ、そこでまた借金をかぶった。事実上の破産だ。

破産した親父は、だけど、行いを改めるどころか、さらに生き方が荒《すさ》んでいく。新しく働こうとはせず、挙げ句、お袋に手を上げるようになった。最後はほとんど逃げるようにして、お袋は俺をつれ、命からがら、親父と縁を切った。

「子供が生まれれば変わってくれるかもしれない、なんてまあちゃんも考えたこともあったようだけど、あれはダメだったね」

親戚《しんせき》のおばさんがしみじみ俺に言うのを聞いた時は、ショックだった。まあちゃんというのは、真亜子《まあこ》という、俺の母親の名だ。

おばさんは他意なく言ったようだけど、ちょうど小学校高学年で、思春期に突入してた俺は、勝手にいろいろ考えて、ものすごく思い悩んだ。

知り合いがやっていた弁当屋を手伝って働く母は、朝早く起きて、夜遅く寝る生活で、手をいつもアカギレだらけにしていたし、化粧気もなかったけど、きれいな人だった。授業参観なんかでやってきた他の親と比べても、ダントツに美人だった。

浮気性で、ろくに働きもしなかった親父に、母さんは俺を押しつけられた。俺は、母さんの〝お荷物〟なんじゃないかと考えたのだ。こぶつきとか、お荷物というのはすべて、お袋が、せっかくきれいなんだからもったいない、と言われるのとセットで聞こえてきた言葉だ。

お袋は俺のせいで、その後、再婚したり、誰かと別の人生をスタートする機会を奪われてしまったんじゃないか。

思い詰め、ひねくれそうになった俺の心を、だけど、そうさせなかったのは、当のお袋だった。卑屈に鬱々《うつうつ》と、俺がそう考えていたのを察したのか、その時期にお袋から、何度となく、言われたのだ。

「お前がいてくれて、よかった」と。

「父さんと離婚して、女一人で身一つになっちゃった時にね。誰もいなかったら、私はとても耐えられなかった。よかったよ、私には、ゆずるがいて」

お荷物だなんてとんでもない、とそのままの言い方で母に言われた。

「お荷物どころか、ゆずるはアタシの希望だよ。支えだ。父さんのことと、あんたの存在は別。父さんが嫌いでも、父さんの子でも、アタシはゆずるがかわいくてかわいくて仕方ない。大好き」

難しい年頃に差し掛かっていた俺は、母さんが素直に言う「かわいい」と「大好き」に、みっともないほどにノックアウトされた。――今でも、多少マザコンの気があるかもしれないけど、だけどそれは、そんなわけだからどうか許してほしい、とすら思うのだ。

「ゆずるがいてくれて、よかった」という言葉は、それほどまでに強く、俺のその後をずっと、明るく照らし続けてくれる、そういう言葉になった。


ろくでなしで鳴らした親父が、どこでどうしているのかを、俺たち親子は強がりでもなんでもなく、文字通り、だから気にしていなかった。

三年前の冬、母さんの元に連絡があるまでは。

「ゆずる、お父さんね。死んじゃってたみたい」と、俺に電話で伝えた母の声は、少なくとも表向きは悲しんでいなかった。

ろくでなしはろくでなしらしく、一人、住んでいたアパートで心不全で亡《な》くなっているところを、大家の男性に発見されたそうだ。死後一ヵ月近くが経過していたという。つまりは、孤独死だ。

親父の親戚だという人たちから、「念のため、お知らせを」と連絡があり、お袋は、通夜《つや》と葬儀に出る、と俺に告げた。「一緒に行こうか」と言ったのだが、もうすでに今の仕事をしていた俺を気遣ってか、お袋は「あんたは忙しいでしょう。向こうの実家は北海道だし」と遠回しに、来ないように言った。

その後、しばらくして戻ってきたお袋は、「観光を兼ねてきたよ」とほくほく顔で、ラーメンだの蟹《かに》だのの入ったお土産の袋を俺の前に広げて笑っていた。

葬式に出るのは嫌じゃなかったのか、と俺は聞いた。

親父のことで、こんなふうに正面からお袋に何か聞いたりするのは、子供の頃以来で、ものすごく久々だった。親父はお袋にとって、逃げるように離婚した相手だ。けれど、お袋はからっと笑って、「だって、もう死んでるもの。怖くもなければ、嫌でもないよ」と答えた。

「これ、形見分けでもらってきたよ。欲しけりゃどうぞ」

そう言って、俺に、小さな魚の形をした、茶色いビニール人形のようなものをくれた。俺はやらないから咄嗟《とっさ》に何かわからなかったけど、釣りのルアーだと言う。

「釣りの好きな人だった」と、母が呟いた。ろくでなしだということ以外で、初めて聞く情報だった。

俺は静かに、一度は手にしたルアーを机の上に置いた。

「いいよ、いらない」

久しぶりに訪ねた、今はもうお袋の一人暮らしになった実家に、線香の香りが漂っていた。向こうで着たらしい喪服をハンガーで窓辺につるす。そっと奥の間を覗《のぞ》くと、母の横顔はもう笑ってはいなかった。

本人は、慣れない長旅で疲れたせいだ、と頑として言い張ったけれど、目が、泣いた後のように落ち窪《くぼ》んでいた。

これまでずっと、親父のことは写真も見たことがなかった。会いたいと思ったこともなかった。向こうがたとえ会いたいと言ってきたとしても、絶対に会ってなんかやるもんかと、心に決めてきた。

けれど、そんな申し出をされることもなく、親父とは会うことがもう完全になくなったのだと、その事実が、不意に胸を衝《つ》いた。

絶対に会いたくなかったはずなのに、そのろくでなしに会いたいとも思われなかったのかと思うと、無性に悔しくなってきた。俺にも、母さんにも、あんたは、会いたいと思ったことが一度もなかったのか。

孤独死なんかしやがって、と拳《こぶし》を固めて、歯を食いしばる。

そして初めて、親父に会いたい、と思った。

会って一発殴りたいと、そう思ったのだ。

6

面会場所に指定された品川の高級ホテルには、一度、撮影で行ったことがあった。デビュー直後の取材でグラビア撮影をさせてもらったのだ。あの頃は今に輪をかけて無名だった俺を、それでもベルボーイや従業員の人たちが恭《うやうや》しくもてなしてくれて、恐縮した覚えがある。

使者の少女の言葉通り、指定された夜は満月だった。真冬の夜空は、冷たい分、空気が光をよく通すのか、明るかった。月光を背に受けながら、ドアボーイの開けてくれたホテルの扉を抜ける。

吹き抜けの高い天井に伸びる階段は、見るのが二度目でも圧倒される。撮影映えする造りだ。

よく磨かれた深緑色の大理石の床と柱。正面には数人がかりでないと抱えきれないような大きな花瓶に、はみ出すほどの勢いで花々が盛られていた。

少女はすでに来ていた。

子供一人だけの姿も、ホテルという様々な人の行き交う場所ではそう浮いて見えなかった。ロビーの椅子《いす》の一つに座っていたが、俺を見つけると立ち上がり、近づいてくる。「行きましょうか」

この間と同じ落ち着いた声で、俺を先導して行こうとする。「すごいホテルなんだけど――」俺は、仄《ほの》かに緊張しながら声をかける。来たことがあるとはいえ、宿泊したことなんかない。とんでもなく高そうだという気がした。

仕事の関係で、コースで出てくるようないい店に連れて行ってもらう時もいつも思うことだが、一人でこんな場所に来てしまって、「母に申し訳ない」という気がしてくる。

「ねぇ、本当に金払わなくてもいいわけ？」

エレベーターに向かって歩き出す。少女は無視して、俺の問いかけに答えなかった。むっとして、さらに問いかけようとした俺に、彼女は後ろを振り向かず、そのまま言った。

「お父様、もう来てますから」

言葉に詰まった。少女がようやくこっちを向いた。

「ここの十二階、一二〇七号室。上の階に着いたら鍵《かぎ》を渡します。部屋の中には、私は入らないので、どうぞごゆっくり」

「……わかった」

「下で待ってるから、終わったら降りてきて。朝までかかっても構いません。下に降りてきたところで、私に声をかけてください」

「え、一晩中待ってるつもり？」

目を見開く。子供がこんなところで一人で夜を明かして、大丈夫だろうか。しかし、彼女は揺らがなかった。ただ淡々と「仕事ですから」と答える。

さらっと言われてしまうと、改めて面食らう。使者とは職業なのか。この年頃の子から聞く「仕事」の響きにも、とんでもなく違和感がある。

「大丈夫。あなたに心配されなくても、どうにかしますから」

「うん。あのさ……」

「何ですか」

エレベーターが到着し、それに乗り込む。俺たちの他に、宿泊フロアに上がる客はいなかった。吹き抜けのロビーが見渡せるエレベーターの窓に寄りかかりながら、俺は申し出た。

「よければ、俺、サインとかするけど」

「は？」

「いや、俺のじゃなくても、誰かのサインとか欲しければ、もらってきてあげるけど。俺今、朝の特撮やってるんだよね。君が好きじゃなくても、学校で誰か好きな友達とかいない？　まったくタダってのが居心地悪くてさ。俺にできることなら、お礼に何かさせてほしいんだ。今のクールだったら、子役で人気の隼多とかも出てるし」

「──結構です」

少女の声は冷ややかだった。エレベーターの箱が十二階に到着すると、緊張したり、身構えていた気持ちはなかったのに、それでも、胃の底がぐん、と重たくなった。いよいよだ、という気持ちになる。鼓動が急に早くなった。

「鍵です」

エレベーターを降りる時、ホテルの名前が入った名刺大の紙を手渡される。カードキーが挟まっていた。

「行ってらっしゃい」

彼女の手が奥に消え、エレベーターの箱が、今度はそのまま、下降していく。

ふかふかの絨毯《じゅうたん》を踏む足の裏に、現実感が遠のく。この期《ご》に及んで、自分が何かとんでもないことをしようとしているんじゃないかという気がしてくる。

唾《つば》を飲み込み、部屋に向かって歩き出す。迷路のように曲がり角が現れ、一つ過ぎる。指定された部屋は、東側の一番端だった。

ドアの前に立つ。深呼吸する。

これまで一度も会ったことがない父親は、全くのニセモノが用意されていても俺にはわからないのだ、と初めて、気づいた。おかしな話だが、それで急に心が静まった。あの少女が用意したニセモノが演技するだけなのかもしれない。それを見破れるかどうかはわからないけれど、本当の父親ではないかもしれないと思ったことで、胸が少し軽くなる。

ドアを二回ノックする。思っていたより、はっきりした「はい」という返事を受けて、俺は思い切って、ドアノブを押した。

7

酒臭い、というのが、部屋に入って最初の印象だった。
ドアを開けてまず、ビールのほろ苦い香りが鼻腔《びこう》をついて、中に入るのを躊躇う。
ゆっくりと足を踏み出す。
飲んでんのかよ、というがっかり感はハンパなかった。何を期待してきた、という
わけじゃないけど、さすがに評判の通りだ。ニセモノが待っているかも、と思った気
持ちは、裏切られた。こんな時でも、先にビールを開けて待ってるような、そういう
ろくでなしが、俺の親だ。
本物だ、と思う。
使者は本物だ。本当に、俺の親父をあの世から連れてきた。
奥の机の前に、――親父がいた。
椅子に座っていない。
ベッドの上でもない。絨毯の上に両膝《りょうひざ》をつき、入ってきた俺の方をまっすぐ、見据
えている。その顔ががちがちに固まっていた。目をくわっと見開いて、俺を見るなり、

口を開く。

「――ゆずるさんですか」

いきなり、「さん」づけだった。

よれよれの、何日も洗ってなさそうな薄い開襟《かいきん》シャツに、薄汚れた白のスラックス。確かにまともな職業についていそうには見えない、その男が、俺に向けて、そのまま、がばっと頭を下げる。短く刈り上げた白髪の頭を、絨毯に深く、くっつけた。

「お呼び出しいただいてありがとうございます。俺があんたの父親の」

男が、ごくりと、喉《のど》を鳴らす。唾を飲み込み、言葉を溜《た》めて、かすれた声で名乗った。

「市郎、だ」

面食らった。

ニセモノでもいいから殴ってやろうと思ってきた気持ちが、不意を突かれて、そのまま行き場をなくす。なんとも頼りない、「はあ」という声が出た。米つきバッタのように身体《からだ》を折った男は、そのまま、顔を上げない。――俺が何か話しかけるまでそうしているつもりだろうかと思ったら、自分から声をかけるのを癪《しゃく》だと感じていたはずなのに、咄嗟に、自己紹介をしてしまう。

「――紙谷ゆずる、です」

男は顔を上げなかった。大仰な仕草のまま、まだ、ひれ伏すように両手を床について、身体を起こさないままでいる。

「あの……」

ふざけてそうしているのだろうと思った。

あるいは、俺にどう言われても――罵られても殴られても、文句の言えない身の上だから、わざとへりくだってそう見せているか。だとしたら都合がよすぎる。苛立《いらだ》ちまぎれに、再度「あのっ」と今度は声を微《かす》かに荒らげた俺は、床につかれた男の手を見て、言葉を途中で引っ込めた。

男の両手が、絨毯を押さえながら、ぶるぶる、震えていた。

その上に乗せた坊主頭《ぼうずあたま》が、揺れるように細かく、細かく、上下に動いている。重ねた両手の上に、だらだらと、涙なのか、涎《よだれ》なのか、鼻水なのかわからない、それらが混ざり合ったものが拭《ぬぐ》われることもなく流れ落ちて、伏せたままの男の口から、押し殺すような声が出ていた。

男は、泣いていた。

不格好に、すいません、すいません、と、呟《つぶや》きながら。

手をかけようとして、一瞬、怯《ひる》む。開きかけた唇を閉じて、俺も一度、息を吸った。横を見ると、テーブルの上に、キリンの缶ビールが二本、すでに飲み終わったことを示すように表面をべこべこに潰されて、転がっていた。

死んだ人間も酒を飲むんだな――と、変なところに感心しながら、俺は初めて「父さん」と声をかける。自分でも、信じられないくらいあっさりと、声が出てくれた。

土下座の形で震え続ける父親が、その声を合図に、押し殺した声を今度こそ、ひいー、と長く、情けなく上げた。申し訳ない、すいません、という声が大きくなる。

薄いシャツの肩を摑《つか》んで、顔を、強引に上げさせる。俺の方が力は強いようだった。濁った目がこっちを見る。俺の目と焦点が合うと、男の両目から、ぶわっと一気に涙が溢《あふ》れた。「ゆずる」と、初めて俺の名前を、呼び捨てで呼んだ。

目尻《めじり》が少し下がっている、その目の形が、俺とよく似ていた。

ああ、本当だ、と思う。

酒の力を借りないと、息子にも満足に会えない卑怯者《ひきょうもの》。話に聞いた通りの、この人が、俺の父親だ。

8

泣き続ける親父を無理矢理立たせ、どうにか椅子に座らせる。

まともに話せるかどうか疑問だったけど、しばらくすると、しゃくり上げながらも、だんだんと親父の呼吸が落ち着いてきた。

一発殴らせる気力を挫《くじ》いておいて気楽なものだと思うけど、伏し目がちに「顔、見ていいか」と聞いてくる。

「──いいよ」

うんざりしながら、俺も正面の椅子に座る。躊躇いがちに俺の顔を下から見上げる親父の仕草は、情けないくらいに卑屈に見えて、もっと堂々として欲しいと思ってしまう。──それなのに、俺もなぜ、胸が詰まったように苦しくなるのかわからなかった。

「まあちゃんに、似てるな。元気か、お母さんは」

吐息を溜めるようにして言われたその声に、初めて、父親が母をどう呼んでいたのかを知った。声に、母の家で嗅《か》いだ線香の匂《にお》いと、ハンガーに喪服をかける母の背中とが重なる。

「元気だよ」

「……そうか」

それきり、会話が途切れた。

気詰まりな沈黙の中で、開けっ放しのカーテンの向こうに見える月の姿ばかりが存在感を増していく。肩を小さく縮めて座る父親は、評判通りのろくでなしには違いないのだろうけど、さりとて、親戚の話で聞いていたような、暴力的な人間には見えなかった。女関係も散々だったと聞いていたけど、こんな男のどこがよくてみんな寄ってきたのだろう。若い頃はそれでも魅力があったのか。

枯れ木のように細い手が、手持ち無沙汰《ぶさた》にズボンのポケットの辺りをぎゅっと摑んでいる。沈黙に耐えかねたのは、親父の方だった。

「いくつになった」

「二十三」

ぶっきらぼうに数字だけ答えると、父は独り言のように「そうか、そうか」と呟いた。黙ってしまうのが怖いのか、言葉を続ける。

「結婚はまだ……だよな？　仕事は？　それともあれか、もう孫がいたりすんのか」

「結婚はしてない。仕事はしてるよ。きちんと」

あんたと違って、と言いたいのをこらえて呑み込む。

俺に子供が生まれたからって、この人に「孫」と呼ばれることには抵抗がある。死んだ人間相手に大人げないと思いつつも、面白くない。

親父は下を向いた。ひょっとすると、もともとは話好きな性格なのかもしれない。つれない答えしか返さない俺に、それでも話しかけてくる。

「――どうして、会ってくれる気になったんだ。聞いたけど、お前が会いたいって言ってくれたそうじゃないか」

「もともと、あんたに会いたくてってわけじゃないよ。言ってみれば、これは成り行き。本当は、俺の恋人を、別の相手に会わせたくて必死になって調べてたんだよ。そしたら、そんな依頼は受けられないってあの子に言われて――」

「なんだ！　お前、彼女がいんのか」

俺の説明を聞いて、少しはがっかりすればいいと思ったのに、言葉の途中で、親父がはしゃいだ声を上げる。

「どんな子だ？　美人か？　母さんに似てたりすんのか」

つい見栄《みえ》を張って「恋人」という言葉を使ったけど、実際はそうじゃない。そのことで、この人に当たるのは理不尽だと知りつつも、微かにむっとする。つい、「すっげぇ、美人だよ」と答えてしまう。

俺もたいがいいい加減な性格だと思いながら、言い切ってしまう。

「女優やってるんだ」

「え、女優？　嘘《うそ》だろ？」

「嘘じゃねえよ。俺も今、役者やってんだよ」

親父が目を見開いた。それからまた同じ言い方で、目を丸くして尋ねる。

「嘘だろ？」

「嘘じゃねえよ。テレビも出てる」

「本当か。何か、ないのか。お前の写ってる雑誌とか、その彼女が出てる映画とか」

「あるにはあるけど……」

スマホを出して、いくつか、画像を呼び出す。親父が生きてた頃って、スマホ、今くらい普及してたっけ？　と考えながら、いくつかの写真を見せると、親父は「すげえな」と俺の手からスマホを奪って、それを両手で捧《ささ》げた。筋張った手の真ん中に、怖々、大事なものを包むようにして、表示された俺の写真を見ている。

「すげえなぁ。ゆずるが……、へええ」

「いつか、もっとすごくなった時には、見返してやろうと思ってたよ」

俺が言うと、親父《おやじ》が痩《や》せた顔に落ち窪んだ目で、俺を見た。ぎょっとする。骸骨《がいこつ》みたいな痩せ方だ。死ぬ前は、本当にこんな顔だったのだろうな、と思う。顔色も、よくはなかった。

「母さん、苦労してたよ。俺を育てるの大変だったと思う。──あんたに会ったら、聞こうと思ってた。あんたさ、俺や母さんに顔向けできないのもわかるけど、死ぬまでずっと、俺たちに会いたいとか思わなかったの？」

「思ったさ」

あっさりと、親父が頷いた。

「思ったに決まってる」と。

「じゃあ、どうしてだ」と俺は尋ねる。

「なんで、会いに来ないで死んだんだよ」

「そりゃ、お前……。怖いだろ」

親父が、子供のように口を尖《とが》らせた。

「離婚する時、二度と、まあちゃんにもゆずるにも近づくなって言われて。それでなくても苦労かけたし、今さら、会いたい、謝りたいって思ったところで、会ってもらえるとも思えなかった。会いたかったさ、そりゃあ」

表面が濁った、親父の目が微かに歪《ゆが》む。

「……謝りたい、なんて気持ち、あんたにあったんだ」

他の人間には、それなりに優しくできる俺なのに、今日は、責めるような言い方が止まらなかった。会えるのは今夜限り。これを言って別れたら、きっとしばらくは俺の方でも嫌な思いをするだろうに、と気づいていても、声が止まらない。

親父が口を噤《つぐ》んだ。ズボンを握った手が強く、ぎゅっと、拳を作る。

「酒浸りで、浮気性だったって聞いたよ。ギャンブルでの借金も相当あったって」

親父は俯いたまま答えない。それを勝手に肯定したものと解釈して、俺は続けた。

「――俺、小さい頃からその話をくり返し聞かされたせいで、いまだに、酒と賭《か》け事が怖い。俺の中にも、適当な、あんたみたいな血が流れてるんじゃないかって」

酒と、ギャンブルには万全に気をつけようと思った。だけど、本当にずっと気になっているのは、女のことだ。つい、情けない声が出た。

「俺さ、モテるんだよね。昔から」

「……だろうな。イケメンだ」

「あ、そんな言葉つかうんだ？」

親父が、俺から顔を背ける。

こんな情けない親父の、みんなは何がよかったんだろう、と思うけれど、俺もまた、自分のどうしようもない時期のことを振り返りながら続ける。

「何股《なんまた》もかけるようなことを、やろうと思えば、何の躊躇《ためら》いもなく自分ができることに気づいて、ぞっとしたよ。そん時にいつも、あんたのことを思い出した。あんたみたいになりたくないって、そう思いながら、どうにか、その呪《のろ》いから脱しようと必死なんだよ」

軽薄な親父のように、自分がなってしまうのではないか。

それをはっきり自覚した最初は、美砂に交際を断られた時だった。これまで、イケる、と思って断られたことなど一度もないのに、あの子には見透かされた気がした。

俺の中の、いい加減な親父の血を。

何故《なぜ》かわからないが、自分自身の過去のせいで、長く時間を止めたような美砂。先に行けないのにそれでも懸命にもがいて、必死になっているように見える美砂は、俺が知り合ったそれまでのどの子とも違っていた。

「俺は呪いか」

「呪いだよ、あんたなんか。おかげで母さんがどれだけ大変だったか」

きっぱりと続け、親父に向き直る。母さんと別れた後、親父は誰とも再婚しなかった、と聞いていた。日雇いの肉体労働で繫《つな》ぎながら、稼いだお金でちびちびお酒を呑むだけのような毎日だったらしい、と。

「ねえ、これも聞きたいんだけど」と、俺は尋ねる。

「どうして、浮気なんかするのに、母さんと結婚したんだよ。不幸にするとか考えなかったの」

「そりゃあ――お前。まあちゃんと、他の女は違うよ」

無言で親父を見つめる。親父は困ったように俯いて、それでも俺が何も言わずにいると、ぽつぽつと、話し始めた。

「この人に、俺の子供を育てて欲しいって思ったんだよ」

言いにくそうに、親父が俺から目を逸《そ》らす。

「このいい女が、どんなふうに育児したり、家族の中で〝お母さん〟やんのかなって、そう思ったら、まあちゃんと、結婚したかったんだ。俺はまあちゃんが大好きだったんだ」

「……結局あんた、それ、見られなかったんだろ。自分の行いが悪かったせいで」

言うと、今度は、親父は卑屈にはならなかった。潔《いさぎよ》く「ああ」と頷《うなず》く。そして、

——こともあろうに、微笑んだ。

「でもまあ、よかったさ。今のお前を見りゃ、まあちゃんがしっかり子育てしたことは嫌でもわかる。ありがとな、ゆずる。まあちゃんの傍にいてくれて。お前に会えて、まあちゃんが今、幸せで元気なんだってこともよくわかったよ」

言葉が出て来なかった。

全部投げ出して俺たちを捨てたあんたが、本当にどんな権利があってそんなことが言えるんだと思うけど、昔、母さんが俺に向けて言ったことが思いがけず、親父の声に重なって、耳の奥で響いた。

——ゆずるがいてくれて、よかった。

だから今、口が利《き》けなくなっているのは。

胸が締めつけられるように痛いのは、母さんのせいだ。断じて、この、無責任な親父のせいじゃない。そう思いながらも、ふいに滲《にじ》んできた涙を無言で、こいつに気づかれる前に、力任せにぐいっと拭う。「うるせえよ」と声が出た。

「だけど、へえ、まあ……、ゆずるが、俳優か。テレビ、出てんのか。すげえなぁ」

渡したままになっていたスマホを、親父が慣れない手つきで、俺の真似《まね》をするようにいじる。そこまで露出が多いわけではない、俺のような役者の宣材写真はたかが知れているが、ありったけ入れてきた雑誌の記事や舞台のパンフレットの写真を、親父が何度も指で弾《はじ》く。

途中から、小さなスマホを、まるで拝むように両手で支える。声が、かすれ始めた。また泣いているのだと、しばらくして、気づいた。

「そうかぁ……。ゆずるがなぁ。へえ……」

軽いのも、調子がいいのも、俺のこのどうしようもない親父ゆずりなのか。途中から、かすれた声の親父が、身体を丸めて、本格的に泣き始めた。

「ちくしょう、育てたかったなぁ」と、今さらすぎることを言い出す。

「まあちゃんと一緒に、お前と、家族やりたかったなぁ。一緒にいたかったなぁ」

「そんなの、あんたが悪いんだろ」

唇を噛《か》んで、都合のいいことばかり言いやがって、と身体をエビみたいに丸める親父の、その脇腹《わきばら》を小突く。もっと、力一杯殴ることばかり想像していたのに、痩せた親父の薄い腹に、俺の骨ばった拳が、何の衝撃もなく吸いこまれていく。

親父の腹が、嗚咽《おえつ》に合わせて、ふーっと大きくへこんだ。

「ありがとな」と、親父が言った。

「会いに来てくれて、ありがとうな。俺、お前に会えることなんて、もう一生ないかと思ってたよ」

「……んだよ、おせーよ。死んでるくせに」

もう一発、腹にパンチを入れる。親父は、涙でぐしゃぐしゃになった顔を上げて、

「おう、そうだった、そうだった」と笑う。

悲愴《ひそうかん》感のない、ひどく間抜けな顔だった。


「本当は、それ、彼女じゃないんだ」

夜が更《ふ》けてしばらくした頃、缶ビール一本の力を借りて、俺はようやく本当のことを親父に告げた。親父の手はまだスマホを握ったままで、液晶画面は、親父の手の脂と指紋でベタベタになりかけている。

画面に映る、美砂の眩《まぶ》しい笑顔を指さしながら、俺は「フラれた」と続ける。

「やっぱ、女にだらしないのも、いい加減な部分も、きっと、こういう子には伝わるんだよ。相手にされなかった」

「なんだよ、お前。情けない」

親父が盛大に顔をしかめ、それから、俺の肩をどん、と叩いた。このよれよれの身体のどこに、と思うような、思いがけず強い力だった。

「一回フラれたぐらいなんだよ。本当に好きなら、何度でも何度でも挑むんだよ。相手がこっちを哀れに思ってくれるぐらいまで頑張ってみろ。俺は母さんにそうしたぞ」

「……それで不幸にしてりゃ、世話ないよ」

「そりゃ、母さんにはな。苦労かけた。だけど、俺は幸せだったぜ」

本当にものすごく、勘弁して欲しいくらい、いい加減な人だ。胸を張って、言う。

「いいんだよ。母さんにはかわいそうだったかもしれないけど、結婚して俺は幸せになったし、母さんだって、そうしなきゃ、お前に会えなかったわけだろ？　誰も不幸じゃねえよ」

プロポーズってのは、そうでなくちゃいけねえ、と親父が堂々と言い放つ。

「相手のことなんか考えるな。お前が幸せにできる気がしてるうちは、どんどん行けよ。大丈夫だ、いい男で、イケメンだから」

「……よく言うよ」

恨み言を言う気も失《う》せて、ふと、正面から親父を見る。

――俺を、母さんと一緒に育てたかった、と都合のいいことを言うこの親父が、それでも部屋に入った時には、震えて、俺を「ゆずるさん」と呼び、土下座したまま、顔を上げなかったこと。

そのことを、母さんに教えてやりたくなる。母さんは、もう二度とこの人には会いたくないかもしれないし、実際会えないけど。それでも。

東の空が、明るくなり始めている。

気詰まりで、何を話していいかわからない、初めて会う、それまで顔も知らなかった父親との面会で、あっという間に一晩を明かしてしまったのだと思うと、不思議な気持ちだった。

「――母さんに、言っとくよ」と、俺の方から、声をかけた。

「使者の話は、きっと話してても到底信じてもらえないだろうけど。いつか、母さんにも寿命が来て、死んだら、お前、母さんのとこまで死ぬ気で謝りに行けよ。――俺も死んだら、嫁さんでも連れて、そこに合流するからさ」

あの世、という場所が存在するのかどうか知らないが、天国やあの世という概念がどうして存在するのかを、俺は今日、おぼろげだけど、わかった気がした。

もう二度と会えないなんてあんまりだから、だから、『あの世』は多くの人の希望の場所なのだ。この人と、俺と母さんは、いつかまた会える。

それくらい、希望として持っていたっていい。

親父が黙ったまま、しゃっくりでも我慢するような顔をして、こっちを見ていた。

「――こっちの世界じゃ、三人で暮らしたことなかったけど、あの世で会ったら、こっちでも会ったことあるんだって話して、母さんを驚かせようぜ。言いたいこと言って、俺もすっきりしたし」

「ひでえな。おいおい、馬鹿《ばか》野郎。三人で暮らしてたじゃねえかよ。釣りに行ったり」

親父の白っぽく色の薄い目が、微かに涙の膜を張る。「え？」と尋ね返した俺は、ああ、そうか、と遅ればせながら気づく。

俺の記憶に全くない、というだけで、確かに二歳くらいまでは、この人と俺たち母子は一緒に暮らしていたはずだった。

釣りに行った、という話も初めて聞いた。

魚形のルアーが、俺はお気に入りで、自分の長靴の中に隠したり、振り回して遊んでいた。すごくかわいかった、と言われて、まあ、当然だろうな、と、俺はその話を聞く。

海に落ちそうになって危なかった。近所の釣り堀では本当に落ちたけど、泣くかと思いきや、水の感触にはしゃいで大笑いしていて、図太かった――。

話す親父は、とても楽しそうで、そのせいで、完全に陽が昇り、朝が来て、親父が消えてしまうまでの間、湿っぽい会話は一切せずに済んだ。

饒舌《じょうぜつ》だった親父が、さっきまで座っていたはずの椅子が、ふとした瞬間に、急に静かになる。

席に残されたスマホには、俺と、美砂が共演した際に撮ったポスターの写真が、まだ、さっきまで誰かが見ていたそのままのように、表示されている。

新しい朝日が、画面に映る俺たちの顔に降り注いでいた。

9

ロビーに降りていくと、少女は言葉通り、まだ椅子に座って待っていた。

降りてきた俺に気づいてすっくと立ち上がって、こっちにやってくる。昨日と同じ格好で、肩にはポシェットを下げていた。

「終わった？」

眠そうな様子も、疲れた様子もない声で尋ねられる。ロビーの正面にあるアンティークっぽい大時計の針は、朝の六時半を指していた。早い出発をする客たちがスーツケースを引いて、そんな俺たちの横を通り過ぎていく。

「うん」

少女の姿をしている使者は、相変わらず現実味の薄い存在だけど、面会の一夜を終えてみると、信じられないことなどもはやなかった。あの親父を、ニセモノではなくまぎれもない自分の父親だと、疑う余地もなくもう自分が信じ切っていることが不思議だった。

「ありがとう」と言ってカードキーを返すと、少女はいたって事務的に、無言でそれを受け取った。俺に何を聞こうという気配もない。だから、自分から言った。

「――頼んで、会わせてもらえてよかったよ。冷蔵庫のビール、ほとんど飲んじゃったけど平気かな」

「平気」

少女が即座に答えた。「じゃあ」とそのまま俺に背を向けようとする。その背中に向けて「あのさ」と俺はもう一度語りかけた。

「本当にサインとかいらない？　それか、撮影の見学がしたいとかそんなことでもいいんだけど、俺にできるお礼は何もないのかな」

もう特撮を見るような年ではないのかもしれないし、俺と共演する役者のサインには心惹《ひ》かれないかもしれないけど、と、しつこいのを覚悟で言うと、案の定、彼女がつれなく首を振った。

「ない。――別に、何もいらない」

「じゃ、有名になるよ」

がっかりしないわけではなかったが、代わりに言った。「次に出る予定の映画もおもしろいんだ」と彼女に教える。

「サインが欲しいって思ってもらえるくらい、頑張るから見ててよ」

大人びたこの子は、どうせ相手にしてくれないだろうと思いながら言うと、思いがけず、彼女の表情にちょっとした変化があった。

「わかった」

俺の顔に視線を留め、じっと見上げた後で、顔をふいっと背ける。

「ほどほどに、期待させてもらう」

「ありがとう」

頭を下げて、彼女にしっかりと礼を言う。

少女と別れ、ホテルの外に出ようとしたところで、ドアをすり抜け、小走りにかけてきた人とぶつかりそうになった。

「あ、すいません」

相手が足を止め、それに「いえ」と答えて顔を上げると、薄い色の朝日の中で、向こうが微かに息を呑《の》む気配があった。

「あれ……、ひょっとして、俳優の、紙谷ゆずるさんじゃないですか」

相手は俺と同じか、少し上くらいの男性だった。彼の着ているコートに目が留まる。すごくおしゃれでかっこいい。特徴的な革と布のあしらい方は、この冬に、雑誌の撮影でスタイリストに着せてもらったブランドのコートと少し似ていた。

「そうですけど」

咄嗟に言って、相手の顔を見る。

同業者ではなさそうだけど、整った、すっきりとした顔立ちをしていた。背が高い。目が合うと、彼は「ああ、やっぱり！」と笑顔になった。

「こんなところで会えるなんて嬉《うれ》しいなぁ。僕、大ファンなんです。申し訳ないですけど、サインをいただいてもよいですか？」

「え、本当に……」

普段だったら声をかけられるのにも慣れていて、こんな受け答えよりはもう少しマシなことが言えたろうに、使者の少女にずっとつれなくされたせいか、そんなふうに言われるととても嬉しかった。俺も満更でもない、と心が浮き立つ。

彼から差し出されたノートのページにサインしながら、ひょっとして、戦隊ものを見るような子供でもいるのかな、と思う。まだ子供がいるような年には思えなかったが、若いお父さんだと言われたら、そういうふうに見えないこともない。

俺からサインを受け取った彼が、「ありがとうございます」と丁寧に頭を下げた。それからすっと姿勢を正す。

「じゃあ」と手を振る俺に向け、ものすごく礼儀正しく背筋を伸ばしたまま、「はい」と頷いた。彼の口元が、微かに笑った。

「――本当に、ありがとうございます。どうか、気をつけてお帰りください」


――ホテルから出る時に、普通は、「お帰りください」とは言われないのではないか。たぶん、「いってらっしゃい」とか、そんなふうに言われるはずだし、第一、従業員でもない彼がそれを言うのは、少しおかしい。そのことに俺がふっと気づいたのは、それから、ずっと後のことだ。

朝日の下で、俺と、彼はそのまま別れた。

10

親父に会ったその足で、俺は、美砂に電話した。

忙しくて時間が取れない、という彼女を「少しだけでいいから」と、彼女の自宅近くの公園に呼び出す。

その後、お袋に電話して、実家に寄った。

「形見、もらうよ」と、あの魚形の古くて汚いルアーを受け取る。

勇気を出して、美砂が待つベンチの近くまで歩いていく。ブルゾンの中に突っ込んだ右手で、ルアーを握り締めた。

俺のお気に入りだったというこのルアーのことを「覚えているか」とお袋に聞いてみると、お袋は「さあねぇ」と言っただけで答えなかった。だけど、たくさんあったであろう親父の形見分けの席でこれを選んできたお袋も、それを捨てずにいた親父も、ともに、確かに一度は同じ時間を生きていた人たちなのだ。

「俺、釣り堀に落ちたことあった？」と聞くと、お袋は、それには「いいや」とはっきり首を振った。「落ちたのは、あんたの父さん。あんたは、それ指さして、ゲラゲラ笑ってたよ」

死んだ人間の声とは思えないほどしっかりと耳に残った声に、背中を押されるようにして、美砂の前に立つ。

——本当に好きなら、何度でも何度でも挑むんだよ。

「どうしたの。急に。私より、ゆずるの方がよっぽど忙しいでしょ？」

「いや、今日は大丈夫だから」

美砂が気遣うように、さりげなく周囲を見回す。俺ぐらいじゃとてもパパラッチなんてつくレベルじゃないのに、それでもこうやって、会っている時に肩を並べるのを避けて、少し離れて歩いたりする美砂のことが、俺は、本当に好きだった。

「あのさ」

「何？」

話しかけると、美砂がこっちを見た。目に力がある、といろんなところで評される、強い瞳《ひとみ》の色を、今日はよりくっきりと濃く感じる。

信じてもらえるかわからないけど、話そう。俺の身にあった、今日までのことを、全部。

そして、美砂のことも聞けばいいんだ、と気づいたのだ。

昔、何かがあって、それが彼女を今も苦しめているんだとしても。呆《あき》れられても、哀れに思われても、俺は、それを払いのけるくらいの自信がある。美砂はどうかわからないけど、俺の方は、幸せになれる自信がある。

だったら、それに付き合ってもらう。

浮気性になりたくない、と思ったり、変に意気込んだり。親父を反面教師にしている時点で、俺が昔からずっと、あいつの影響を受けて育ってきたことは明らかだ。逃げられなかった。

「使者に、会ったよ」

俺の言葉に、美砂が息を呑んだ。

大きな瞳がさらに大きく見開かれる。――昔、使者の話を人前でしていた俺を、「そういうことって、人前で軽々しく話さない方がいいんじゃない？」と呆れたような、軽蔑《けいべつ》したような言い方で諫《いさ》めた美砂は、きっと、今回もまた、何を馬鹿なことを、と流すに違いない。と思ったけど、そうはならなかった。

驚いたように半分開いた唇を、美砂が引き結ぶ。それから「そう」と頷いた。思いがけない、静かな反応だった。彼女が尋ねる。

「元気だった？」

「──え？　あ、すごく元気、だったけど」

使者の少女の、小生意気そうな顔を思い出して答える。美砂が俯《うつむ》き、自分の膝《ひざ》を見つめる。それから小声で、何か言った。聞き間違いでなければ、こう聞こえた。「あのコート、まだ、着てた？」と。

「え？」

意味がわからない俺の前で、美砂が、深呼吸する。そして、顔を上げた。

「ゆずる。使者を通じて、誰に会ったの？」

「──親父」

美砂に、あのろくでなしの親父の話は、これまで一度もしたことがなかった。美砂は、真剣な顔つきで俺をじっと見つめたまま、急《せ》かしたり、質問したり、しなかった。そっと目を伏せ、それから「うち、来る？」と聞いた。

今度は俺が目を見開く番だった。美砂が言う。

「話、聞くよ。狭いとこだけど、うち、来る？」

「いいの？」

「散らかってるけど……」

「あのさ、美砂」

　今を逃したら言えなくなってしまう気がして、立ち上がりかけた彼女の腕を引く。美砂が振り返った。告白前にがちがちになった俺の顔を見て、「ゆずるって」と彼女が噴き出した。

「ゆずるって、素直だよね。そういうところ、私にはないからずっと羨《うらや》ましかった」

「え？」

「――最初に二人だけで会った時のこと、覚えてる？」

「え……と」

　それがいつだったか、思い出そうとするが、すぐにこれという思い出が引き出せない。そんな俺の反応を見て、美砂が笑った。

「新宿の、文化劇場」と答える。

「一緒に舞台を観《み》に行こうって待ち合わせして、場所がわからなくて、迷ってたら、ゆずるが二階にあった劇場の前から、吹き抜けの一階に向けて、私に手を振ったんだよね。『美砂、こっち！』って」

言われてみればそんなことをしたような気もする。美砂の顔に、ゆるやかな笑みが広がった。

「私は、無名同然だったから気にしないけど、ゆずるは人気者だったのに、顔だって隠してなくて、躊躇いなく、そう呼んだの。びっくりしたけど、嬉しかった。——人目を気にしないで堂々としてて。私がわからなくて困ってうろうろしてるのを見て、咄嗟《とっさ》にやっちゃったんだろうなって、思った」

話がどこに向かうのかわからないまま黙っている俺を、立ち上がった美砂が、初めて自分の方から「行こうか」と誘った。

白い手を、こっちに向けて差し出す。

「使者と、お父さんの話。ゆっくり聞かせて。私も——、ゆずるに話したいことがあるの」

嫌われちゃうかも、しれないけど。

どうだっていいように小声で付け加えた美砂の一言を、俺は聞き逃さなかった。黙ったまま唇を噛み、彼女の手を握る。初めて繋いだ美砂の手は、柔らかくて、冷たくて、小さかった。

その手にぎゅっと力を込めて、「聞くよ」と、俺は答えた。

◆

車が秋山家《あきやま》に近づいて、角を右折したところで、「起きて」と声をかける。助手席で眠っていた杏奈《あんな》が、その声にびくっと身を起こすと、持っていたサイン入りのノートが胸から滑り落ちた。

ハンドルを握りながら、それを元通り、彼女の腕に戻しつつ、歩美《あゆみ》はもう一度、「起きて。もう着くよ」と声をかけた。

「……まだ、眠いんだよ」

答える杏奈が、不満げに唇を尖らす。

それでもどうにか重たげな瞼《まぶた》を持ち上げて、「子供を夜通し働かせるのは、労働基準法に違反しないわけ？」とこちらを睨《にら》んでくる。

「歩美くん、私、ごまかされないからね。今回のことは貸しだから。覚えといて」

「厳しいな、いいじゃん。一回くらい」

「――まぁ、サイン、もらってくれたから、ちょっとは許すけど」

そう言って、歩美がもらってきた紙谷ゆずるのサイン入りノートを、「えへへー」

と嬉しそうに撫《な》でる。歩美は大きくため息をついた。

「そんなに好きなら、自分でもらってついでに握手もしてもらえばよかったのに」

「ダメ。使者がそんなことしたら威厳がないと思われるもん」

杏奈は、今年で八歳。

もう特撮の戦隊ものを観るような年ではないそうなのだが、今やっているシリーズは、自分と同年代の人気子役が出ているせいで、周りもみんな注目して観ているのだという。

「今回は特別だからね。依頼人がゆずるくんだって言うから、秋山家としても特別に間に入ったけど、こんなこと毎回は無理だから。自分できちんとやってください。使者の役目は、分家さんのお仕事なんです」

「――わかりました」

大伯父亡《な》き後の秋山家の当主は、この、秋山杏奈に引き継がれた。

歩美が祖母から使者の役目を引き継いだ時はまだ小さな子供だった、大伯父のひ孫。その杏奈を後継者にすることは、大伯父の遺言の中に含まれていたのだそうだ。こういう達者なしゃべり方をする子が出るのも歴史のある占い師の家系のなせる業なのか、それとも本人の才能のうちなのか。歩美でも、この子には頭が上がらない。

祖母がこの世を去った後も、秋山家は歩美を、変わらず家族同然に思ってくれている。杏奈を筆頭としながら、祖母がそう願った通りに、今も助けてくれる。

「でも、どうして、歩美くんが直接やるんじゃダメだったの？」

「いや……、ちょっと厄介そうな依頼だったから」

電話が繋がってすぐ、面食らったことを思い出す。

『俺、紙谷ゆずるっていうんですけど、俺の依頼じゃなくて、俺の仕事仲間っつーか、友達の依頼を代理で頼みたいんです。嵐美砂《あらし》っていう女優の子、知ってます？　あの子が、高校時代に親友を亡くしてて――』

聞こえてきた懐《なつ》かしい名前に、記憶を刺激された。

触れれば、まだそこに刺さったままの棘《とげ》が痛みだすような彼女たちの記憶を、使者の務めをしていて思い出さない時など一度もない。

使者の依頼は〝ご縁〟だ。

祖母にも、大伯父にもそう教えられた。絶対に繋がらない人がいる一方で、必要な人のところには、それが自然と訪れるようになっている。

高校を卒業してから、嵐には一度も会っていなかった。

それぞれ当時住んでいた場所から離れて暮らし、もう二度と会うこともないかと思っていた。嵐美砂は、亡くした親友にすでに使者を通じて会っている。まだ見習いだった歩美が立ち会った。あの日の彼女の声をまだ鮮明に覚えている。

――行かせて。御園《みその》のところに、もう一度。少しでいいから。

彼女たちの面会は、歩美にとっても絶対に忘れられないものだ。

紙谷ゆずるは、彼女の代理で依頼したいと言ったが、歩美は、すでに彼女の依頼を受けたことがある身だ。自分が直接関わるのは、今回はよくないのではないか。依頼を聞き終え、歩美はそう判断した。

「でも、よかったよ。元気にやってるみたいで」

嵐のその後の活躍は、歩美も時々目にしていた。毎日テレビで顔を見るというわけではないけれど、頑張っているようだと、ずっと心に留めてきた。

「ふうん」

助手席で、杏奈が頷き、歩美を見る。それから、言った。

「ゆずるくんの恋、うまくいくといいね」

「――うん」

「あ、ヒコーキ雲!」

透明度の高い、冬の朝の空を、杏奈がフロントガラスに身を乗り出して指さす。一直線に伸びた白い雲が、フロントガラスの中で、長く、長く、まっすぐ、上に続いていた。

暖房にぬるくなった車内の換気をかねて、窓を微《かす》かに開ける。尖ったような冷気が顔をくすぐる。空はよく晴れて、明るい光が満ちていた。

もうすぐ、祖母から使者を継いで七度目の春が来る。

歴史研究の心得

「こんな依頼をするのは私くらいのもんでしょう？」

彼がそう言って身を乗り出した瞬間、首もとに下げられたループタイも勢いよく揺れた。

博物館の中にある小さなカフェで向かい合った歩美は、「はあ」と答えながら、彼の熱意にたじろぐ。吹き抜けになったオープンスペースのカフェでは、周囲の目も気になる。咄嗟《とっさ》に周りを見回そうとした歩美の関心を逃すまいとするように、依頼人の男性が、もう一度言った。

「歴史上の人物に会いたいなんていう依頼はね、たとえ考えついた人がいたとしてもおそらくは気まぐれか戯《たわむ》れなんですよ。本気でそんなことを願う人間はまずいない。

——だけどね、私は違います」

レンズの厚い眼鏡と、絞りの入った麻のシャツ。まだ春なのに、額に浮いた汗をせかせかと一生懸命に拭《ふ》くハンカチを持つ指に、興奮のためか、ぎゅっと力が入っている。

1

歩美の朝は、代官山の『つみきの森』に出勤するところから始まる。

「おはようございます」

机が七つだけの小さなオフィスは、入った瞬間に檜《ひのき》のいい香りがふわっと歩美を包み込む。パソコンが並んでいるとはいえ、そこが普通の会社のオフィスとは違う。

「おはよう、渋谷《しぶや》くん」

大学を卒業し、積み木など、木材を使ったおもちゃを扱うメーカーの企画担当として働き始めて今年で二年目。

社員を滅多に採用しないこの会社で、歩美は、あと数年は自分が一番若手のままなのだろうと覚悟している。その歩美よりも早く出社しているのが、社長の伊村《いむら》だ。今日も自分で淹《い》れたお茶を飲みながら、窓を背に新聞を広げていた。

都内の数店舗に品物を卸すだけの小さなおもちゃ会社は、手広く商売しない分、行き届いた運営ができるため、子供やその親にまで評判がよい。固定客も多い知る人ぞ知る存在だ。

歩美は、自分の親戚《しんせき》である秋山家に杏奈が生まれたことで、ここの存在を知った。偶然通りかかった店の商品を、出産祝いとして贈ったのだ。木でできたパズルの色合いや手触りが気に入って買っていったところ、まだ存命だった祖母が「おや、ここ」とおもちゃの箱を手に取った。

「お前の父さんが、昔、一緒に家具を作ったことのある工房だよ」と、ラベルに書かれた名前を見て、目を細めていた。

「懐《なつ》かしいねえ」と。

歩美の父はインテリアデザイナーをしていたが、早くに亡《な》くなったため、祖母からそんなふうに父の仕事の詳しい話を聞くのは珍しかった。

父に縁《ゆかり》のある工房と付き合いのある会社なのか——その工房のおもちゃを扱う『つみきの森』の名前は歩美の記憶に刻まれた。それから数年経《た》って就職活動が始まり、『つみきの森』の社員募集の告知を見つけた時、運命というほどではないにしろ、どこか親しみを覚えて採用試験を受けた。

父の影響という訳ではないが、大学で歩美は美術とデザインを学べる学科に進んでいた。おもちゃなどの工芸デザインにはその頃から興味があった。

　採用面接では父のことは話さなかったが、その後、無事に入社してから、ふとした機会に社長に打ち明けた。すると父と付き合いのあったその工房に、歩美をすぐに連れて行ってくれた。木の風合いを大事にしたおもちゃを作る鶏野《とりの》工房。挨拶《あいさつ》に行くと、父と仕事をしていたという大将夫婦が歩美を歓迎してくれた。

「親子二代でのおつきあいになるね」という、先方にとっては何気ないであろうその一言が、歩美にはとても嬉《うれ》しかった。

　歩美が杏奈に贈った木のパズルは、対象年齢になるよりずっと前に彼女に解かれ、次に、同じ工房の木でできた知恵の輪を贈った。歩美でも難しくてすぐには解けなかったそれを、杏奈はたやすく解いてしまって、「次のがでたらまたちょうだいね」と生意気を言ってくる。

　社員が少ない分、忙しい時期もある。しかも二年目の社会人ではまだまだ慣れないことも多くて、人に教えてもらうこと、謝ることの連続だ。

「渋谷くん、今日もまた鶏野さんのとこ？」

「あ、はい。この間発注した商品のサンプルがそろそろあがってきそうだということだったので」

去年までは まだ手伝い程度のことしかできなかったが、今年は初めて、自分の企画で一つ、通りそうなものが出てきた。即戦力として何かを任せてもらえる、というのも少人数の会社のいいところだ。

歩美の言葉を受けて、社長が笑った。

「自分の初めての商品がお店に並ぶのを見るのは、きっと感動するよ。ボクもそうだったから。買ってくれる人を見ると、感動はそれ以上だけど」

「はい。たぶん、泣くと思います」

笑いながら、パソコンに来ているメールを細かくチェックして席を立つ。上着を手に取り、「行ってきます」とオフィスを出た。

軽井沢駅で降り、乗り込んだバスは白樺《しらかば》の林を抜けていく。

工房近くのバス停で降りると、車通りのない道に、吸いこむだけで肺の中が透明になるような静謐《せいひつ》な空気が満ちていた。

鶏野工房に向かうまでのこの道が、歩美はとても好きだ。

森と森の間に挟まれた細い道は、見上げると先月より確実に、葉っぱの影と匂《にお》いが濃くなっていた。五月の軽井沢はまだコートが必要で、微《かす》かに肌寒いが、空気の色まで重かった冬はもう確実に終わったのだと感じる。

静かな道で、工房へ一歩、足を踏み出したまさにその時だった。

携帯電話が鳴った。歩美が仕事や私用で使うのとは、別のものだ。

その音を聞いて、立ち止まる。鞄《かばん》の中から携帯を取り出し、ディスプレイに浮かんだ見知らぬ番号を見る。携帯電話ではない、知らない市外局番からの着信だ。

「はい」

――久しぶりだな、と思いながら、電話に出る。

スマホではない、祖母も使っていた携帯電話は、歩美が受け継いでから自宅の電話を転送できるようにした。

電話の向こうから聞こえてきた『もしもし』という声は、年配の男性のもののようだった。

『そちら、「ツナグ」の電話番号でよろしいかな？　その、会わせてくれる、という』

「はい」と歩美は答える。

高校生だった頃、まだ子供じゃないか、とよく相手を面食らわせた声は、今では少しは大人のもののように聞こえてくれているだろうか。

白い色をした太陽の日差しが、木々の間から透けている。それを見上げ、目を細め、周囲に誰の姿もないことを確認しながら、歩美は答える。

「――死んだ人間と生きた人間を会わせる窓口。こちらが、使者《ツナグ》です」

祖母から受け継いだ使者の仕事を専業にする道もある、と祖母の実家である秋山家からは言われていた。

もともと、高名な占い師の家系でもある秋山家にとっては、歩美一人の面倒を見ることくらい容易《たやす》いのだろう。しかし、歩美はそれを丁重に断った。

祖母が体調を崩した後、歩美がまだ高校生だった頃から、使者の仕事は、歩美のものになった。

死んだ人間と、生きた人間を会わせることができる窓口。

本当だったら永遠に実現するはずのないその面会の依頼を受け、死者と交渉し、場を設定する使者の仕事は、知る人ぞ知る存在で、その存在まで辿《たど》れるかどうかはすべて〝ご縁〟による。そう、先代の使者だった祖母から教えられた。

どれだけ探しても辿り着けない人もいる一方で、必要な人は不思議と繋《つな》がるようになっている。

そして、その辿り着いた先にあるのが、歩美のこの携帯だ。

祖母から本格的に仕事を引き継ぎ、歩美にもわかったことがある。使者への依頼が実現するのは本当に希有《けう》なことなのだ。

本来であれば、実現するはずのないことを叶《かな》えてくれる使者には依頼が殺到して当然なのに、それでも、歩美のこの携帯は滅多に鳴らない。辿り着ける人が少ないのだ。たとえ、着信があっても、歩美が出られない時は多々あるし、そういう相手はこちらから折り返しても、不思議と繋がらない。タイミングが悪いのか、それでこちらにかけ直してくるということもない。

しかし、必ず出られるタイミングで電話がかかってくる人たち、というのが確実にいる。

その中から面会が実現するのは、月に一度かどんなに多くても三度程度。中には依頼がまったくない、という月だってある。死者との面会は、満月の夜が望ましいとされているせいか、満月の一晩のうちに一組か二組の面会を用意する、というのが常だった。

高校生から、大学生へ、そして、社会人になってもそれは変わらなかった。

だからこそ、高齢だった祖母も、学生だった歩美も、使者の仕事を負担に思わずにこなせた。

しかし、この月に一度か二度程度の依頼のために、他に職を持たず、ただ秋山家の世話になる、というのは歩美には抵抗があった。

常に会社にいて、しかも席に座っていなければならない仕事だったら無理かもしれないが、大学の先輩たちから聞いたデザインや企画の仕事は、会社に拘束される時間は比較的少なそうだった。秋山家には、使者の役目に対するサポートはお願いしたものの、歩美は自立すべく会社員と使者、二足のわらじを履く道を選んだ。

もっとも、使者の仕事は報酬がないボランティアのようなものなので、厳密に言えば、それは「仕事」ではないのだが。

電話口の依頼者は、新潟県に住む、元教員だと言う。

定年退職してだいぶ経つのか、その話はところどころ、口が回らず不明瞭《ふめいりょう》でもあったが、基本的には礼儀正しい言葉遣いだった。聞けば、地元の公立高校の校長だったのだという。

依頼の詳しい内容を聞くため、待ち合わせの場所を決めようとすると、男性が『それは、東京の方がよろしいんでしょうな』と申し出た。

『あなたは、上野にある戦国資料博物館の中に、図書館があるのはご存じでしょうか』

声の調子で、歩美が若いことに気付いたのだろう。あなた、という言い方が、いかにも元教員らしく、歩美もつい、小学生だった頃の校長先生を相手にしているような気持ちになる。

「いえ。申し訳ないですが、存じ上げません。調べたらわかると思いますので、では、そちらで待ち合わせでいいですか」

『向かいに喫茶スペースがありましてね。あんみつがうまいんです。珈琲《コーヒー》もなかなかのものなので、ではそちらにしましょうか。ご馳走《ちそう》しますよ』

そういう性格なのか、電話の向こうから、ぐいぐいと距離感が詰まってくる。歩美は苦笑しながらも、「ありがとうございます」とその申し出を受けた。

電話を切ると、たった十分足らずの間に、太陽の位置が高くなり、光をさらに白く変えている。いい天気だな、と、歩美は一度、腕を上げて大きく伸びをした。

気を取り直して歩き出し、工房に近づくと、それまでの森とは雰囲気ががらりと変わり、今度は生木の匂いが強くなる。

糸鋸《いとのこ》が唸《うな》る音、木槌《きづち》で叩《たた》くトントンという音。作業場になっているログハウスに

「こんにちは」と顔を見せると、開きっぱなしのガレージの方から「ああ、渋谷くん」と大将が顔を出した。——歩美の父とも仕事をしたことがあるという人だ。

「あら、渋谷くん？　もう来たの？」

歩美が商品のサンプル作りを頼んでいるこの鶏野工房もまた、家族経営の小さな会社だ。六十歳近い職人のご夫婦を、歩美はそれぞれ「大将」「奥さん」と親しみを込めて呼ばせてもらっている。

従業員は、他に工房の事務方の仕事を受け持つ、娘さんだけ。

工作用の分厚いエプロンに、頭に三角巾《さんかくきん》を巻いた奥さんが、作業を中断してエプロンで手をこすりながら、あわてて出てくる。

「あらあら、大変。渋谷くん、かなり向こうを早く出てきたんじゃない？　ごめんなさいね、お茶の支度もできてなくて。ええと、奈緒《なお》、奈緒ぉー」

「あ、いいですよ。奥さん、お構いなく」

娘さんの名前を呼んだ奥さんに、歩美は急いで首を振る。

歩美の父とは長い付き合いだったという工房の大将夫妻は、歩美をまるで親戚の子供のように、来るたびにもてなしてくれる。一度工房に戻った後で、すぐにまた顔を出した大将が、歩美の後ろをのぞき見る。

「あれ、今日は車じゃないの？　サンプル、何パターンか作ったから持って帰るのちょっと重いかもよ」

「あー、今日は社長が車を使う予定があって――」

と答えながら、歩美は、途中で、「ありがとうございます」と大将に頭を下げた。

「そんなにパターンを作ってくださったんですか？　わあ、早く見たいです」

その時、大将の後ろから声がした。

「入ってもらいなよ、お父さん」

工房の奥の出入り口から、ほっそりとした手が覗《のぞ》き、赤いチェックのエプロンをかけた、娘の奈緒が顔を出した。

歩美に向け、「いらっしゃい、渋谷さん」と微笑《ほほえ》む。

明るい目をした、姿勢がまっすぐなきれいな人だ、というのが初めて会った時の印象だった。職人の両親とともによく働き、取引先にもこまやかな気遣いをしてくれる奈緒は、鶏野工房を支える看板娘だ。他の取引先でも、そんなふうに言っている人が何人もいる。

歩美の三歳年上だが、年下の歩美にも「さん」づけで常に礼儀正しく、そんなところにも彼女の人柄がよく表れている。

「どうも」と会釈《えしゃく》すると、奈緒が「ごめんなさい」と苦笑した。

「いつも、家族総出でお出迎えみたいになっちゃって。騒々しいでしょう？」

「なんだよ。いいだろう？　しかし、渋谷くん、車で来ないのは本当に失敗だったぞ。もらいものの野菜がたくさんあって、持って帰ってもらうつもりだったのに」

娘に言われて大将が口を尖《とが》らすのを、歩美はとても嬉しく思う。

「いただきます！　どうにか持って帰りますから。――いつも、ありがとうございます」

そうお礼を言って、工房の方へ歩き出す。

インテリアデザイナーだった父の作だ、という椅子《いす》が、この工房にはひとつ、残っている。「ずっと使ってて、汚くてごめんなさいね」と、奥さんが見せてくれた椅子は、カーブラインがゆるやかな丸みを帯びていて、背もたれのところに、ここの作業でついたらしい細かい傷と、日に灼《や》けた跡があった。

それを見て、歩美は、とても幸せな気持ちになった。この椅子が愛され、長く使われていることがわかる。ちょっとした時に物を置くのにも便利なのだと、奈緒が教えてくれた。

工房に入る。

父の椅子は、窓からの光を受けて、今日も工房の中心にあった。それを見て、歩美はとても、嬉しくなる。

この工房に来るたびに、この椅子に会える。間接的に父に会えているような気持ちになると言ったら大袈裟《おおげさ》かもしれないが、歩美はこの工房が、とても好きだった。

2

上野にある戦国資料博物館に図書館やカフェがあること以前に、歩美はその建物の存在自体を知らなかった。

日曜の夕方、依頼人に言われたその場所に向かうと、博物館の中には、意外にも親子連れや子供たちのグループの姿がちらほらとあった。他には、圧倒的に年配の男性が多い。子供たちは併設された図書館の方に来ている様子だが、指定されたカフェには、ぶ厚い資料を睨《にら》むように見入っている熱心なお年寄りの姿も多く見られた。皆、友達や家族と来て寛《くつろ》いでいるというよりは、一人で何かを追究している、という雰囲気だった。

カフェの中の、吹き抜けになったオープンスペースに、その人の姿があった。

まばらに座る数人の姿に混ざって、一人だけ、歩美の入ってきた出入り口の方を食い入るような目で、待ち構えるごとく見つめている。その様子で、すぐにわかった。

「……鮫川《さめかわ》さんで」

「失礼ですが、あなたが使者のお使いですかな？」

鮫川さんですか、と尋ねようとした歩美を遮って、彼の方が先に言った。歩美は出鼻を挫《くじ》かれた思いで、呆気《あっけ》に取られながらも「はい」と返事をする。

使者のお使い、というのは、言葉として重複を感じるが、頷《うなず》いてしまう。それから、訂正する。

「お使い、というか、僕が使者です。お電話をいただいたご依頼を、これから、僕がお受けします」

「そうですか。それでは、どうぞよろしくお願いします」

頑固そうなおじいさんだ、というのが第一印象だった。

分厚い眼鏡に、大理石風の飾りをあしらったループタイ、きっちりと上までボタンを留めたシャツは、きちんとした装《よそお》いだが、ややくたびれていて、そのシャツの裾《すそ》を几帳面《きちょうめん》にズボンの中に押し込んでいる。

電話で聞いた通りの、元校長先生、という風格だ。

「早速ですが、お話を伺ってもいいですか。こちらからも、まず、面会に関してのルールのようなものをいくつかご説明……」

「え？」

「いいでしょう。ただし、お待ちください。私はあなたと約束しましたね」

「約束です。こちらであんみつと珈琲をご馳走するという」

「あ」

　おなかはそんなに空《す》いていなかったし、初めて会う相手と甘味をつつくというのも……と一瞬躊躇《ためら》ったが、その隙《すき》にも鮫川が立ち上がり、カウンターで注文している。ポケットから出した、使い込んだ様子の小銭入れに、箱根の土産物屋でよく見る寄せ木細工の菱形《ひしがた》のキーホルダーが揺れていた。年は七十より下ということはなさそうだ。痩《や》せた足はズボンがだいぶ余って感じたが、それでもまっすぐで矍鑠《かくしゃく》としていた。

　やがて注文を終え、伝票を片手に戻ってきた鮫川が「お待たせしました」と再び歩美の正面に座る。

「私の分も頼んでしまいました。――さて、では、本日はどうぞよろしくお願いします。まずですね、私のお会いしたい人の名を」

「あの、ちょっと、待ってください」

調子の狂う依頼人だった。

このままでは彼のペースに引きずり込まれてしまう、と口を挟むと、鮫川老人はきょとんとした顔つきになって歩美を見た。しどろもどろになりながら、歩美が言う。

「まず、使者のルールについて説明してもよいでしょうか。一応、お伝えする義務がありまして」

「ああ、そういうことですか」

鮫川が居住まいを正す。

「よいでしょう。さあ、おやりなさい」

どうして、普段と違うんだろう、と考えて、すぐに思い当たった。

歩美が接した依頼人の多くは、使者のもとに、戸惑いとともにやってくる。死者と会うなんてことが本当に実現するのかどうか、自分は騙《だま》されているんじゃないか——半信半疑な気持ちで、それでも一縷《いちる》の望みを持って、歩美のもとにやってくる。そういう人たちに、だから歩美は根気強く、まず最初の手順として使者のことを説明するのだ。

恐山のイタコの口寄せのような形ではなく、死んだ人間が生前と同じ姿で現れることや、会える機会が死者にとっても生きている側にとっても一度きりずつで、誰かに会ってしまったら、もう二度と他の人間には会えないということ。

理解してもらうまでに時間のかかるルールの説明を、歩美は依頼人の戸惑いや迷いに寄り添いながら話す。

——しかし。

鮫川老人は、歩美が話すことを、「ふんふん」「なるほど」と相づちを打ちながらも、ほとんど意見も質問も差し挟まずに聞いている。あまりにスムーズなので、きちんとわかっているのだろうか、とこちらが途中で心配になるほどだった。

「死者は生前と同じ、触れることすらできる姿で現れます。面会できるのは、一晩だけ。いつでもいいのですが、満月の夜をお勧めしています。月が出ていれば、その日が一番面会時間を長くできます」

「結構」

もったいをつけるようにして、鮫川が頷いた。

「あなたの仰《おっしゃ》る通りの日で結構ですよ。では、私の話をしてもよろしいかな」

「では、ええ……、はい」

死者との面会を疑うどころか、話したくてうずうずした様子の鮫川が、痺《しび》れを切らしたように話し出す。

「あなた、お若いが」と歩美を見た。

「上川岳満《うえかわがくまん》という名前にお聞き覚えは？　岳満は、たけみつと呼ばれることもあります」

「いえ。すいません、存じません」

「そうですか。まあ、無理はない。お生まれは東京？」

「はい」

「そうですか。そうですか」

一瞬、知らないことを咎《とが》められるかとも思ったが、鮫川がなぜか満足そうに頷いた後で、「私の故郷の名士です」と明かした。

「新潟県というと、戦国時代は有名すぎるかの武将の存在の陰にいろんなものが隠れておりますが、上川氏は、中でも位の低い人間でして。お偉い武将たちとともに政治に関与するというよりは、農民たちの住む村落の長のようなことをやっておった人です」

「ええと、昔話に出てくる庄屋《しょうや》さんのような人、ということですか」

「庄屋！」

歩美としては悪くないイメージを挙げたつもりだったのに、鮫川が信じられないものを見るような目で歩美を見る。嫌みでやっているわけでもないらしく、びっくりしたように肩をすくめた。

「庄屋はあなた、江戸時代からの仕組みです。地方《じかた》三役の最上位のことをそう言います。――ええ、そうですね。上川家の流れは、その後、江戸時代に入ってからは庄屋になっていきますから、それも間違いではないんでしょうが、上川岳満の時代はそうではありませんでした。少なくとも、その頃、まだ庄屋とは呼ばれていなかったと思いますよ」

「あ、そうですか」

どうやら、あまり口を挟まない方がよさそうだ。鮫川がこほん、と咳払《せきばら》いをした。余計な邪魔が入ったとばかりに、再び座り直す。

「上川岳満の生きた時代は、戦国時代です。しかも、辺りを治めておったのはかの武将。近隣との戦が絶えませんでした」

さっきから話題に出ている「かの武将」というのは誰なのだろう、と思ったが、尋ねれば、また話の腰を折るような気がして、歩美には聞けなかった。歴史の授業で習ったことと日本地図とを頭の中に思い浮かべれば、心当たりが出てきそうな気もしたが、万が一また間違うことを考えたら、口に出すのが憚《はばか》られた。

　すると、そんな歩美の心中を見透かしたように鮫川が聞いた。

「ご質問がないが、『かの武将』についてはご存じのものと思ってもよろしいかな？」

「え！　……あの、いや」

　咄嗟に声が詰まったのを、鮫川は見逃さなかった。いよいよ息を大きく吸いこんで、

「まったく！」と天井を振り仰ぐ。

「戦国時代で新潟県といえば、上杉謙信でしょう」

「あ。そうですね……」

　鮫川が「まったく、もう」と大袈裟に肩を竦《すく》める。

「わからないなら、わからないで結構。しかし、何も言わないというのはよくない。そういうときは、質問なさい」

「鮫川さんは学校の先生だったということでしたが、歴史の先生だったんですか？」

「いえ、国語です」

　鮫川がきっぱりと言う。

「この程度のことは、土地の者なら常識ですよ。専門は古典です」

「あ、なるほど……」

　何がなるほどなのか自分でもわからないまま歩美が言うと、折りよくそこにあんみ

つと珈琲が運ばれてきた。たっぷりのクリームが盛られた器の大きさにぎょっとする。食べきれるかわからないクリームあんみつが、歩美と鮫川、それぞれの前に置かれた。

「いただきましょう」

鮫川が言って、スプーンを手に取る。歩美が躊躇いがちに手を伸ばすのと対照的に、鮫川はざくざくとスプーンを動かす。蜜《みつ》をなめ取るように、音を立てる食べ方だった。どうやら、甘い物が好きなようだ。

「戦国時代にも、農民たちが治めている村はたくさんあったし、上川岳満のような位の低い領主もいました。上杉謙信が血気盛んに戦を仕掛けておった頃は、侍は侍、農民は農民という区別がだんだん揺らいだ時代でもありまして。——どの土地でも、村の中から一人か二人くらい、戦に行って手柄を立てる人間が出るのが普通でした」

「はい」

「上川岳満が立派なのは——」

鮫川が、じゅるり、と寒天をてんこ盛りしたスプーンを口に運んで呑《の》み込む。そして続けた。

「自分の村に住む農民を、ただの一人も戦に出さなかったことです。戦がかなり熾烈《しれつ》になってきて、繰り返された武田信玄《たけだ》との川中島の合戦などの時には、他の村からは農民も多く駆り出されたというのに、上川氏の領土からは誰も行かなかった。農民まで数に含めよ、とお達しが来ても、『うちから出せる者は誰もおりません』と突っぱねたと聞きます」

「へえ」

感心して声を出すが、その反応ではまだ不満だったのか、鮫川が「どういうことか、きちんとわかりますか」と聞いてくる。

「これはね、言葉で言うのは簡単ですが、並大抵のことではないのですよ。当時は、下克上という言葉でも知られるように、生まれ持った身分を超えることができる立身出世の時代でした。農民は一生農民のまま、とされていた中、戦で手柄を立てれば恩賞があり、身分だって与えられました。隣村ではそうやって手柄を立てた者も出るし、家を継げる長男ならともかく、その見込みもない次男坊三男坊がその誘惑に抗《あらが》って戦に行かずにいる、というのはね、勇気のいることです。反対の声も当然あったろうに、上川氏は周りの者を戦に行かせず、まあ、言ってみれば村民の命を守ったんですな」

「はあ」

「大変なことです」

鮫川老人が、あんみつと一緒に運ばれてきた珈琲にミルクと砂糖を溶かし、ずずっとするように飲む。さらに続けた。

「当時としてみれば、裏切り者のようにも言われたでしょう。しかし、結果として、戦とは無縁の人生を村人にもたらしたのです。そんなわけで、上川氏のその英断が評価されるようになったのは、後世の、歴史から見ればつい最近のことです」

鮫川がスプーンを置く。歩美を正面から見た。

「私は、この上川岳満という人に興味があります」

「はい」

「幼い頃から、祖父母に、この辺りを治めていた上川さんという人は本当にすごい人なんだ、と言われて育ち、教員をしながらも、折に触れ、ゆかりの史跡を巡り、郷土史を紐《ひも》解いて、上川岳満の研究をして参りました」

そこまで聞けば、歩美にだってわかった。依頼としては初めてのパターンだ。鮫川に尋ねる。

「……つまり、鮫川さんが使者に面談を依頼したいのは、その、上川岳満さん、ですか。歴史上の人物とされる」

「その通りでございます」

丁寧な口調かと思うと、教員然として指導してみたり、慇懃《いんぎん》無《ぶ》礼《れい》な態度になったり。

この日、最上級の敬意を払うように、鮫川が「よろしくお願いいたします」と、歩美に頭を下げた。

3

死んだ人間に会う、という依頼は、たいてい生前付き合いのあった人を指名するものだ。

家族、親友、恩師、恋人……。

面識のない相手を指名する、というのは、昔、まだ使者の見習いを始めたばかりの頃、憧《あこが》れていたアイドルに会いたい、と申し込まれたことが一件、あるだけだ。他には覚えがない。

待ち合わせ場所で鮫川の姿を見た時にも、歩美はてっきり、死に別れた妻か誰かに会いたいという依頼なのだろうと思った。

初めてのケースに、歩美はしばらく言葉を失う。

ややあってから、聞いた。

「――わかりました。ただし、上川さんが会ってくれるかどうかはわかりません。ええと、亡くなったのは」

「天正十五年。豊臣秀吉《とよとみひでよし》が聚楽第《じゅらくだい》を完成させたのと同じ年ですな。死の直前まで、上川氏は細々と村を治めていました。子はなく、家督も弟たちに譲っての質素な晩年だったと伝わっております」

気が遠くなりそうだ。

天正十五年って、どれくらい前なのかも見当がつかない。歩美の戸惑いを感じ取ったのか、鮫川が続けて説明してくれる。

「天正十五年は、西暦で言うと一五八七年です。その九月七日に没したと記録にあります」

「……四百年以上前、ですか」

「はい」

頷いてから、鮫川がふいに「こんな依頼は初めてですか」と歩美に尋ねた。

もしかして難しいのではないか、という意味合いで口にしたのかと思ったが、言葉と裏腹に、彼の顔が微かに楽しそうに見える。

「こんな依頼をするのは私くらいのもんでしょう？」

鮫川がそう言って身を乗り出した瞬間、首もとに下げられたループタイが勢いよく揺れた。

歩美は、「はあ」と答えながら、彼の熱意にたじろぐ。オープンスペースのカフェでは、周囲の目も気になる。咄嗟に周りを見回そうとした歩美の関心を逃すまいとするように、鮫川が、もう一度言った。

「歴史上の人物に会いたいなんていう依頼はね、たとえ考えついた人がいたとしてもおそらくは気まぐれか戯れなんですよ。本気でそんなことを願う人間はまずいない。

──だけどね、私は違います」

レンズの厚い眼鏡と、絞りの入った麻のシャツ。まだ春なのに、額に浮いた汗をせかせかと一生懸命に拭くハンカチを持つ指に、興奮のためか、ぎゅっと力が入っている。

その彼の勢いに押されつつも、歩美はそれはそうだろう、という気持ちだった。

歩美だって考えてみたことがある。死んだ人間に会える、ということは、つまりは、同じ時代を生きることができなかった、過去の人にも会えるということだ。歴史上の人物はその最たる存在だろう。もし歴史上の誰かに会えるなら、という可能性は、思いつく人も多いだろう。

歩美にも、憧れた偉人やスターはたくさんいる。けれど、たった一度しかない機会を自分のその興味に使えるかどうかは、また別の話だ。会ったこともない他人のために、使者を必死になって追い求める人はまずいない。

しかし、鮫川はその熱意で使者を探し、そして辿り着いたのだ。

目をキラキラと輝かせた鮫川が、改まった口調で尋ねた。

「あなた、お若いが、どうですか。いましたか？　こんな希望をする者が」

「僕が知っている限りはいないです。仰《おっしゃ》る通り、みなさん思いついてもなかなか行動に移さないのではないでしょうか」

今回、そんな依頼が〝ご縁〟で繋がったということ自体、なんだか不思議な感じだ。

「ふうん」と頷いた鮫川が、今度は一転、つまらなそうな顔になる。

「おりませんか。そういう愚か者は。なんだ、つまらない。どうなったか聞きたかったのに」

「愚か者って……。鮫川さんご自身が歴史上の人物を希望していらっしゃるのに」

「いえね、私は違います。きちんと心得てきておりますから。私の言う愚か者とは、何の覚悟も準備もなく、何百年も前の人間に会おうと気軽に考えてしまうような人たちのことですよ。闇雲《やみくも》に、ただ好きだからという理由で、やれ、紫式部に会いたいだの織田信長《のぶなが》に会いたいだのというような」

そんな人たちには、希望したところで向こうが会ってくれないんじゃないかな、と思う。

彼らの時代に使者がいたかどうか、いたとしてもどんな立場だったかはわからない。しかしそれほどの人物たちなら、すでに誰かと会っている可能性も高い。そもそも、歴史上の人物だって、死後に会いたいのは家族や恋人、あるいは身近な誰かだろう。時を超えたファンが会ってもらえた、というイメージはあまり湧《わ》いてこない。

しかしその時、鮫川が言った。

「会えたところでね、おそらく、後悔します。何しろきっと、言葉が違いますから。外国人に会うようなものです」

あ、と思う。

間抜けなことに、歩美は初めてそのことに思い至った。

と同時に、彼の専門が古典だと言っていたことを思い出した。学校で学ぶ古典は、確かに「国語」だ。何百年も前の、今とは異なる「日本語」だ。

「同じ日本という国の言葉であっても、何百年もの時を経れば言葉は変わります。今は、ドラマや漫画でも、いろんな時代の日本が扱われて、そこでは登場人物は皆、現代の日本語を話しますから、実際に会ってもすぐに話ができると思い込んでしまうんでしょう。けれど、それは現代人の思い上がりというものです」

「……ええ」

なんだか、自分が叱《しか》られているような気持ちになってくる。そんなことを、考えてみたこともなかった。歩美がしおらしく頷いたのが気に入ったのか、鮫川が「たとえば」と、なおも続ける。

「百人一首は長く伝わっている歌集で、我々にも馴染《なじ》みがありますが、実は当時とは節回しも発音も全く違うとされているんです。研究者たちが作った、その時代の発音で読む百人一首というのがありますから、聞いてみると面白いですよ」

「どんなふうなんですか？　今、テープか何かで朗読される節回しも日常では聞かない特殊な読み方をしていると思いますけど」

「なんというか……、全然違います。聞き取れないということはないかもしれませんが、まるでふざけてそうしているようにも聞こえる」

「へえ」

そんなものがあるのか、と感心すると同時に、けれど、と疑問も湧く。

「どうして当時そういう発音をしていたということがわかるんですか？　聞いた人もいないのに」

「それはあなた……、あなたに一から説明すると長くなるような研究を、学者たちが重ねた結果ですよ」

歩美としては、当時はまだ録音の手段などもないし、もちろんその時代から生きている人もいないのだから、と不思議に思って聞いただけだったのだが、ケチをつけられたように思ったのか、鮫川がむっとした様子で返す。

「ともかく」と彼が言う。

「私がお会いしたいのは、私の住む地域のかつての長、上川岳満です。私は、彼が下した決断のもと、その土地で天寿を全うできた農民の子孫ですし、彼が農民たちを自由に戦に出していたとしたら、そもそもこの世に存在しなかったかもしれない人間です」

「そのことについてのお礼を言いたい、ということですか？」

「それもあります。しかし、それよりも何よりも、私は、上川岳満の研究者でもあるんです」

鮫川が胸を張る。

「私は、上川岳満の英断の話を祖父母や両親から、ずっと子守歌代わりに聞いて育ち、誰に頼まれたというわけではありませんが、若い頃から彼のことを研究して参りました。これでも、上川氏のことで地元の大学教授と対等な立場で講演をしたり、郷土資料館でガイドを務めたりもしております」

「はい」

「しかし、そんなふうに一生をかけて研究してきた上川氏のことでも、どうにも腑《ふ》に落ちない謎《なぞ》が二つ、あります」

「謎？」

「ええ」

鮫川が頷いた。目が再び熱を帯びる。

「一つは、上川氏が語り継がれるようになった、農民を戦に出さなかったという英断そのものにかかわる謎です。当時、大領主であった上杉家に逆らってまで農民に戦を禁じたというのは、今の平和主義の観点で見れば英断ですが、当時は愚行そのものです。臆病《おくびょう》者や裏切り者のそしりは免れない」

「はい」

「しかし、それでもなぜ、そうすることが正しいと思ったのか。――上川氏のこの決断は、あまりにも新しく、現代的に過ぎる。どうして当時そんな判断ができたのか、しようと考えたのか、研究者の間では長年の謎として残っています。彼を後押しした何かがあるはずだ、と探究が続けられております」

「はい」

「そして、もう一つは彼の残した歌です」

「歌？」

「彼が残したとされる歌がいくつかあります。その中に」

――恋《こ》ひわびて　君こそあらめ　祈るとて　見てもさてある身ぞ悲しかり
人生をかけて研究してきた、というのは本当なのだろう。

朗々と詠《えい》ずる鮫川が喉《のど》を震わせる様子は、背筋がぴっと伸びて歩美でも見惚《みと》れるほどだった。手帳やメモ書きのようなものもなく、鮫川は歌を暗記していた。

「どうです。あまりうまくない歌なんだが、上川氏が残したとされるものです」

「あ、うまくないんですか？　その歌」

歩美などは古典で習うような文章は問答無用にきれいな日本語なのだろうと思ってしまうから、歌の善《あ》し悪しなどわからない。鮫川が視線を合わせないまま「よくはないです」と言った。

「上杉謙信は、和歌文芸に精通した人物で、それゆえ家臣たちも和歌を学び、京都の貴族階級と深い関係を持つ者も多くおりました。岳満もまた、そんな上杉領下に生を享《う》け、幼い頃から和歌には親しんできたはずなのですが、これはあまりにも平安調の浪漫を引き摺《ず》っているというか、私には少々時代錯誤に感じられます」

「そう……なん、ですか」

戦国の世で、平安時代の影響を時代錯誤と言われてもと思うが、確かにわかる人から見ればそうなのかもしれない。鮫川が言った。

「これは恋の歌とされています。上杉謙信が自身の少年時代の恋の思い出を詠《よ》んだとされる『つらかりし人こそあらめ祈るとて神にもつくすわが心かな』を本歌としていると思われる」

歌の世界に、既存の歌の一部を取り入れてその歌を連想させるようにしながら奥行きを持たせる〝本歌取り〟という文化があることは、歩美も学校の古文の時間に習って、なんとなく知っている。鮫川が説明を続けた。

「岳満の歌は、訳すと、恋に焦《こ》がれる私であるけれど、君だけは私のように苦しむことなくあなたらしく生きてほしい。それに反してのほほんと生きている我が身が悲しい——というような歌です。本歌から謙信の深い信仰心が薄まり、かわって岳満の人間らしさが込められた歌であると考えられます」

「はい」

鮫川が真剣な眼差《まなざ》しで歩美を見た。

「しかし、ここに謎が残ります。上川岳満の人生で、これに該当するような女性はいないのですよ」

「結婚はして……」

「妻はいましたが、こんな激しい恋を歌うような相手ではないと私は思います」

鮫川がやけにきっぱりと首を振る。

「上川氏は名君でしたが、子はおりませんでした。他に誰か忍ぶ相手がいたのではないか、あるいは主上や師、小姓との関係について詠んだという説もあるが、私はそれもしっくり来ない」

「他の研究者の方たちは、どういう意見なんですか？」

よくわからないが、郷土史には鮫川のような情熱を傾ける人も多いのだろう。鮫川老人の口ぶりから察するに、上川岳満を研究しているのも彼一人ではなさそうだ。

鮫川が、とても嫌そうな、苦々しい顔つきになる。

「妻なんだろう、というのです。詠まれた当時の心持ちは違ったかもしれないが、妻と出会ったばかりの頃のことを回想した歌だろうというのですよ。時が過ぎ、ふと、昔を思ったのではないか、と」

「なら……」

「しかし、私は人とは違う解釈を持っております。上川岳満の詠んだ想《おも》いは、女性に対するようでいて、女性でない。特定の誰かということのない歌です」

歩美はまた気圧《けお》されたように黙る。鮫川が続けた。

「上川氏の残した書の中には、彼の残した筆跡で詠まれた歌が他にもいくつかありますが、恋の歌はこれ一つだけ。ならば、この時だけ、こんな激しい恋を歌うというのも納得がいかない。誰にあてたものなのか、あてる相手など、この時の彼にはいなかったはずなのに――、そう思った時に、これは、恋に仮託した、『民』と『村』のことを思う歌だったのではないか、と私は考えました」

「『民』と『村』を？」

「ええ。ここで歌われているのは、上川氏が村の民のことを思って、実は苦悩していたけれども、その苦しみを民には見せまいとしていたという確かな証《あかし》です。稀代《きたい》の名領主も、ただ自分の思うままに行動していたわけではなく、本当は深く葛藤《かっとう》していたという、その証拠なのではないかと私は考えました。実を言えば、この考えに行き着いた瞬間は、稲妻に撃たれたような気持ちがしたものです」

「はあ」

歩美には、正直あまりぴんと来なかったが、鮫川の口調は揺るぎなく、さっきよりもさらに興奮していた。叱られるのが嫌で、ついもう一押し、相づちを打つ。

「つまり、恋ではなかった」

「さよう」

鮫川が頷く。

「私は、この自分の説の真偽の程を上川岳満氏に尋ねたい。直接尋ねることができたなら、もう死んでもいい、とそんな覚悟で今日参りました」

また鮫川が正面から歩美を見た。より、神妙な顔つきになる。

「もし、お会いすることが叶うなら、今日まで研究してきたことのすべてをぶつける覚悟で臨みたい。当時の日本語についても、可能な限り、学び直して話せるようにしておきたいと思っています。どうぞよろしくお願いいたします」

歩美があんみつを三分の一も食べ終わらないうちに、鮫川の分はすっかり空になっている。食べ方はあまりきれいでないように思っていたが、皿に戻されたスプーンは、いつの間にか、また先端に紙ナプキンが巻き直されていた。

「わかりました」と、歩美は頷いた。

鮫川の顔が輝いた。

「ただし」と付け加える。

「随分昔の方へのご依頼ですから、上川さんが承諾してくれるかどうかはわかりません。誰か違う方にすでに会ってしまっている場合もあるだろうし――」

「いやあ、ありがとう。ありがとう。あなたは素晴らしい方だ」

歩美の話が終わらないうちに、鮫川が無邪気に口にする。歩美の前で手を合わせ、拝むような恰好《かっこう》をされたので、「や、やめてください」とあわてて両手を振り動かす。

交渉し結果を連絡すること、他にも依頼に関することをいくつか確認し合い、戦国資料博物館の前で別れる。今日の夜の新幹線で新潟に戻るという鮫川を見送りながら、歩美は、ふう、と小さくため息をついた。

そういえば、費用の心配をされなかったな、と思う。

使者の仕事をしていると、依頼人が必ず一度は口にすることだ。依頼にお金はかからないんですか、とか、何かお礼を、とか。

しかし、鮫川は使者の存在に疑いを持つ様子もなければ、謝礼について考えもしないようだった。ケチでそうなっているというよりは、言われたら支払はするけれど、タダで当然だと思っているような。

悪い人じゃなさそうだけど、ちょっと何かがズレたおじいさんだなぁ、と去りゆくその背中を見つめる。

4

鮫川老人と別れたその日は、秋山家に杏奈を訪ねることになっていた。

もともと祖母の残した使者の仕事は、秋山家が長く担《にな》っていたもので、依頼を受けた際には、一つ一つ、本家に報告をしている。面会の場所となるホテルなどの手配も、秋山家の方で取り仕切ってもらう必要があるからだ。

八歳にしてその秋山家の現当主である杏奈は、歩美が訪ねて行くと、広い家の座敷の一つに寝転んでテレビを観《み》ていた。この年頃の子に人気のある特撮のヒーローものは、ＤＶＤだろうか。

歩美が入ってきたのに気付いて、杏奈がテレビを消し、起き上がった。

「おかえりー、歩美くん」

「ただいま」

祖母や叔父夫婦と暮らした家を出て、現在の歩美は会社の近くに一人暮らしだ。それでも叔父夫婦の家も、秋山家も、やってきた歩美をお客さんのようには扱わない。

当然のように「おかえり」と迎えてくれる場所があるというのもありがたく、歩美もその好意に甘えている。

秋山本家は、今は、杏奈とその両親とが三人で暮らしている。前は、大伯父と、その長男である杏奈の祖父たちも一緒に住んでいたが、杏奈の祖父は大伯父が杏奈を後継者に指名した時点で、「肩の荷が下りた」と占いの仕事をやめ、今は熱海《あたみ》に新しい家を構えて隠居している。

杏奈の両親は、今日はそろって出張だという。「一緒に行かなかったの？」と歩美が聞くと、杏奈がちらりと、呆《あき》れたようにこっちを見た。

「学校」とぶっきらぼうに答える。

「お父さまたちと違って、こっちは学校があるんです。義務教育中なんだから」

「あ、そうか」

それでも学校を休んでついていくという手だってあるだろうに、意外なところが律《りち》儀《ぎ》で真面目《まじめ》だ。

杏奈は、同じ年頃の子に比べて、とんでもなく大人びて利発だ。あの秋山の大伯父のひ孫なのだから、それも当然なのかもしれないが、正直、歩美でもこの子には言い負かされたり、たじろぐことが多い。

杏奈に会うと、歩美はいつも、この子は本当は人生が二度目なんじゃないだろうか、と思う。人生経験を一度終えた誰かが中に入っているような気がしてくるのだ。それこそ、大伯父か、歩美の祖母のアイ子のような。

両親の出張中も、立派な日本庭園を構えた秋山家には、家政婦さんや執事のような使用人が多くいて、杏奈は彼らに面倒を見てもらっている。歩美が座ってすぐに、温かい日本茶を家政婦さんが運んできた。

それを「ありがとう」と堂々と受け取る杏奈の貫禄《かんろく》はすごい。ただし、歩美の元に置かれたのは日本茶と和菓子だが、杏奈の前に置かれたのはストローのささったコーラだった。

「で、どうだった？　今回の依頼人」

「それが……」

かいつまんで鮫川老人について話すと、杏奈の目が輝いた。興味津々《しんしん》といった様子で「へえ〜」と感嘆の声を出す。彼女にしては珍しい反応だった。

「とりあえず、会ってもらえるかどうかはわからないけど、交渉はしてみるつもり。もう誰かが、すでに上川さんに会ってしまってる可能性も高いけど」

「そういう場合はどうなるんだっけ？　それでも交渉まではできるの？」

「ううん。そういう場合は、鏡がもう光らない」

死者との交渉は、祖母から受け継いだ鏡を使って行われる。月の下で手をかざし、鏡の上に光の粒が集まるようにして現れる死者たちと交渉を行うのだ。

これまで、すでにもう誰かと会ってしまっていたというケースを経験したことは一度もないが、祖母の話だと、そういう場合は鏡が光らず、交渉すらできないという。それをそのまま依頼人に伝えることになる。

「ふうん」

杏奈がコーラをずーっと吸いこみながら、頬杖《ほおづえ》をついた。

「会わせてあげたいけどなぁ、鮫川さんっていうそのおじいちゃんと。ずっと研究してきた人に会えるなんて、憧れの人に会うみたいな感じだね」

「まあね」

杏奈が学校でもう戦国時代の勉強をしているとは思えなかったし、彼女が歴史についてどの程度の知識があるのかもわからない。けれど、歩美の懸念《けねん》をよそに杏奈が「でも、がっかりしなきゃいいけど」と続けた。

「会えたら死んでもいいって言ってたとしても、歴史に伝わってる人物像と本人とは当然違うんだろうし、そのおじいちゃんが思い込んでるイメージもあるだろうから、それが裏切られてがっかりしないといいけど」

「そういうのも覚悟の上で会いたいってことなんじゃないかな。研究者だって言ってる以上、そのくらいは承知してるはずだし」

よく「人物像」なんて言葉知ってるな、と感心しながら歩美は答える。

とはいえ、杏奈の心配もよくわかった。鮫川老人は、確かに思い込みも強そうだ。和歌に関する解釈一つ取ってみても、個人の想像が多分に含まれている気がした。

「だけど、歩美くん、どうするの？」

「何が？」

「言葉」

尋ねながら、杏奈が「食べないの？」と歩美の前の和菓子を指さす。鮫川とあんみつを食べてきたばかりの歩美は「大丈夫」と首を振って、杏奈の方に皿を向ける。

杏奈がその皿を受け取り、「やったー」と手を合わせる。

「交渉する時、歩美くんだって上川さんと話をしなきゃならないわけでしょ？　――そういえば昔、飼ってた犬と会いたいっていう依頼を受けたことがあるって聞いたけど」

「犬？」

「犬。まだ、曾《ひい》おじいちゃまが使者のお役目をやってた頃のこと」

練り切りを一口もぐもぐと食べた杏奈が、人差し指を顎《あご》にあて、何かを思い出すような顔つきになる。

「一応理由を聞いたら、『理由なんていりますか？』って言われて、それで引き受けることにしたんだって。そうだよな、理由もなく会いたい気持ちはわかるよなって。――で、その時の依頼人に言われたって。動物でも人間の言葉を話せるオプション機能がついてたら、使者の力はもっといいのにって」

「すごい話だね、それ」

ただでさえ、普通では実現できない面会の上に、さらに奇跡を望む。無茶苦茶な考え方かもしれないが、歩美にも少しは想像できた。実際に叶《かな》ったらいいな、とも思う。

「でしょ」

「で、その依頼はどうなったの？」

「残念ながら、叶わなかったみたい。会うのは、やっぱり人じゃなきゃダメなのか、その時も鏡が光らなかったって」

まだもぐもぐと口を動かし続ける杏奈が言って、「で、歩美くんはどうするの？」と尋ねる。

「そういう素敵なオプション機能があるなら別だけど、今回の依頼はどうだろうね。昔の言葉が今と違うなら、歩美くんはしゃべれるの？　交渉する時、上川さんの時代の言葉、しゃべれないと困らない？」

「あ、それは大丈夫」

自分の手柄ではないが、歩美はこれには自信を持って首を振る。食べるのをやめ、怪訝《けげん》そうな杏奈に、歩美は鞄《かばん》から一通の封書を取り出す。その宛名《あてな》を見て、杏奈の顔に「あ」という気づきが広がった。

「なるほどね。手紙かぁ」

ダイナミックな毛筆で『上川岳満殿』と書かれた封書は、今日、去り際《ぎわ》に鮫川老人から受け取ったものだ。交渉する際にはこちらを見せてほしい、と手渡された。

何が書いてあるのか、歩美も開けてはいない。手紙は便せんと封筒ではなく、大河ドラマでよく見るような、和紙を繋《つな》げて蛇腹折りにしたものだということで、かなりの厚さがあった。

「見せて」

杏奈が言って、歩美と同じく、開けることなく、手紙の表面だけをじっと眺める。

「ありがと」と歩美に戻しながら、「本当に、すごく、熱心なんだね」と言った。心なしか、手紙を差し出す手つきが、敬意を払うように両手で丁寧になっている。

「会えるといいね」

「うん」

杏奈の言葉に、歩美も頷《うなず》く。

手紙をしまう時、鞄の中の、今手掛けているおもちゃのサンプル品に目がとまった。

「あ、そうだ」と、杏奈に言う。

「今度、企画したおもちゃが商品になりそうなんだ。カメの形をしてて、色で迷ってるんだけど、見てくれる？」

足を動かすことで、音が出たり、歩いたりするカメは、甲羅の部分を赤、青、黄色の三種類で鶏野工房に作ってもらっている。

取り出そうとした瞬間に、まだ現物を見てもいない杏奈から「緑」と言われた。

歩美はびっくりして顔を上げる。

赤も青も、黄色もあるけど緑はない。そう伝えようとしたところで、杏奈がにやっと笑った。

「カメの甲羅の色で迷ってるとしたら、緑でしょ」

「作ってないよ」

「じゃ、作りなよ。赤とか青とか、実際の色と違うポップな色にするのは子供騙《だま》しだと思うなー」

生意気な口を利《き》き、内心でチクショウと思う歩美の手から、カメのおもちゃを受け取る。

「ああ、かわいいんじゃない？」とその足をバタバタと動かし、杏奈が子どもらしい顔で笑った。

5

数日後、無事に交渉を終えた歩美は仕事の合間を縫って、鮫川老人に電話をかけた。ずっと、自分からの連絡を待っていたのだろうか。ちょうど食事時だったが、電話はコール音一回で鮫川本人に繋がった。

相手が歩美だとわかると、電話口で鮫川が居住まいを正す気配があった。微《かす》かに緊張を含んだ声が、『いかがでしたか』と尋ねる。

「お会いになるそうです」

そう伝えると、鮫川が息を呑んだ気配があった。

この報告ができてよかった、と思いながら、歩美は事務的に言葉を続ける。

「これから、お会いになる日程の相談を――」

『わかりました。いや、今ちょうど、郷土資料館のガイドの仕事を週に何回にするかという打ち合わせをしている最中でして、本当によかった。客の多い土日だけでもよいのではないかと言われていたのですが、今、ちょうど話し合っていて……』

喜びと動揺が、一足遅れでやってきた様子が、電話口から伝わってくる。

ガサガサとメモが用意されるような音がして、それから『あの』と息を詰めた気配があった。

「なんでしょう」

『……私の手紙を、上川岳満氏は読めたのでしょうか』

「はい」

歩美は答える。

鏡の上にうっすらと集まった光の粒子の中に現れた、上川岳満と思《おぼ》しき人は、それがいつの姿なのか、痩《や》せた老人だった。戦国時代の領主と聞いて想像していたような、いかつい雰囲気はなく、色味のない、茶色い着物を着ていた。

普段の交渉の時よりも、いくらか、歩美も緊張していた。「こんにちは」と言って、通り一遍のことを、現代の言葉で、ゆっくりと説明していく。

杏奈が語ったような使者のオプション機能が存在しているのかどうかは、わからなかった。

ただし、上川岳満は、逃げ出したくなるくらいまっすぐな視線を歩美の方に向けていた。少しは伝わっている気がしたが、あれは、歩美の都合のいい解釈だったろうか。

「これが預かった手紙です」と、鮫川老人の手紙を渡す。

面会の時に実体を持った姿で現れる死者でも、交渉の段階で物を渡したりするのは初めてだった。だが上川氏はしっかりと、手紙を受け取った。

黙ったままそれを読み、そして――頷いた。

深く顎を引き、歩美の目を見て、ゆっくりと。

「お会いになるということですか？」

尋ねた歩美に再度、頷いた。うむ、というような声が、彼の口から漏れるのが聞こえた。

自分の手紙が読まれたと聞いた鮫川が、電話の向こうで唸《うな》った。それがどういった感情のものなのかはわからないが、感極まったように「うう」と、くぐもった声が聞こえる。

歩美は携帯を手にしたまま、鮫川が落ち着くのを待つ。しばらくして、彼が言った。

『ありがとう』

「いえ」

『ありがとう、ありがとう』

同じ言葉をくり返し、一度、洟《はな》をすするような音がした。それからまた、調子を取り戻し、鮫川が『では、どちらへ行けばよろしいかな』と、歩美に尋ねた。

6

鮫川幸平《こうへい》は、鈍感な人間ではなかった。

使者との、面会場所に向かう途中。

新幹線の中で、トイレの鏡の前に立つ。弾む胸を押さえて、鮫川はループタイを調える。今日のために散髪をし、薄くなってきた白髪に丁寧に櫛《くし》を通して帽子をかぶり直す。

校長まで務めた高校を退職した時、退職金で一生ものとして誂《あつら》えた背広を、今日は久しぶりに出した。

鮫川は、鈍感な人間ではない。

その証拠に、今日が、おそらく自分の人生で最良の日になるのであろうと、気付いている。

質素で真面目、堅実、専門バカ。

幼い頃から、自分に対して周りの人たちが言ってきた言葉はおそらく正しい。学問は好きだったが、自分の興味がないものに対しては、本当に構わない性格だった。

好きが高じて、本を読んで歴史を学び古い書物を紐解いて教職に就いたまではよかったが、その頃になると、だんだんと生きにくくなっていた。

子供たちも、その親も、同僚も、鮫川を「変わり者」と見ていた。

「鮫川先生」を略して、陰で「サメ先」というアダ名で呼ばれ、「サメ先って、結婚してねえの」と生徒たちが噂《うわさ》していることも知っていた。独身であるのを、人がしていて当然のことをしていない、という象徴のように語られているらしかった。

両親を亡《な》くし、兄弟も結婚して独立すると、鮫川には親戚《しんせき》はいても家族はいなかった。

理解ができない人間として、自分が見られている気配はずっと感じていた。

鮫川は、鈍感ではないからだ。

ただ、必要を感じなかったから家族を持たなかったというだけで、鮫川と周りとの距離はゆるやかに広がっていった。

「いい校長先生だと思うけど、変わってるのよね」と言う言葉の裏側には、自分が好きで親しんできた、郷土の歴史も書物も、実生活には何の役にも立たないものだという嘲《あざけ》りがあるような気もした。

何が楽しくて日々を過ごしているのか、と周りから呆れたようにも、心配されているようにも言われてきたし、自分が寂しい人間のように語られている気配も感じていた。

しかし、鮫川は孤独ではなかった。

むしろ、楽しくて自由な人間であると思っていた。だから、周りがどう言おうが、それは構わない。

足元の歴史を掘り返してみれば、幼い頃から英雄譚《たん》のように逸話を聞いた上川岳満がいた。

大学のような場所で専門的に研究を続けてこられたわけではないが、郷土の英雄の人生を、この土地の風と言葉と気候を知る自分以上に学んで理解できる人間はいない。特に定年になってからは、上川氏の高潔な生き方にますます惹《ひ》かれた。

あの和歌に詠まれたのは、恋や愛ではないのではないかという閃《ひらめ》きがふいに訪れた時には、運命としか言いようのないものを感じたのだ。

気付いただけでも充分な幸せだったが、鮫川はそこから、使者の存在を知ってしまう。

足繁く、大きな町の図書館や資料館に保管された資料などを可能な限り訪ねて歩くうちに、とある文献にその存在を確認した。

死んだ人間に会えるという、不思議な物語を綴《つづ》った民話を、妙な共通点とともにいくつか発見し、そこから後は――夢中になって、探したのだ。

実際に、使者に依頼したことがあるという人に会えたのは、これもまた運命だと思った。その人は、四国にある小さな郷土資料館を手伝う、自分と同じようなボランティアのガイドだった。死に別れた妹と、使者を通じて確かに会ったという。

教えてもらった電話番号を手にした時、鮫川が会いたいと思った相手の名前は、一つだけしかなかった。

そして、そのことを、寂しいとは思わなかった。

それくらいの思いを持って追いかけてきた人が自分にはいるということが、とても、誇らしかった。


新幹線を降り、乗り継いで、品川駅で降りる。

人混みはあまり好きではなかった。八十を過ぎてからは、情けないことに、それまではあんなにも軽く、どこにでも行けると思っていた足があまり上がらなくなった。痩せたはずなのに太ももが重く、少しの階段で息切れする。

大きく息を吸いこんで、気持ちを整える。

待ち合わせの駅近くのホテルのロビーは、目が眩《くら》むほどの絢爛《けんらん》さだった。こんな場所に、鮫川は一度も泊まったことはない。

けれど、今日は違う。

使者と、このホテルで面会に臨むことを確認してから、鮫川は自分でホテルに宿泊の予約を入れた。チェックインできる時間に合わせて到着し、フロントで名前を書く時、微かに文字が揺れて乱れた。

今夜、上川氏に会えるのだという興奮のためだったが、年のせいだと思われるのが嫌で、鼻から息を吸いこみ、右手にそっと左手を添えて、数回撫《な》でる。震えが収まったところで、必要な箇所をすべて書き込んだ。

ベルボーイに荷物を部屋まで運んでもらい、約束の七時までベッドで横になっていようと思った。目を閉じて、新潟からの旅の疲れが夜までに抜けるようにと祈ったが、当然のように眠れず、そのまま、再び身支度を調えて、六時には使者と待ち合わせした一階のロビーに降りていく。

使者の青年は、それからしばらくして現れた。

面会の支度をしていたのか、エレベーターから降りてきた彼は、すでにロビーの椅《い》子《す》に座っている鮫川を見て、驚いた様子だった。

「こんにちは。すいません、もういらしていたんですね」

「いや、何。こちらに宿泊をと思ってね。部屋を取りました」

そういう依頼人は珍しいのか、使者の青年が目を見開いた。鮫川は笑う。

「なあに、こんなことは滅多にないから記念になります」

「……お部屋の準備はもうできています。お会いになれますよ」

青年が言った。その言葉に、体の内側がざわざわとして、血が沸き立つような気持ちになる。「そうですか」と鮫川は言った。

面会は、今から、朝まで。

朝日が昇ってくると、死者は、その姿を消してしまうのだという。

終わったら、下に降りてきて、待っている使者の青年に声をかけること。

約束ごとを聞いて、鮫川はゆったりと頷いた。「承知しました」と答える。

「終わってうっかり、自分の部屋にそのまま帰ってしまわぬように気をつけます」

「ええ。お願いします」

使者の青年も微笑《ほほえ》んだ。


面会のための部屋は、鮫川が泊まる部屋よりも二階上の十一階だった。

カードの鍵《かぎ》を渡された時、さっき、自分の部屋に入るのに手間どったことを思い出し、やはり、部屋を取り先に試しておいてよかった、と思った。

使者の青年と一緒に乗り込んだエレベーターが十一階に到着する。

「いってらっしゃい」と彼に送り出された。

廊下の号室表示を確認しながら、深呼吸する。いざとなると、やはり緊張してくるものだ。震える手を握り締める。

上川氏と、うまく話せるかどうかわからなかった。

準備してきたとはいえ、自分の興奮が先走ってうまく言葉を交わせないかもしれない。手紙を読んでもらえたのだから、いざとなったら筆談だ。そうなった時のために、紙と筆も用意してきた。胸ポケットに、メモ帳の感触を確認する。

目当ての部屋の前まで来て、トントン、と二回、ノックをする。ドアベルがついていることは知っているが、急に鳴らしたら、驚かせてしまうかもしれない。ノックだって、当時はこんな洋室はなかったのだから、習慣はないだろう。

返事がないまま、ドアをそっと開ける。

部屋の奥に、姿が、微かに見える。ドアの隙間《すきま》から、その顔を覗《のぞ》く。

——ああ、と思う。

茶色い、粗末な絣《かすり》の着物。

その、袖《そで》が見える。椅子の上にじっと正座している、その姿が見える。

上川岳満だ、と、言葉にならない感慨の、ため息が落ちる。

7

面会に向かった鮫川老人は、午前六時少し前に、再びロビーに現れた。

その姿を見つけて、資料を広げて仕事をしていた歩美は、あわてて立ち上がる。もう朝日が差している。どうやら、時間をめいっぱい使っての面会だったようだ。

バタバタと書類を鞄にしまい、フロアまで出て行って、「鮫川さん」と声をかけると、彼が振り返った。

「ああ」と声を出し、歩美を見る。

その表情を見て、微かにぎょっとする。

まるで、夢の中にいるような顔だ——と、思った。まだ心ここにあらずといったように頬が上気し、目の周りが赤い。鮫川が高齢だということもあって、心配になる歩美をよそに、「どうも、どうも」と言葉を返す。

思っていたより、しっかりした声だった。

足に力が入らないように見える。歩美は、鮫川に肩を貸すような形で、彼と一緒にロビーの空いているソファに座る。と同時に、鮫川がまた「ああ」と息を吐き出した。

今度こそ、腰に力が入らなくなったように、ぐったりと背中をソファに倒す。それから両手を顔の前で組み、その腕に自分の額をそのまま預けるような恰好になった。

「大丈夫ですか」

どう声をかけたものか、躊躇《ため》らいながら歩美が尋ねる。

すると、すぐに「ええ」と返事があった。顔を伏せたままの鮫川の耳が、さっきよりもっと赤らんでいる。それがどうやら、激しい興奮と高揚感によるものだというのが、次の瞬間にわかった。

「……上川、岳満殿でした」と彼が言った。顔を上げ、歩美の方を初めてまともに見た。

「本当に、正真正銘の上川岳満殿のようでしたよ。いや、もしニセモノに騙されていたとしても私は幸せです。言葉を交わし、この耳で真意が聞けたのですから」

よく、時間めいっぱいの面会になったものだと思う。

鮫川は高齢だし、如何《いか》に憧《あこが》れていた人だとはいえ、面識がまるでない人物と会ったのだ。しかも、時代も言葉も違う相手に。

こんな時間まで、よく二人きりで会話が続いたものだ。改めて、その事実に驚嘆する。

鮫川の目が、赤くしょぼしょぼとして見えた。

「お水でももらってきましょうか」と訊《き》くと、首を振る。そして、おもむろに話し出した。どうやらまだかなりの興奮状態にあるようだ。

「言葉はね」

「はい」

「方言のややキツイものに、さらに当時の発音と言葉ですから、正直、もうめちゃくちゃです。あなたに手紙を先に渡してもらっておいてよかった。筆談と、身振り手振りと、そして、言葉とで、どうにかなりましたが、あれは、同郷の私でなければ、どんなに優秀な研究者や教授でも、方言の段階で苦心したでしょう。私の方も必死でしたが、やはり、私でなければ」

「上川さんは、思った通りの方でしたか」

尋ねる歩美を、鮫川が見つめる。少しして、頷いた。

「もう少し若い頃の岳満が現れるかと思いましたが、あれは晩年に近い姿なのでしょうね。粗末な着物を着ていましたが、それもまた伝え聞いた通りです。農民に混ざって、一緒に田植えを手伝うような人だったそうですから」

「はい」

「地元の資料館には、上川氏を描いたとされる絵が残っていますが、それは正直あまり似ていませんね。ひょっとすると、そう伝わっているだけで、まったくの別人を描いたものだったのではないかという気すらしてきます。しかし、複雑な気持ちですよ。私は向こうに戻ったら、それを上川岳満として観光客に紹介するのが仕事なのですから」

長時間の面会の後で、ロビーでまだ話をさせるというのも躊躇われたが、歩美のそんな気遣いをよそに、鮫川の話は止まらない。高揚した気持ちのまま、誰かに話を聞いてもらいたくてたまらない、といった様子だ。

「これまでは、ただただ高潔な人物だ、という印象を持っていましたが、存外、砕けた口調の、茶目っ気がある人物のようでした。使者を通じて私が会いたいと依頼したのは迷惑ではなかったか、と聞いたのですが、むしろ楽しそうでした」

「楽しそう？」

「死んだ人間と生きた人間が会えるというような話は、確かにあったとしてもおかしくない。事実、それに類する話は、聞いたことがあるような気がする、と。だとしたら、とうとう自分の番か、と思ったというふうに言っていました。自分に会いたいと思うような物好きが、どんな顔をしているか見てみたいと思ったのだそうです」

鮫川が思い出したように笑う。

「私が話し出すよりも、岳満の方でも聞きたいことが山ほどある、という様子でした。私の着ている洋服や、ホテルの部屋からの風景が、自分の生きていた頃とまるで違うから、今は一体、いつの、どんな世の中で、誰がこの地を治めているのかといったことまで、質問が止まらない。いやぁ、逃がしてもらえなくて苦労しました」

言葉と裏腹に、鮫川の顔は本当に嬉《うれ》しそうだった。「困りました」ともう一度、くり返す。

「朝が来て、姿が消えてしまう最後まで、今の政治の仕組みとはどんなものなのか、彼がこの世を去ってから、彼の領土はどうなったのかということを、ずうっとね、質問攻めにしてきました。外国と戦争したなどといったら、きっと驚かせてしまうだろうな、と思ったのですが、どんなことでも構わないからとせがむので、私はつぶさに語りましたよ。上川氏は目を白黒させていました」

光栄な話です、と鮫川が言った。目が少し、潤《うる》んでいる。

「上川氏に、この世を去ってから今までの歴史を教える役目を担えるなんて、僭越《せんえつ》ながら、とても光栄な話です」

「鮫川さんご自身が知りたかった謎《なぞ》の方は、解けましたか」

「ええ」

聞いてしまった以上、歩美にも興味があった。鮫川が胸の内にしまい、自分以外の誰にも教えたくないならそれでも構わないと思っていたが、意外なことに、彼があっさり口にする。

「――何も、考えていなかったそうです」

「え？」

「英断の理由です」

　鮫川が言う。

「当時の戦に農民を一人も出さなかったことについて、それはただ、今の言葉で言えば臆病《おくびょう》だったからだと言っておりました。戦に民を行かせてもいいけれど、働き手を失えば畑も心配だし、とりあえず『行かせない』と決めただけで、もう一度、強く上杉家からの求めがあれば、自分は領土の農民をすすんで戦に行かせたかもわからない、と。――けれど、上杉謙信という人は戦が強いから、農民を出すまでもなく、いつも勝利してきてしまったんだそうです」

　歩美は絶句して鮫川を見た。

　では、彼が好きだった上川岳満は英雄などではなかったのか――、と思ったところで、その気持ちを見透かしたように鮫川が笑う。

「話しぶりからしても、随分、優柔不断な領主だったんだろうなぁという感触でした。親しみやすいが、威厳があるという感じじゃない。どっちつかずで結論を出せずにいたら、先に片がついてしまって、結局決めずに済んでしまうようなことのくり返しだったそうで。まあ、運がいいんでしょうな。その意味では世渡りが上手な人ではあった」

「――和歌の謎は」

「ああ、そちらも傑作です」

恋に縁がなさそうだった上川岳満が詠《よ》んだ恋の歌は、一体誰に対するものだったのか。定説では、妻にあてたとされ、鮫川はそれに違和感を覚えながら、村や民を思ったに違いないと言っていた。

「あれは、上川氏が詠んだものではないそうです」

「えええっ!?」

今度もまたあっさりと放たれた言葉に、歩美が思わず声を上げる。しかし、それを語る鮫川には、悲愴《ひそうかん》感も徒労感もなかった。むしろ、清々《すがすが》しい、すっきりとした表情をしている。

「ははは。上川岳満本人が詠んだものではないとはいえ、これはこれで、彼の人柄がよくわかる、美しい話ですよ。あれは、文字を書けない家来を助けて、彼が代筆した歌だったそうです」

「代筆?」

「どうりで上川氏らしくない歌だったはずです」

鮫川が嬉しそうに頷く。

「当時、村の中でも平和な時期には歌会などがあって、そこでは、歌の得手不得手や文字書きの巧《うま》い下手が残酷なほどに出たんだそうです。その中で、字が書けないという家来が、それでも自分も参加したいと言ったのを手伝って、上杉謙信の有名な歌を本歌として彼と歌を作り、自分が代筆したのだと言っていました。すぐには思い出せなかったようで、きょとんとしておりましたよ。他の話をする中で、ようやく思い出してくれました」

「そうだったんですか」

真相を聞いてみれば、なんとも肩透かしな話だ。両方とも、上川氏の優しげで、そして少し気弱な人柄は伝わってくるが、それはおそらく、鮫川が望んでいた人物像ではない。

「あの……」

「うん？　なんですか？」

「がっかりは、しなかったんですか」

思わず聞いてしまう。

あれだけの熱意を傾け、名君に会うという意気込みだったはずなのに、鮫川は少しも落ち込んだ様子がなかった。意外にも、鮫川が頷いた。「ええ」と。

「そりゃあ、がっかりしました。なんだ、そんな理由だったのかって。それじゃあ、彼のしたことは英断でもなんでもないし、歌の詠み人でもないのか、と。しかし、まあ、得てして歴史というのはそういうものでしょう。語られたことがすべてになってしまうわけだし、それに何より、今この瞬間、この世でこの真相を知っているのが私一人だと思うとね、そこには別の感慨があるわけです」

その優越感のような気持ちは、歩美にも想像がついた。

鮫川が、ふいに遠くを見るような目つきになる。ロビーの天井を見つめ、それからゆっくり、こう言った。

「それからね。何か、向こうが物問いたげなんですよ。私が聞きたいことを聞いてしまった後で、こう、どう言ったらいいかな。なんだか、もじもじして」

もじもじ、という表現が場違いにかわいらしく、微笑ましく感じる。鮫川が、唇を湿らせてから、続ける。

「こう、聞かれました。——自分の一生は、死んだ後で誰か、お前のような者が研究に一生を費やしてくれるような、そんな人生なのか。自分の名前は、後世に残ったのか、と」

ふいに、早朝のロビーの静けさが実感されるような沈黙が落ちた。歩美も、息を呑《の》んだ。

歩美から目を逸《そ》らした鮫川老人の目は、今、もうどこも見ていなかった。いったんは落ち着いたその目が再び赤く染まり、灰色がかった瞳《ひとみ》の表面が震える。

「それから、お礼を言われました。自分の人生が、誰かにとってそんなふうに思ってもらえるとは想像もしなかった、と」

話す途中で、鮫川の声が、喉《のど》に絡《から》んだようになって掠《かす》れる。次に顔を上げた時、鮫川の顔が再び、明るく輝いていた。歩美に向かって、「ありがとう」と言う。

「ありがとう、ありがとう。上川岳満にそんなことを言われるなんて、私は幸せ者です」

「いえ……」

名君でなくとも、構わないのだ。

少なくとも、今この瞬間、この人にとっては。

「ありがとう」

言葉が尽きぬように、気持ちが収まらぬように鮫川が言う。それを言いたい相手は、おそらく、歩美ではないのかもしれない。上川岳満に、――あるいは、その、憧れの人をも超えた存在に、今、鮫川は、感謝を捧《ささ》げている。そうしなければ気がすまないのだろう。そんな気がした。

8

鮫川老人をホテルの部屋に送り届けると、歩美はそのまま、軽井沢の鶏野工房に向かった。

使者の仕事と、日常の仕事との切り替えは、いつもこんなふうだ。ホテルを出たその足で、睡眠不足と闘いながら、東京駅に向かう。今日は新幹線の中で少しでも眠れる分、よい方だった。

新幹線のホームで鮫川老人と鉢合わせる心配がなくてよかった。今頃、きっと、ホテルの部屋でいい夢を見ているだろう。

ひょっとしたら興奮で寝付けないかもしれないけれど、それでも、きっと、その興奮と気怠《けだる》さまで含めて、いい朝を過ごしたはずだ。

歩美との別れ際《ぎわ》、自分の部屋に戻る途中で、鮫川が言った。

「――七十代まではね、思いもしなかったんですよ」

「え？」

「自分の人生の意味だとか、なんだとか」

歩美に、通じていようといまいと構わない様子だった。鮫川が言う。

「そういうことから自由でいられたものが、八十を過ぎた頃からこの私でも気になるようになった。使者になぞらえて言えば、誰に会いたいかではなくて、自分が死んだ後で誰かが会いに来てくれるかどうかが気になるような――、さっきの上川氏のような気持ちも、少しはわかります。私の場合は、会いに来てもらうことの方は端《はな》から諦《あきら》めておりますが」

自嘲《じちょう》で言っている様子はなく、口調があまりにからりとしていたので、歩美も咄嗟《とっさ》に言葉が出て来なかった。

しばらくしてから、代わりに言う。

「……鮫川さん、八十歳を過ぎてらっしゃるんですか」

「ええ」

「お元気ですね」

「よく言われます」

鮫川が笑った。通路の先から差し込む朝日を浴びるその顔が、白く輝く。

「今日はよかった。我が人生、最良の日です」


自分の人生に意味があるのか。

歴史に名が残るかどうか。

そんなことを、歩美はまだ考えてみたこともない。八十歳を過ぎた鮫川が、そんな気持ちに襲われたということも、頭で理解できても、まだまだ実感は湧《わ》かない。

しかし――。

工房に向かう途中で、今日は仕事用のスマートフォンがメールの受信を知らせる。見ると、工房の一人娘である奈緒からだった。相談の電話をしたのはまだ今週の頭のことなのに、もう動いてくれたのか、と、胸に感謝がこみ上げる。

『私も絶対、緑だと思います！』

力強いメッセージの下に、先週サンプルとしてもらったカメのおもちゃの、緑で作られたバージョンの写真が添付されている。色が違うだけで、ぐっとカメラらしく、愛らしく見える。工房に向かう足取りが軽くなった。

似ているかもしれない、と思う。

自分の人生の意味や、歴史や、名前。

彼らに比べれば、本当にささいなことかもしれないが、歩美は、自分のデザインが初めて形になるかもしれないと思うと、今、とても嬉しいのだ。

『いいものを送り出しましょう！』

あと少しで会うはずの奈緒に、歩美も歩きながら、そう、返信する。

母の心得

水の中に沈んでいく夢を、繰り返し、繰り返し、見る。

当時の状況そのままの夢、というものは不思議とほとんどない。たとえば、昨夜見たのはこんな夢だった。

私は、夫と、あの子――芽生《めい》と一緒にどこか、海沿いの街に、車で旅行に来ている。夫が運転する車は、海の中に立つ駐車場のようなところに入って行く。鉄骨の駐車場は、足場に大きく隙間《すきま》が空いていて、うちの他にもたくさん車が停まっているのだけど、すぐ下に海の暗い水が覗《のぞ》いている。

私は不安に駆られる。

それは、駐車できるのかどうか、車ごと落ちてしまうのではないか、という不安ではなくて、夫が「こんな危ないところに駐車できるか」と言い出しそうだな、という不安だ。

「これはひどいな。怖いから、お母さんは芽生と一緒に外で待っていてよ」

予感の通り、夢の中の夫がそう告げる。

私は、本当に危なかったらそもそもこんな設計になっていないはずなのだから絶対に大丈夫なのに、と不満に思いながらも、声に出さない。チャイルドシートのベルトを外し、芽生と一緒に車を降りる。私たちが降りたところで、駐車するのに影響なんかないだろうに、と思いながら。

足元のすぐ下に見える海の水位が、高くなっている。波も相当、立っている。むき出しの鉄骨は、間に人が落ちてしまうのに十分な隙間が空いていて、私は、ああそういえば昨日は天気が悪かったのだった、と思い出す。

深い青色をした海は、相当深そうだった。ここに落ちたらたまらないな、と思いながら、芽生を見る。

芽生がここに落ちたりして、と現実感薄く、考えている。

頭の中に、これまで数々見てきた子どもの水難事故のニュースが浮かぶ。助けに入った親が、それにより命を落とすニュースのことも、頭を掠《かす》める。子どもが高波にさらわれたり、おぼれても、巻き添えの二次災害を防ぐため、絶対に闇雲《やみくも》に飛び込まないでください――とコメンテーターが言っていたことを思い出す。

芽生に、声をかけよう。

危ないから、絶対に落ちないように、気をつけるように言おう。

そう思っていた。思っていたのに、私は声をかけない。きっと大丈夫だろうから。落ちるなんてことが、現実にあるはずがないから。

そう思っていた目の前で、芽生が好奇心に駆られたような目をして海を見ている。

次の瞬間だった。

芽生が、鉄骨の隙間から、海に落ちた。

うっかりそうなってしまったというよりは、好奇心の延長で、興味本位で落ちてみた、という感じだった。

夢の中の私は悲鳴を上げる。悲鳴を上げて、芽生が落ちたのと同じ隙間から海に飛び込む。絶対に飛び込まないように、とニュースで言っていた注意は、実際にはそうできるはずもないことなのだと思い知る。

――どうして、落ちる前に、気をつけるように声をかけなかったのだろう。言えばよかった。

――だけど、まだ間に合うはずで、絶対に助かるはずだ。

頭の中にあるのは、その二つだった。

海の中は、暗くても鮮明だった。まだ六歳の、来春には小学校のランドセルを背負う予定の芽生の背中が、まるで水中眼鏡越しに見るようにちゃんと見えた。実際は、深い色をした水の中では、何も見えるはずがないのに。

芽生の背中に手を伸ばす。水を懸命にかいて、あの子に近づこうとするけれど、私の身体《からだ》は思い通りのスピードで進まない。芽生はもがきもせず、暴れてもいない。もう、意識がないようで、ただただ、下に沈んでいく。

自分とあの子の距離がまったく縮まらないのがわかって、ようやく、私は悟った。助からないのだ、と。

芽生はただ海の底に落ちていく。どこまで深いのかわからない水の奥へ奥へ。私は、間に合わない。あの子の背中を摑《つか》めない。

芽生、と叫ぶ。

心の中で叫ぶ。

私だけなら助かるのだと、夢の中でも、私は知っている。今引き返せば私だけならまだ水面に出られる。けれど、今見えているあの子の背中を追うのをやめて、海の上に出ることは考えられなかった。そのまま自分だけ水から逃れて、海の中からあの子が助かることをただ待つだなんて想像できない。

――ああ、私は芽生と一緒にこのまま死ぬんだ。

ただ一回、芽生が落ちるのを、防げなかったばっかりに。

私とあの子を助けようとして、きっと夫も車から降り、迷うことなく水に飛び込むだろう。そして、絶対に助けられると思ったのにそうできないことに、私のように気づく。だから、これから、夫もここで一緒に死ぬ。わかっていても、止められない。

私たちは死ぬ。

死とは、きっとこんなふうに訪れる。芽生を失って、自分だけ残ることなんて考えられない。

後悔はなかった。

夢の水の中で、私はそんなふうに考えている。

1

渋谷歩美は、品川にあるホテルのラウンジで、静かに話を聞き続けていた。

死んだ人間と生きた人間を一度だけ会わせることができる使者《ツナグ》として、依頼人の前に座り、静かに彼らの声に耳を傾ける。

――依頼人の名前は、重田彰一《しげたしょういち》・実里《みさと》夫妻。

会いたい相手は、五年前に水難事故で亡《な》くした自分たちの娘、重田芽生。

使者への依頼に、夫婦でやってくるのは初めてのケースだ。一人の死者に対して会えるのは一人だけなのだというルールについては、歩美が説明するまでもなく、二人はすでに知っていた。

「芽生には、妻の実里が会えれば、と思っています」

夫の彰一の方が、そう告げた。

再会を希望する妻の実里は、今も繰り返し、娘を失う夢を見ると淡々と語った後で、静かに歩美を見た。

「実際は、あの子を失った時の状況は、夢で見るものとはまったく違います。私は飛び込まなかったし、本当に、いつ、あの子がいなくなったのかもわからなかった。

――私も夫も、見て、いなかったんです」

歩美はほとんど相槌《あいづち》すら挟めずに、二人の話を聞いていた。彼らの方でも、歩美の相槌など必要としていないように感じた。

今日、重田夫妻は娘の写真を持参してきていた。親子三人、笑顔で帽子をかぶり、どこかの海の堤防をバックに写っている。写真の重田夫妻はまだ若く、今歩美の前に座っているのと同じ人たちだとは思えないほど明るい顔つきで、娘の手を両側から握っている。

娘の芽生は、当時六歳。翌年からは小学校に上がる年だった。小さな顔に小さな手。赤のギンガムチェックのオーバーオールがいかにも子どもらしい印象だ。

この写真は、大切に保管してはいるものの、夫婦の間でも、普段は滅多に取り出してくることがないという。

「亡くなった日に、撮ったものなんです」

そう教えられ、親子の後ろに広がるその海が幼い娘の命を奪ったのだと思うと、言葉がなかった。

あまり天気がいい日ではなかったようだ。晴れやかな笑顔を浮かべる親子と対照的に、背景に写る空に雲が垂れ込めている。海の色も暗かった。

歩美が使者の役目を祖母から引き継いで随分経《た》つが、今日は、これまでの依頼の中でも、特に時間が長く、重たいものに感じられた。

身内に会いたい、という依頼はこれまでも数多く受けた経験がある。しかし、そんな中でも親が子どもに先立たれた場合はつらい。我が子を見送った人たちの中には、死者との面会の前から涙を見せる人も多かった。

重田彰一もまた、電話越しの声が震えていた。

「私たちなんかが依頼するのは申し訳ないのですが、一応、お話を聞いていただいてもよいでしょうか」

控えめな言い方の中に、もう彼らの後悔ややるせなさが表れていた。

娘の芽生が亡くなったのは五年前だということだったが、彼らの中ではまだ昨日のことのように鮮明な記憶なのかもしれない。言葉の端々から、語るたびに血が流れ出るような痛みが滲《にじ》んで聞こえる。

家族であれ、恋人であれ、友人であれ、その死がまだ現在進行形の出来事としてとらえられ続けている時は、話を聞く方もつらい。

その日、家族で出かけた千葉県の海で、重田夫妻は趣味の堤防釣りをしていたという。

釣れた魚がバケツの中を泳ぐのを見て、娘の芽生は「お魚！」と無邪気に喜んでいた。

「気が、緩んでいたんです」

彰一はぽつぽつと話しながらも、しっかりと歩美の方を見つめる。思い出したいことではないだろうに、当時の様子を一つ一つ、丁寧に説明していく。

釣りの最中、ふと気づくと、芽生の姿が見えなくなっていた。

並んで釣り糸を垂れていた重田夫妻は、そのことに気づいて焦《あせ》ったが、最初はどこか、車の陰にでも隠れているか、少し離れた場所まで歩いて行ったのだろうと思っていた。

彰一が続ける。

「水にあの子が落ちる、どぼん、という音を私も妻も聞いた覚えがありませんでした。まさか海に落ちたなんて思いませんでした。――その後、本当にどこにもいないことに気がついて、警察に連絡して、海上保安庁の皆さんが海の中を捜してくださることになっても、絶対に、海ではないと思っていました」

ラウンジの外には、中庭が広がっていた。青々とした芝生の上を、午後の太陽の光が、雲の動きと一緒になって滑っていく。

夫が説明する横で、窓の外に視線を向ける実里の目が遠かった。

「落ちる音を、本当に聞いた覚えがなかったんです。いなくなってすぐに、万が一のことを考えて、あわてて海の方を見ましたが、その時も、水面には特に何もおかしなことはないように思えた。――あの時、すぐに飛び込めばよかった。しかし、私たちは、絶対に海じゃない、海じゃないんだから、もっと誘拐の可能性や、陸の方こそ捜してほしいのに、と、今思うと根拠のない話ですが、そんなふうに考えていました」

「はい」

歩美がようやく相槌を挟むと、今度は実里がこちらを向いた。目がふっと焦点を結ぶ。

「結局、芽生は、夜になってから、海で発見されました。――私たち二人が目を離したすきに、落ちてしまったようでした。遺体に、なっていました」

わざわざ「遺体に、なっていました」と自分で言ったのは、そうすることで自分をさらに追い詰めるためのように感じられた。

「何かの間違いじゃないかと思ったのですが、間違いではなくて、海を捜していた皆さんの方が正しかったんです。事件性は低く、娘の死は事故として処理されました。――事実、その通りだったんだろうと思います。たとえ水に落ちる音を聞いた覚えがなくても、子どもは、あんなふうに静かにいなくなってしまうことも、あるんだと思います」

事件や誘拐。

当時、夫婦の間では繰り返しその可能性についても考えられたのかもしれない。警察にそう訴えたことも、あったのかもしれない。娘を失い、長い時間をかけて、口に出せるだけの気持ちの折り合いがついたのだろう。そう感じさせる長い沈黙が落ちた。

しばらくして、実里が顔を上げる。

「芽生は、堤防の上を、バランスを取って歩いて見せて、そこから海を覗いたりも、何度も、していましたから。私は、注意しなきゃ、しなきゃ、と思いながら、だけど、危ない目に遭ったことは一度もないし、と結局、注意しないままでした。海は怖いということは知識として、もちろん知っていました。だけど、何度も来ていた堤防だったし、もし、落ちたとしても対応さえ早ければ助かるんだろうし――と、そんなふうに、思っていたんです」

夫の彰一が、歩美の方を見つめる。

「――私たちが、今回、再会をお願いしたいのは、その時亡くした、娘の芽生です。実は、あの子を失ってすぐの頃から、使者のお話は、何度か聞いたことがありました。同じように子どもを事故で失った親が集まる会があって、そこで、数組のご夫妻から、使者という、死んだ子どもに会わせてくれる人が、いらっしゃるのだと聞きました」

その夫婦たちは、使者につながることができた人たちなのかどうか。

重田夫妻は言わなかったし、歩美も聞かなかった。しかし、彼らに今、死者と会えるという荒唐無稽《こうとうむけい》な話を信じさせるだけの何かを、その人たちは話したのだろう。

彰一が続ける。

「失礼ながら、最初はすぐには信じられませんでした。──実際、どこで知ったのか、その時期には宗教団体の勧誘や、娘を亡くしたことにつけこむような怪しげな話が、私たちの家には数多く持ち込まれましたから」

「はい」

「……使者の存在が、どうやらそうした怪しげなものとは違うのだということがわかっても、この五年、なかなか決心がつきませんでした。信じきれないという気持ちもありましたし、何より、不注意で子どもを殺してしまった自分たちが、そんな図々《ずうずう》しい申し出をしていいのかどうか、わからなかった」

殺した、という強い言葉が、昼のラウンジに一際鋭く響いた。淡々と話す彰一の目が、瞬《まばた》きを極端に減らし、少し赤くなっていた。

「何より、あの子が」

彰一が大きく息を吸い込む。横に座る実里の瞳《ひとみ》の表面もまた、水を張ったように潤《うる》んでいた。

「あの子が、私たちに、会いたいと言ってくれるかどうか、わからなかった。──怖かったし、今も、それは怖いです」

そんなはずはないでしょう――という言葉が歩美の喉《のど》から出かかって、そして止まった。

子どもを失って数年、当事者たちがずっと悩み、迷い、葛藤《かっとう》してきたであろうことに、今日会ったばかりの歩美が言えることは何もない。

娘の死に、重田夫妻が口で言い表せないほどの責任と後悔を感じていることが、彼らの正面に座っているだけでも嫌というほど伝わってくる。

二人が、歩美に向けてそろって丁寧に頭を下げた。

五年、という歳月は、それでも彼らの中に、再び会いたい、と決意させるだけの何かをもたらしたのだろうか。夫妻は、娘について話す時こそつらそうだったが、服装もこのホテルにあった余所《よそ》行きの雰囲気にしていて、気丈な、しっかりした人たちだという印象だった。

年は、四十代に差しかかるところだろうか。夫の方の髪に、少し白いものが混ざっている。

「二人で何度も話し合って、今回、実里が会わせてもらおうということになりました。どうぞ、よろしくお願いいたします」

自分たちよりずっと年下の歩美に対しても、彼らはとても礼儀正しかった。

使者の存在が、かけがえのない娘を失ったこの夫婦にどんなふうに受け止められ、今日まで二人の間にどんな話し合いがあったのか、歩美には到底、想像もつかない。

不慮の事故などで子どもを失った家族は、その後、離婚してしまったり、家庭が壊れてしまう場合も多いと聞いたことがある。重田夫妻も、今は寄り添い、互いを支えるようにして座っているが、見えないところでは様々な逡巡《しゅんじゅん》があったに違いない。

「わかりました」と歩美は答えた。

「お引き受けします」

2

使者と、依頼人が繋《つな》がれるかどうかはすべて〝ご縁〟による——。

重田夫妻が帰った後のホテルラウンジに一人残った歩美は、祖母の言葉を思い出していた。

使者への依頼は自分たちの元に電話がかかってくることから始まる。そのことについて、祖母はこんな風に言っていた。

『どれだけかけても繋がらない人がいる一方で、必要な人のところにはちゃんと繋がれるようになっている』

最初にそう聞いた後で歩美が見届けた再会には、確かに祖母の言う通りだと思えたものもあったし、中には、会わない方がよかったのではないかと感じるものも、少ないがあった。

今日の重田夫妻の話をことさらつらく感じたのは、彼らの中で娘の死がまだ終わっていないからだろうか。

もとより人の死に「終わり」などないけれど、祖母の言う〝ご縁〟でつながる依頼人たちの多くは、悲しみに沈んではいても、会いたいと望む相手の死にすでに自分の中で何らかの整理をつけてきている人が多い。――逆に言うと、そんな段階になるまでは、使者の〝ご縁〟は繋がらないようになっているのかもしれない。

ならば、その死の整理がついたようにはまだ見えない、あの夫妻が今日、使者に依頼を繋げたことにも、何らかの意味があるのかもしれない。――そうあって欲しい、と、祈るような気持ちになる。

腕時計を見ると、次に会う予定の依頼人との待ち合わせ時間まで、あと十分程度あった。今日は一日外回りの仕事を入れていて、夕方にはまた取引先に向かう用件がある。会社に戻るのは夜になるだろう。普段は依頼人と会うのは、それぞれ別の日にするのだが、今月はどうしても仕事が忙しく、この日にまとめざるをえなかった。次の依頼人が来るまでの間、今進行中の仕事の資料を出して見ようかどうか、一瞬迷った。

少しでもできた隙間の時間に仕事をしたい気持ちはあるけれど、依頼人が来た時に仕事の道具を広げていたら、それはそれで使者に威厳がないように見える。杏奈に怒られそうだ。歩美はただでさえ若く見られがちなのだから、注意した方がいい。

少し迷い、テーブルに残された水を飲んでいると、ふと、ラウンジの入り口の方に人の気配を感じた。

顔を向けると、品のよさそうな老婦人が立っている。

花模様のブラウスと、光沢のある黒のパンツを着こなした彼女が、歩美の姿を見て、「あら」と気づいた様子の顔になる。薄く色が入ったおしゃれなメガネをかけていて、それもとてもよく似合っていた。

次に会う予定の依頼人――小笠原時子《おがさわらときこ》らしい、とそれでわかった。

席に案内しようとやってきたウェイターを、時子が物馴《な》れた仕草で「ありがとう」と断る。そのまま、歩美の方までやってくる。――電話で、年は七十四歳だと聞いていた。しかし、背筋がまっすぐで微笑《ほほえ》みが柔らかく、年齢よりずっと若い印象があった。

「使者の方ですか？」

歩美に尋ねる声も、はっきりとして張りがあった。歩美は頷《うなず》いた。

「はい。今日はよろしくお願いします」

――月に一回程度やってくる使者への依頼だが、時には、それが二回、三回と重なる月もある。満月の夜が一番面会の時間を長くできるため、依頼人にはその日を指定することが多く、依頼人の再会が一晩に集中することになる。

歩美がこれまでに立ち会ったもので一番多かったのは、一晩に三組の再会だった。

それ以上は仲介するこちらの方も負担が大きくなってしまう、と使者を引き継いだ当初は心配したものだったが、歩美のその懸念《けねん》を汲《く》んだように、依頼は多くても月に三回を越えることはなかった。

依頼が重なる場合、面会の時間を少しずらして、依頼人にやってきてもらう。終わる時間は特に決めないが、不思議とまったく同じ頃に終わって歩美がその対応に追われる、ということもなかった。ここにも、祖母のいうような〝ご縁〟の力の不思議さを感じる。

「どうぞ、お座りください」

歩美は顔を上げ、改めて、今日二回目の依頼に、気を引き締めた。

3

「会いたいのはね、娘なんです」

開口一番、告げられた言葉に息を呑《の》んだ。

直前まで会っていた重田夫妻のことが頭をよぎり、一瞬、冷たいものに背中を撫《な》でられたように思う。ゆっくりと視線を上げて時子を見るが、その表情は、決して暗く沈んだものではなく、最初にやってきた時と同じ、柔らかい微笑みを浮かべたままだった。そのことに、歩美は申し訳ないけれど、少し安堵《あんど》する。

「娘さん、ですか――」

「はい。もう亡くなって二十年以上になります。――私が五十歳、娘が二十六歳の年、乳がんで、日比谷《ひびや》第二病院で亡くなりました。病院の先生たちも一生懸命やってくれたのですが、まだ若かったことが災いして、病気の進行が早かったようです」

死者との再会の依頼に必要なのは、その人の名前と死亡した年月日、そして、会いたい理由だ。

それなのに、わざわざ病院の名前まで伝えることに、彼女の年代の律儀《りちぎ》さを垣間見《かいまみ》たように思った。

「これが娘の瑛子《えいこ》です。まだ、元気だった頃のものですが」

時子が、一枚の写真をテーブルの上に置いた。

快活そうな笑顔で写る彼女は、明るい印象の美人だった。当時の流行なのか、顔の周りの髪に大きなウェーブをつけて、大きく口を開け、歯を見せて笑っている。普段から持ち歩いているのかもしれない。写真は色あせて、少し黄ばんでいた。

写真の中の彼女は、一人ではなかった。背が高く、肩幅の広い――外国人の男性が、後ろから腕を回して、彼女を抱きしめている。彼もまた笑顔で、幸せそうな二人は恋人同士といった様子だった。

歩美の視線の先に気づいたのか、時子が教えてくれる。

「一緒に写っているのは、娘の夫のカールです。ドイツ人で、二人は娘が亡くなる九ヵ月前に結婚しました。瑛子のフルネームは瑛子・ビルクナーといいます」

「国際結婚だったんですか」

「今じゃ珍しくないかもしれないですが、その頃はまだ少なくて。いきなり外国人と結婚したい、と言われた時には目を剝《む》きました」

言いながら、時子がおかしそうにふふっと笑う。当時でも、かなり進んだ考え方の家庭だったのだろう。それは、時子の上品な物腰からもよくわかった。

「瑛子は、大学時代、ドイツに留学していたんです。児童文学の研究をしていて、在学中からドイツに渡って、そのまま卒業してもそちらで研究を続けていました。うちはそんなに裕福なわけではなかったのですが、幸い、二人の娘にそれぞれ、小さい頃からお嫁入りの時のための貯金をしていたので、瑛子の留学費用にはそれをあてました」

時子が昔を懐《なつ》かしむように目を細め、眼鏡を押し上げた。

「私は、ずうっと専業主婦で、働いたこともなかったし、結婚を後悔はしていませんけれど、好きなことを思い切りやれたかどうかと言われると、自信がなくて。その分、娘たちには、もしやりたいことが見つかったのなら、そのために何でもしてあげようと思っていたんですね」

「――素晴らしいお考えだと思います」

歩美は本心から言った。時子がそれに「ありがとう」と嬉《うれ》しそうに頷く。

「留学のお金は出してあげるけれど、お嫁入りの時には自分でどうにかしなさいね、と言って、ドイツに送り出しました。海外で勉強する、なんていうことも、まだ周りではあまり聞かない頃で、私自身、瑛子がそうすることに晴れがましい思いもありました」

「はい」

「ドイツに渡って、五年ほどした頃でしょうか」

時子が手元のコーヒーを一口飲み、続ける。

「お正月に一時帰国した瑛子から、結婚したい相手がいるから紹介したい、と言われました。そう言われても、私も夫も、向こうで出会った日本人の男性なのだろうと思っていたので、彼女がカールの名前を口にした時には、そりゃあもう、びっくり仰天でした」

軽妙な語り口で、おどけたように時子が言う。話を聞いて、歩美の口元も自然と綻《ほころ》んだ。

「それで、お会いになったんですか」

「いいえ。国際結婚なんて、育った環境も文化も違う者同士がくっついてもいいことなんてあるわけがないから、と私も夫も大反対でした。結婚は認めない、そんなことのために外国に送り出したわけではない、と、諦《あきら》めるように説得しました」

「お嬢さんは、では……？」

「諦める、と言ったんです。お母さんに反対されるなら、結婚はしない、と」

　時子が言葉を止める。初めて沈んだ顔を見せた。

「今考えると、かわいそうなことをしました。意志の強い、こうと決めたら絶対にそうする性格の娘でしたけれど、私たち親のことを考えて、悩んだ末に、無理してそう言ってくれたんでしょう」

「はい」

「……その時はそれきりで、瑛子はまたドイツに戻って、向こうの学校で研究を続けていました。でも、しばらくして、電話があったんです。『お母さん、私、病気になっちゃった。乳がんみたい。日本に戻って、治療をしてもいいかな』と」

　淡々と抑揚なく話したのは、娘が言った言葉をそのまま真似《まね》たのだろう。二十年以上経っても、その時の口調が忘れられないのかもしれない。時子の口ぶりが、重たく、ゆっくりしたものに変わる。

「日本に戻ってきた時、娘は、カールを連れてきました。瑛子が闘病するのを近くで支えたいと、ドイツから来てくれたんです。それを見て、私と夫の中で気持ちが変わりました。二人に、結婚してもいいと言ったんです。だから、結婚式だけは日本で挙げることができたんですよ。カールも、袴《はかま》なんか穿《は》いてね」

「──そうでしたか」

「娘が亡くなったのは、結婚して一年に満たない、九ヵ月後のことでした。それでも、とても幸せだった、とあの子たちは言っていました」

当時のことを思い出すように、時子が窓の向こう、陽光の下で輝く芝生を見つめる。

「瑛子が亡くなってから、しばらくして、カールに言われました。『お父さんとお母さんを、瑛子が暮らしたドイツに連れていきたい』と。私はそれまで海外に行った経験もなかったし、瑛子もいないのに私たちだけ行っても、と躊躇《ためら》ったのですが、そこは弘子《ひろこ》──瑛子の妹の、うちの次女が、私の背中を押してくれました。お母さんが少しでも行きたい気持ちがあるなら、絶対に行ってみた方がいいって」

「ええ」

「実は、今回、使者さんにお願いしてみようかというのもね、弘子たちに相談して決めました。私は二年前に夫を亡くして、今は娘夫婦と一緒に暮らしています」

時子が、テーブルに置かれたコーヒーを一口飲んで続ける。

「二人とも、まずそんな、死んだ人に会わせてくれるなんて人がいるのかって驚いて、お母さん騙《だま》されてるんじゃないのって疑うところからでした。最終的には、本当かどうかはわからないけれど、『お母さんが頼んでみたいなら、好きなようにどうぞ』って」

「お嬢さんたちに心配されませんでしたか」

言いながら、「お嬢さん」という言葉を遣いつつも、その人たちの方が自分よりずっと年上なのだろうな、と気づく。依頼人に会っていると、こういうことがよくある。

「されましたけど、あとは自己責任で、と言われました。高額なお金を要求されるようだったら、その時点でやめておくように、と言われましたけど、必要ないということでしたよね？」

「はい」

最初の電話の時点で、時子に確認されたことだった。「少しだったら、私は払っても構わないんですけれど」という上品そうな声に、「いやいやいやいや」と応対したことを歩美も覚えている。

「電話したら、出たのがなんだかカッコいい感じの若い男の人だったって話したら、それにも驚いていましたよ」

「あ、いや、そんな……」

歩美が慌《あわ》てて首を振ると、時子がまた、ふふっと笑った。

「今日も、心配だったらついてくる？　と弘子に聞いたのですが、かえって、呆《あき》れたように『え？　お母さん、一人で行くの心細いの？』ですって。あの子も仕事があるし、ある程度は私を信じてくれてるんでしょう」

次女が信じたのは、おそらく使者の存在そのものではなくて、それを信じようとしている自分の母親なのだろう。彼女たち親子の雰囲気がそんなところから伝わってくる。長女である瑛子の性格も推し量れるような気がした。

テーブルに置かれた写真の中で、瑛子が夫と笑っている。

ふと、思う。

重田夫妻と時子、娘に会いたいと希望する二組の依頼人は、ともに娘の写真を持参してきた。依頼人が会いたい相手の写真を持ってくることは珍しくはないが、家族に会いたいという依頼の場合には、特にそういう人が多い気がする。

そして、重田夫妻は夫婦で、時子は娘夫婦と、それぞれ家族で相談をしてから、使者のところにやってきた。使者への依頼は、通常は、再会を希望する本人が、思いを抱え込むようにして一人で決断してやってくる場合が多いから、そんなところも、家族に関する依頼だからこそ、という気がした。

「話が脇道《わきみち》に逸《そ》れました。ごめんなさいね」

時子が言って、居住まいを正す。

「カールもそこまで日本語ができる、というわけではないんですけど、連れて行ってもらったドイツの旅は、とても楽しかったです。——瑛子のお友達にたくさん会わせてもらったのですが、そのほぼ全員から、『わあ、あなたが瑛子のお母さん？　会いたかった』と言われました」

娘の友達が興奮しながらそう言ったのであろうことが、真似をする時子の口ぶりから伝わる。にこにこと微笑んだまま、時子が続けた。

「私のことを知っているの、と尋ねると、みんなが、『もちろん』と言ってくれるんですね。『瑛子がこの国に来られたのはあなたのおかげ。あなたがいなければ、私たちはみんな瑛子と出会うことはできなかった』って。——娘が、自分の留学費用が私の貯《た》めた花嫁資金だったことをみんなに話していたんですね。カールから『彼らはみんな、あなたに、ありがとう、ありがとうとお礼を言っているよ』と教えてもらって、あんなに嬉しいことはなかった。カールは、だからこそ、私をドイツに連れて行って、みんなに会わせたかったそうです」

時子の目が、正面から歩美を見る。「娘に会いたいのは——」と続けた。

「お礼が言いたいからです。娘の友人たちを通じて、私も、いろんな文化の違い、考え方の違いを知りました。そうすることで、世の中にはいろんな人がいて、自分の考えだけが正解ではないのだと、視野を広げてもらいました。感謝しています」

時子が大きく息を吸い込む。

「――丈夫に産んであげられなかったことは、本当に申し訳なかったけれど、それに負けないくらいに、あの子は自分の人生を楽しんでくれた。私が親じゃなければ、もっともっと、いろんな可能性を広げてあげることもできたのかもしれないけど、それでも、幸せだったと言ってくれたの」

歩美は少しばかり驚いた。

一瞬黙ってしまって間が空くと、時子が「使者さん？」とこっちを見た。歩美は、ただ「あ、すいません」と再び彼女に向き直る。

時子がふっと笑って、そして言った。

「使者さん、どうぞよろしくお願いします」

すっくと姿勢を正し、丁寧に頭を下げる。使者さん、という呼ばれ方がなんだか照れ臭かった。

歩美もまた、居住まいを正す。「わかりました」と答える。

「お引き受けします」

4

――亡くなった重田芽生は、杏奈より小さかった。

秋山家に向かう途中の道で、歩美は、重田夫妻が持ってきた娘の芽生の写真を思い出していた。

近くに小さな子どもがいると、子どもが亡くなる事件や事故の話は、何倍も身近に感じられるものになる。やりきれない気持ちが、より強くなる。

夕食に招かれた席で、普段は外出していることも多い杏奈の両親が今日は両方揃《そろ》っていた。歩美がやってくるなり、「おう、歩美」と元気のいい声で杏奈の父が迎えてくれた。

「ほらー、杏奈。もうテレビはいい加減にしなさい。三十分だけって約束したでしょう。宿題もしないで」

廊下の奥、杏奈の部屋の方から、彼女の母親の声がして、それに杏奈が「まだ二十分しか経ってませーん」と答える声が聞こえてくる。「嘘《うそ》おっしゃい！」と怒鳴る母親の声が高くなる。

――こうして聞いていると、いかに高名な占い師の家系の〝当主〟といえど、杏奈も普通の、八歳の子どもなのだなぁと思い知る。

「おーい。うるさいよ、せっかく歩美が来たのに」

声の方向に向けて、杏奈の父が声を張り上げる。

「ごめんな、歩美。うち、うるさくて」

歩美に向けてそう笑う彼の顔が、今は亡き、彼の祖父である歩美の大伯父とよく似ていた。年の差があるから実感がないが、杏奈の父と歩美ははとこ同士だ。自分と杏奈の関係には呼び名が特にないので、「親戚《しんせき》」と言うより他ないところが微妙に歯がゆい。

物心ついた時から、自分と違って「大人」だった杏奈の両親のことを、歩美は幼い頃から、はとこであっても、おじさん、おばさんと呼んできた。

「大丈夫だよ」と、そのおじに向けて答えながら、靴を脱ぎ、いつ来ても新しい畳の匂《にお》いがする広い家に上がる。

「おー、歩美くん、お疲れー」

廊下の奥から、子どもらしくない挨拶《あいさつ》をしてやってくる杏奈を見て、歩美もつい「どうも」と、大人に返すような挨拶をしてしまう。

家の奥から、味噌汁《みそしる》の温かい匂いがしていた。彼らの様子を眺めながら、歩美は、自分の家も昔はこうだったのかな、と考える。

歩美一人を遺《のこ》して亡くなった両親との時間のほとんどを、小さかった歩美は覚えていない。けれど、きっとこんなふうに家族の時間が流れていたのだろう。

夕食を終え、洗いものをするという杏奈の母親に付き合って、歩美も台所に立つ。こういう時に「お客さんなんだから」と気を遣うことなく、「じゃあ、お願い」と身内扱いして手伝わせてくれるところも、歩美がこの家に来やすい理由の一つだった。秋山家には、料理をしてくれる家政婦さんも何人かいて、彼女たちが両親の留守中の杏奈の面倒を見ているのだが、それでも、杏奈の母は家にいる時には、彼女たちと一緒に台所に立つ。洗い物も当然やる。

歩美が流しで洗った皿を、おばが横で受け取り、布巾《ふきん》で拭《ふ》いて棚にしまう。杏奈の使っているうさぎマークが入った小さな茶碗《ちゃわん》を彼女が手に取ったのを見て、ふいに、聞いてみたくなった。

「――母親って、自分の子どものことはなんでも自分に責任があるんじゃないかって、そんなふうに思うものなのかな」

歩美の唐突な問いかけに、おばが「え？」と目線を上げる。

「いや……。今日、使者の依頼で会った人がそんなようなことを言ってて」

「ああ」

今日会った、小笠原時子の言葉が胸に残り続けていた。丈夫に産んであげられなかった——。

それは、あの人でもそんなことを思うのか、という驚きだった。

直前に会った、娘の死を悔いる重田夫妻の印象がまだ生々しかったからかもしれない。事故や事件、自殺のような形で突然、自分の子どもを失った親が、その死に責任を感じるというのなら、歩美にも少しは想像がつく。——しかし、その死がたとえ病死だったとしても、親というのは、自分の中に責任を探すのか。

娘の希望を叶《かな》え、本人どころかその友人たちにまで感謝されていても、それでも「私が親じゃなければ」などと、思うものなのか。

「依頼に来た人は、立派なお母さんだったと思うんだ。娘さんの夢を叶える手伝いをしてあげて、実際、娘さんにも感謝されてて。だけど、自分が親じゃなければ、娘さんにはもっといろんな可能性があったんじゃないか——、身体も、丈夫に産んであげられなかった、ってそんなふうに言ってた」

「親だもん。そりゃあ、子どもに対して責任を感じない日なんかないよ」

おばが薄く笑った。

「おばさんでも？」

「もちろん。杏奈が言うことを聞かなかったり、身の回りのことがちゃんとできないと、それは私がちゃんと面倒を見てなかったせいじゃないかって、責任を感じる。テレビが好きすぎたり、脱いだ服をそのままにして畳まなかったりすると、私が外出しがちで、つきっきりで面倒を見られるような母親じゃなかったせいだって、思っちゃったり」

おばが言うと、隣の部屋でテレビを観《み》ていたはずの地獄耳の杏奈が「なんか言ったー？」と大声を張り上げる。おばが知らん顔して、それに「なんでもありません」と答える。

そして、歩美に向けて微笑みかけた。

「――歩美のお母さんもそうだったよ。歩美が子どもの頃、ピーマンや玉ねぎが食べられなかったの、自分の料理の仕方が悪いせいじゃないかって気にしてたことがある」

「母さんが？」

まさか自分に話が及ぶとは思わず、びっくりして尋ねる。

「おばさんって、母さんや父さんと、そんな話したことあったの？」

「私たちがまだ結婚する前の、許嫁《いいなずけ》だった頃のことだけどね。その頃から、この家の周りの人たちとはよく会っていたから」

許嫁、という慣習が機能している時点で、秋山家はやはりすごいな、と気後れする。

おばが悪戯《いたずら》っ子のような、微《かす》かに意地の悪い目をして歩美を見た。

「今はさすがに食べられるんでしょ？　ピーマンも玉ねぎも」

「……うん。学校の鉄棒で逆上がりができない時、ばあちゃんから『ピーマン食べたらできるよ』って騙されて、それをきっかけに食べられるようになった。玉ねぎも、そんなふうにしていつの間にか」

「騙されてって言い方はひどいなぁ。でもそれ、いかにもアイ子おばさんぽい」

おばが声を立てて笑う。

「傍で見てても、歩美のお母さんは料理上手な、気遣いも細やかな人だったけど、それでも、子どもに何かあるとそんなふうに思っちゃうんだよ。そんなの、その子の単なる好みのせいなのかもしれないのに、どうしても自分の中に原因を探す。——あるいは、原因が自分にあると思いたいのかもね」

「そう思うことで、自分の子どもにいつまでも子どもでいてほしいんだよ。当の本人からしてみると、いつまでも子ども扱いされてるようでありがた迷惑かもね。母親のエゴっていうか、図々しい話に思えなくもないんだろうけど」

歩美の手から洗った皿を受け取り、おばが拭きながら続ける。

「──今度の依頼は、お母さんが子どもに会いたいっていう依頼なの？」

何気ないふうを装《よそお》っていたけれど、声の中に、気遣う響きがあった。

秋山家はもともと使者の役目を代々請け負ってきた家だし、今も歩美の身内だ。依頼を受けた際には、一つ一つ、本家に報告をしている。しかし、それでも暗黙のルールのように、歩美はよほどのことがない限り、依頼の詳細についてを、これまで必要以上には話題にしてこなかった。今回のように話すことは珍しい。

「うん」

「そう。──それは、つらい依頼ね」

依頼人の母親が何歳で、亡くした彼女の子どもが何歳なのかということも、そんな依頼が偶然二つ重なったのだということも、そのどちらも伝えていないのに、おばが切なげに顔を曇らせる。

皿を洗い終えて、水を止める。

確かにつらい依頼には違いないのだと、改めて思う。

月夜の下、鏡を使った死者との交渉は、二件とも、「会う」ということで承諾をもらえた。

小笠原時子が希望した娘の瑛子は、母親が会いたいと言っていると聞いて、驚きつつも嬉しそうだった。

――交渉したのは、瑛子に対しての方が先だった。

重田夫妻の希望を叶えるために、幼い芽生を呼び出すのは、歩美としても心の準備が必要だった。

現れた芽生は、亡くなった日に撮った写真と同じギンガムチェックのオーバーオール姿だった。

周囲に、眩《まばゆ》い、鏡の光が溢《あふ》れていた。

自分の死自体を理解しているのかどうかもわからない芽生は、歩美を見てひどく困惑した様子で、人見知りをするように、きょろきょろと、誰かを探す仕草をした。

彼女が誰を探しているのか、すぐにわかった。

「──重田芽生さん」

歩美が呼ぶと、それまで口を噤《つぐ》んでいた芽生がいきなりこっちを見て「はいっ！」と大きく手を上げた。その勢いに、今度は歩美が驚き気圧《けお》される。おそらく幼稚園か何かで返事をする時、いつもそうしていたのだろう。元気のいい声だった。

「お母さんに会いたい？」

歩美の問いかけに、彼女がまたもじもじしたように黙り込む。両手を後ろで組み、しばらくして、こくりと頷いた。

5

二つの再会が予定された満月の日は、どうやらよく晴れた夜になりそうだった。

使者の役目を果たす当日は、歩美も気持ちが乱れがちだ。使者がいかに傍観者に過ぎないといえども、それでもやはり、人間である以上、依頼人の気持ちに引きずられる。再会の夜を心待ちにする場合も、その逆に、気が重くなる場合も、どちらもある。

依頼人と死者との面会は、先日、二人の依頼人に会ったのと同じホテルの、それぞれ別の部屋で行う。待ち合わせは、重田実里が六時半、小笠原時子がその十五分後だ。

その日の昼、歩美は製作途中のカメの形のおもちゃのことで、長野の鶏野工房を訪れていた。いよいよ色が決まり、商品化するにあたっての最終調整に入っていた。

「あ、渋谷くん。できてるよ、待ってて」

頭に手ぬぐいを巻いた大将が出てきて、嬉しそうに笑う。「おーい、渋谷くんが来たぞー」と奥さんたちに呼びかけている。

歩美は「ありがとうございます」とそれに応じながら、杏奈の家のように、ここでも歓迎してもらえることを嬉しく思う。

「あ、渋谷さん、いらっしゃい」とエプロン姿の娘の奈緒がやってくる。

――歩美には、家族がいない。

子どもの頃に両親を一度に失ってから、父の弟夫婦の家族と祖母とで暮らしてきた。歩美が大学生の頃、祖母が亡《な》くなり、社会人になってから、その家を出た。長く一緒に暮らしてきた彼らは今も訪ねていけば歩美を家族のように迎えてくれるし、祖母の思い出を話し合える。大好きな人たちだが、それでも、理屈でなく、歩美はあそこは彼らの家であって、自分の家ではないような気がしていた。家族と言い切ってしまうことに、少し躊躇いがある。

歩美にとって、抵抗なく「家族」と思えたのは祖母のアイ子だけだったのかもしれない。

そのアイ子の死は、覚悟の上の別れだったし、彼女とはそれまでにいろんなことを十分に話した。いずれ「会いたい」と思うような日も来るのかもしれないが、今はまだそんな気もない。

別れた家族に会いたい、という依頼を受けるたび、つい、それを自分に引きつけて考えるようになったのも、まだここ数年のことだ。それまでは、自分の家族のことなど顧みなかったのに、不思議なものだと思う。

大将や奥さんと打ち合わせを終え、発売までのスケジュールを確認していると、最初にお茶を持ってきたきり、奈緒の姿が見えないことに気がついた。

鶏野工房での彼女の仕事は経理や事務で、両親のような職人ではない。打ち合わせにいなくても不思議ではないが、試作品段階から相談に乗ってくれたこの商品に対しては、いつも一緒に席について、話し合いに参加してくれていたので、気になった。

考えてみれば、仕事の話はするが、歩美は奈緒自身のことは何も知らない。電話もメールも、仕事用の工房のものを知っているだけだ。

「引き続き、お世話になります。あの、奈緒さんは……？」

鞄《かばん》に資料をしまい、工房を後にする時になって大将に尋ねると、彼が申し訳なさそうに頭をかいた。

「ああ、ごめん。今ちょっと」

言葉を濁すような言い方に、歩美もそれ以上は深く聞けなかった。

大将夫婦に今日のお礼と別れを告げ、駅に向かうバスに乗るために歩き出そうとすると、ふいに、工房の裏手から、「とにかく、気持ちを切り替えろ」という声が聞こえた。さっき別れたばかりの、大将の声だった。

つい気になって、そっと様子を窺《うかが》う。窓の向こうに、奈緒と大将がいる。その様子が、なんだかいつもの二人らしくなかった。

奈緒の手元に、見たことのない、木のおもちゃが置かれていた。歩美の会社が依頼した商品ではない。距離があるからはっきりとはわからないが、何かの動物を象《かたど》った、木製の積み木か何かの試作品のようだった。奈緒が黙ったまま、それを握りしめている。大将がまた、何かを告げる。するとようやく奈緒が顔を上げた。

表情が見えて、あっと思う。奈緒が唇を嚙《か》み締めていた。目に、いつもの明るさがない。

その顔を見てしまったら、ここにいてはいけない気がした。咄嗟《とっさ》に体を引く。奈緒が父親に向け、何かを言ったようだった。気になったけれど、耳がそれを無意識に聞いてしまうのを避けるように、あわてて、その場を後にする。

見てはいけない場面を見てしまったようで、奈緒にも大将にも申し訳なかった。

6

待ち合わせたホテルのロビーに、重田夫妻は今度も二人で現れた。

会えるのは一人だけ、というルールについてはすでに百も承知だろう。二人のうち、妻の実里が、一歩、歩美の方に足を踏み出し、「よろしくお願いします」と頭を下げる。

夫の方は今夜はそのまま、ホテルのロビーで妻が降りてくるのを待つという。

「そうしても構わないでしょうか」

彰一に聞かれ、歩美も「わかりました」と頷く。

再会のために用意した部屋の鍵《かぎ》を渡し、「では」と実里を案内する時、ふと、あるものに目が留まった。

あ、と、思わず、彼らに気づかれない程度にではあったけれど、目を——見開く。

重田夫妻が、「じゃあ、また後で」「ええ」と短く言葉を交わす。実里が鞄についていたキーホルダーを、静かに鞄の内側に垂らして、見えにくくしたのがわかった。

彼らの娘の芽生が待つのは、八階の八〇五号室。

ホテルの部屋で、「お母さんを呼んでくるね」と言って、小さな子どもを残してくるのは、それがすでにこの世にいない存在だと思っても、胸が痛んだ。実里を早く連れていってあげたい。

エレベーターが八階に着く。

「お嬢さんがお待ちです」

「はい」

返事をする実里の唇が震えていた。

それからしばらくして、同じホテルのロビーに、小笠原時子が現れた。

今日もまた、モダンな印象の、この間とは別の柄のブラウスを着ている。前回会った時より髪を若干短くしていて、「おしゃれしてきました」と言い、にこにこ笑う。

妻の帰りを待つ重田彰一は、ラウンジの方にでも行ったのか、今は近くにいなかった。

何も、依頼人同士が鉢合わせしてはいけない、というルールがあるわけではないのだが、彼らが顔を合わせずに済んだことに、なんとなくほっとする。

時子は相変わらず、饒舌《じょうぜつ》だった。

「明日、明け方頃に、家の者が迎えに来るそうです。私は一人で帰れるって言ったんですけれど、心配だからって。構わないかしら？　ごめんなさいね」

「まったく問題ないですよ。お迎えに来ていただけるなら、よかったです」

歩美としても、時子を面会後、一人で帰すのは少し気掛かりだった。——いつもは歩美一人で待つのだが、どうやら、明日のロビーは雰囲気が異なるものになりそうだ。

時子の娘、瑛子が待つ部屋は、十六階の一六〇三号室。

鍵を渡し、エレベーターに先導する。

「——緊張してます」

エレベーターに乗り込んですぐ、時子が言った。歩美に向けて言うというよりは、独り言のような声だった。

「昨日はよく、眠れなかった。緊張、しています」

「お嬢さんがお待ちですよ」

十六階に着き、エレベーターホールの前で、時子と別れる。

ドアの前で、時子が一度、目を閉じるのが見えた。ゆっくりとカードキーを差し入れた彼女が部屋のドアを開けるところまで、歩美は見守る。

7

水の中に沈む夢を、昨夜は不思議と見なかった。

重田実里は、深呼吸する。

いよいよ明日だ、と思って興奮していたせいもあったのかもしれない。けれど、寝つけないということもなく、自分でも意外なほどベッドに入ってすぐ、すーっと眠りにつくことができた。そんなことは、随分久しぶりのような気がした。

芽生が待つという部屋のドアを開ける。

中に入ると、すぐに、入り口の方を見ている小さな影の存在に気づいた。

顔を向ける。

芽生がいた。実里の方を、見上げている。

亡くなった日と同じ——赤の、ギンガムチェックのオーバーオールを着て、髪を二つに結い、顔を上に向けている。

——生きている。

一目見て、口が利《き》けなくなる。

芽生だった。

本当に、あの日の通りの、この子だった。

「芽生」

呼ぶと、顔が輝いた。

「お母さんっ！」

大きな声を出して、腕に飛びついてくる。そうすると、気持ちが抑えきれなくなった。顔をゆがめ、娘を抱きしめる。

ここにいたの、という思いだった。

あの日、見失ってしまった娘を、ようやく見つけることができた思いで、温かい身体《からだ》を両手で抱く。

水から引きあげられた娘の青白い頬と、色のない唇。変わり果てた芽生の姿を忘れたことは、一日だってない。

あたたかく、目を開けている娘の姿が嬉しくて、水の中で、ようやくこの子を捕まえることができた気がして、実里は、大声を上げて泣いた。

ごめんね、という声が、思わず出た。

今日やってくる芽生が、どこまで自分に起こったことを理解しているかわからない。

——死を、わかっているかどうかも、わからない。

だから、謝ったり、事故のことに触れたりするのは絶対にやめようと思っていたのに、無理だった。

「ごめんね、芽生ちゃん。お母さん、見てなかった」

ずっと——。

「ずっと一緒にいたかったよ」

強く力を込めて抱くと、あの頃長時間抱いた時いつもそう言ったように、芽生が嫌がって、「出たい」と呟《つぶや》く。

その声がまた、懐かしかった。

懐かしいけれど、つい昨日までそこにあったもののように耳にすんなり入ってくる。

「ごめんね」と実里は言う。笑いながら。謝るけれど、離したくなかった。

「抱っこさせてね」

溢れる涙をようやく拭いて、芽生の顔を見る。不思議そうに母親を見つめるその目が、静かにパチパチと瞬《まばた》きをした。

8

ドアを開けるまでの間に、一度、目を閉じた。

小笠原時子は、胸に手を当てる。心臓がとくとくと速く鳴っている。うまくできるだろうか、と、今更ながら不安になってくる。

——今日のために、何度もおさらいしたのだから、きっと大丈夫。

自分自身に言い聞かせるようにして、意を決し、目を開ける。カードキーを差し入れ、ドアを開ける。

入ると、部屋の奥に誰かが立っている気配を感じた。顔を向け、そして、——ああ、と胸に吐息が落ちる。

娘の瑛子が立っていた。

元気だった頃の、若いまま。

いつもよく着ていた、お気に入りのワンピース姿だ。病気の薬の副作用で髪が抜けてしまう前の、かつらではない、自分の髪を巻いたスタイルで立っている。

現れた時子を見て、驚いたように、口元に手を当てる。

「お母さん？」

若く、艶《つや》のある声が時子を呼んだ。

あれから、二十年以上が経《た》つ。あの頃の若い姿のまま時を止めた瑛子にとって、今の母親はまるで昔話の浦島太郎のように一気に老《ふ》けて見えるだろう。

最初の挨拶を、胸の奥で準備する。ドキドキしながら、時子は瑛子に顔を向ける。

そして、言った。

“Ich freue mich, dass Du gekommen bist.”（今日は会ってくれてありがとう）

瑛子が、目を見開いた。

“Wir haben uns lange nicht gesehen. Kannst Du Dir vorstellen? Es ist schon über 20 Jahre her, seitdem Du gestorben bist.”（おひさしぶり。信じられる？あなたが亡くなってもう二十年以上経つのよ）

啞然《あぜん》とした顔の瑛子が唇を半分開き、時子をまっすぐ見つめている。

時子は微笑《ほほえ》んだ。

“Bist Du überrascht?”（驚いた？）

平然と笑ってみせるが、胸の奥では心臓がまだドキドキしていた。ちゃんと通じているだろうか、驚かせることができただろうか。思いながら、続ける。

“Ich kann jetzt ganz einfache Sachen des Alltags auf Deutsch sagen. Ich habe angefangen, Deutsch zu lernen, nachdem ich über 50 Jahre alt geworden bin. Karl, Hiroko und alle andere Leute haben mich unterstützt.”（今、私、日常会話くらいなら話せるのよ。五十を過ぎてからの勉強になったけれど、カールも、弘子も、周りの人たちがみんな応援してくれた）

“Ich bin überrascht.”（……驚いた）

ようやく、瑛子が答えた。

そう返す娘の言葉もまたドイツ語だったことに、時子は言葉で言い表せないほど嬉しくなる。

瑛子がベッドの上に腰掛け、時子にも座るように促す。母親を見つめ、もう一度

“Ich bin sogar sehr überrascht.”（本当に、驚いた）と繰り返す。

“Warum denn das?”（一体どういうこと？）

“Nach Deinem Tod war sehr viel los.”（あなたが亡くなってから、いろいろあったの）

時子は目を細める。

ベッドで隣に座ると、手が、自然と娘の手に伸びた。白くて張りのある、すべすべ

の若い手は温かく、そのぬくもりに胸が詰まる。

使者、という人がいて、今日のこの機会を与えてくれたことに感謝する。娘とドイツ語で話ができる日がくるなんて、思わなかった。日本語で話したい気持ちを抑えて、がんばって、ドイツ語で続ける。

「あなたが亡くなってしばらくして、カールからドイツに誘われたの。瑛子と僕の暮らした国を、ぜひお父さんお母さんにも見てほしいって。迷ったけど、行ったわ。そこで、あなたのお友達にたくさん会った」

瑛子が、「まあ」と声を上げ、時子を見ている。時子は握った娘の手のひらを、指でさする。

「みんなにお礼を言われた。あなたがいなければ、瑛子がこの国に来ることはなかった。あなたは、私たちと瑛子を会わせてくれた恩人だって。みんなから、たくさん、ありがとう、ありがとうとお礼を言われたの」

息継ぎをして、頭の中で言葉を組み立てる。家でも練習はしてきたが、やはり日本語の方が先に口をついて出そうになるのがもどかしい。

ドイツで長く暮らしていた瑛子に比べたら、拙《つたな》い言葉であることは承知の上で、時子はゆっくり、言葉を探しながら、続ける。

「嬉しかったけれど、悔しくてね。みんなが私のことを話して、お礼を言ってくれてるのに、私はカールに教えてもらわなければ、みんなが何を話しているのかもわからない。自分の口で、彼女たちに直接『嬉しい』と伝えることさえできない」

「――それでドイツ語を？」

「ええ」

時子は頷《うなず》く。

「帰国してから、ドイツ語を勉強したいって言ったら、最初は、カールが教えてくれるって言ったのよ。でも、彼は普段はドイツで暮らしている人だし、ずっと甘えるわけにはいかない。弘子に相談して、先生を探したの」

そこでも自分は出逢《であ》いに恵まれていた。

弘子は、日本に住むドイツ人コミュニティーを探し、電話をかけてくれた。面識もないのにいきなり彼らのパーティーを訪ねてきた日本人の親子に、彼らは陽気に、優しく接してくれた。娘が長くドイツに留学していて、国際結婚をしたのだと伝えると、瑛子はすでに亡くなっているのに、それでも彼らは「おめでとう」と言ってくれた。

その席にいた、日本でドイツ語教師をしていた男性が、時子の先生になってくれたのだ。

「私、五十歳を過ぎているんだけど、ドイツ語がちゃんと話せるようになりますかしら？」

日本語でそう尋ねた時子に、彼は最初、「そうですね」と日本語で言い、少し考えるようにした後で、こう続けた。

「普通はまず無理でしょうね。でも、あなたは大丈夫です。何しろ、ボクが教えますから」

そんなふうに力強く頷いてくれた。

当時の様子を説明しながら、時子はまたひとつ、秘密を明かすようにして、娘に言う。

「私、留学もしたのよ」

「ええっ！　お母さんが？」

瑛子が再び目を丸くする。時子は「ええ」と頷いた。

半年ほどの短い期間だったけれど、今思い返しても、留学は、時子にとって一生に一度の大冒険だった。

本気で話せるようになりたいなら、と先生に勧められ、日本語が一切通じないドイツのホストファミリーのところにホームステイした。

六十歳近い生徒の受け入れは初めてだ、と笑いながら、時子の面倒を見てくれた家族は、萎縮《いしゅく》して初めろくに自分から話そうともしなかった時子を「話したいなら、どんどん口に出さなきゃダメだ」と、よく構ってくれた。スパルタとも言えるほど、容赦なくドイツ語でどんどんどんどん話しかけられて、最初の一ヵ月は目が回るような思いがしたものだ。

「ドイツで通った語学学校では、ドイツ人以外にも、留学してきたいろんな国のお友達ができたわ。台湾やフランス、カナダやアメリカからも生徒が来ていて、みんな私よりはるかに若い子たちだったけど、その子たちと話すのが本当に楽しかった」

「……お母さんが、ドイツに一人で行くなんて」

瑛子が絶句している。

「全部、あなたの影響よ」

時子は答えた。

「あなたがいなければ、こんな決断は、私にはとてもできなかった」

瑛子は黙っていた。時子のドイツ語を聞いた後で、やがて、ゆっくりとこちらに向き直った。

「――お母さん、私が留学している間、カセットテープをよく送ってくれたの覚えてる？　国際電話は高いからって、弘子や、お父さんや、みんなと録音したのを手紙と一緒に届けてくれた」

「ええ。弘子のアイデアでね。お父さんは、緊張するからって、いつも、一言か二言」

ラジカセの前でみんなで順番に顔をくっつけあってそんなことをしていたのが、昨日のことのように思い出される。瑛子に聞かせるだけならよいが、間近で吹き込むところを夫や弘子に聞かれることの方が恥ずかしくて、時子もついつい、早口になっていたような気がする。

「あれ、とても嬉《うれ》しかった」

瑛子が言った。噛みしめるような口調だった。

――時子が比喩《ひゆ》で思う〝昨日のことのよう〟は、瑛子にとっては、本当につい最近の記憶なのかもしれない。

「今更だけど、ありがとう」

「……私がドイツに行った時には、誰もテープを送ってくれなかったのよ。瑛子と違って短い期間だし、そんなものを送ってしまえば、せっかくお金をかけて留学してるのに、日本が懐《なつ》かしくなって帰ってきちゃうかもしれないからって。ドイツにいたカールですら、甘やかすのはよくないって、最初に空港に迎えにきてくれただけで、あとは見送りの時まで訪ねてこなかったわ」

「――カールと、仲良くなったのね」

瑛子が目を細める。

その声に、時子ははっとする。瑛子が亡くなった当時、二人は結婚を許されたとはいえ、新しい家族に仲間入りするカールはまだどこか居心地が悪そうで、時子たち家族にぎこちなく接していた。

瑛子にしてみれば、気掛かりだったろう。

「ええ」

時子は頷く。

カールと自分たち家族が、瑛子がいなくなった後も家族としての時間を築いてきたこと。時子が今話せるドイツ語は、そういう時間が、自分たちの中に流れたことの証明でもある。

「今も、とても仲良くしている。あなたのお誕生日には、いまだにお花が届くの」

「そう」

それが命日ではなくて誕生日だというところも本当にカールらしい。

「あれから、彼がどうしたか、知りたい？」

躊躇《ためら》ってから尋ねると、瑛子はしばらく黙った。やがて、静かな声が"Nein."

（いいえ）とはっきり答える。

「聞かなくても大丈夫。――きっと、幸せにしているでしょう。お母さんが今、元気でいるみたいに」

こういう物言いをするところも、瑛子は昔から変わらない。

強い子だ、とわが娘ながら、改めて思う。

9

抱きしめていた芽生がふいに顔を上げる。

「ねえねえ」と尋ねる囁《ささや》き声に、実里は「なあに？」と返事をする。娘の口元に、耳をくっつける。

すると、芽生がこう聞いた。

「赤ちゃん、いるの？」

息が、止まった。

顔を離し、芽生を見つめる。にこにこしながら、ぽんぽん、と手のひらで実里の下腹部を優しく叩《たた》く。

妹がほしい、と言っていた芽生が、当時からよくやっていた仕草だった。幼稚園の同じクラスの、仲良しの女の子のところに妹が生まれて、自分も欲しい、と実里と彰一によく言っていた。

——ねえ、妹、もう来た？　赤ちゃん、いる？

朝、目覚めると同時に実里に尋ねるようなことがよくあって、「こないよ」と答えると、不満そうに口を尖《とが》らせていた。

ぽんぽんと叩く以外に、実里のおなかを、よくさすってもいた。あの頃は、娘のかわいい望みをいつの日か叶えるのも悪くないな、と思っていた。

唇を噛みしめる。そうしないと、また、小さな身体《からだ》に縋《すが》りついて、叫びのような泣き声を上げてしまいそうだった。

あの時、赤ちゃんは、確かにまだいなかった。

しかし、今は違う。

「いるよ」

これまでと違う返事に、尋ねた芽生の方が驚いていた。「えー」と大きな声を上げ、母親の顔を見上げる。顔とおなかを、交互に見比べる。

「いるの？　すごい！　妹、いるの？」

「……妹か弟か、まだわからないけどね」

「えー、芽生、絶対妹がいい。妹にして」

芽生にしてみれば、いつもの通りに聞いただけかもしれない。けれど、子どもには不思議な力があると聞いたことがある。まだおなかが目立たない時期でも、妊婦さんにやけに懐いたり、赤ちゃんの気配を敏感に察することがあるそうだ。

――芽生を亡くしてすぐの頃から知っていた使者の存在に、今だから、頼ってみたくなった。

思いがけず授かった新しい子どもの存在を前に、実里も彰一も、嬉しいけれど、戸惑った。また、自分たちが子どもを持ってもいいのか。芽生を殺してしまった、私たちが。

会えるなら、芽生に会ってもらおう、と提案してきたのは夫の彰一だ。

おなかの中の子どもごと、芽生に会ってきてほしい、と実里が大事な役目を託された。本当だったら、彰一だって芽生に会いたくてたまらないだろうに、おなかにこの子がいるという理由で、自分に譲ってくれたのだ。

「さわる？」

「さわる！」

威勢よく返事をするものの、芽生はつつくように指一本で実里のおなかを撫《な》でてきて、実里は、涙をこらえながら苦笑する。

「もっとちゃんと撫でたら」

「撫でたよー。気持ちいいって」

わかっているのかわかっていないのか、芽生が生意気な口調で言う。

その顔に向け、実里は、「芽生」と呼びかけた。

「お母さん、産んでもいい？」

それがどれだけ残酷なことか、わかっているつもりだ。まだよく物の道理をわかっていないこの子に尋ね、答えさせること自体が親の身勝手だと、わかっている。それでも聞きたかった。どうしても、聞きたかった。

芽生を膝《ひざ》に乗せ、身体を支える手と腕が、震えてしまう。

すると、芽生が答えた。笑顔で、軽やかに。

「いいよー」

目を閉じる。長く閉じる。

ぎゅっと閉じた瞼《まぶた》の裏で涙が滲《にじ》んだ。

今、自分は幻を見ているのかもしれない。実際の芽生はもうどこにもいなくて、今自分が抱いているこの子は、実里が望んだ、自分たちに都合のいい、幻なのかもしれない。

それでも、涙が止まらなかった。

「ありがとう」と、実里は言う。強く力を込めて、芽生を抱きしめる。

「ありがとう、芽生」

「お母さん、いたいよー」

訴えながらも、芽生が笑っている。お母さん、お母さん、と、笑っている。


朝が来て、芽生がいなくなるまで、たくさん話をした。

ベッドの上で、転げ回って遊んで、時計の方をあまり見ないようにした。

「ゆーなちゃん」と、実里のおなかに向けて言うので、一体何かと思っていると、「とらたの妹」と、芽生が好きだったキャラクターの妹の名だと教えてくれた。

「ゆーなちゃん」と、何度も芽生が、実里に言う。

カーテンの向こうが、だんだんと明るく、白んでいく。

こんな時でも、反射的に、ああ、この子を夜更《よふ》かしさせてしまった、寝かせなきゃいけなかったのに、と思ってしまったことに我ながら驚いた。

腕の中で、芽生が「お母さん、眠い」と呟く。

「寝ていいよ」と実里は答えた。

それが、最後に交わした言葉になった。

カーテン越しに差し込んでくる朝日に、いつの間にか、腕の中が軽くなっていく。重さを感じなくなっていく。

腕の中が空っぽになっても、体温がそこに残っていた。あの子がくっついていた場所の全部が、キラキラ輝いて、温かい熱になって、まだ自分の身体の中に残っているような気がした。

10

カーテンの向こうに、真っ白い朝の光が滲む頃になって、瑛子がふいに、日本語になった。

「お母さんと、ドイツ語で話せる日がくるなんて思わなかった」

その声に、時子はほっと一息つく。

望んで話していたドイツ語だったけれど、やはり日本語になると、頭を使わずに話せる。身構える必要がなくなって、肩から力が抜けた。

「私だって」と、こちらも日本語になって答える。

「あなたがいなければ、私だって、興味を持つこともなかったわ」

そして、それは「あなたが亡くならなければ」ということでもある。瑛子が生きていて、今も元気でいたなら、こんな日は来なかった。

亡くなった娘とドイツ語で会話がしてみたい、というのは時子の長らくの夢だった。

しかし、それでも、思ってしまう。ドイツ語が話せるようになるよりも、何よりも、本当だったら、瑛子に、ここにいてほしかった。

生きていて、欲しかった。

「――あなたと会話ができて、嬉しかったけど、実は私の本当の望みは違うの」

「望み？」

「ええ。もう、絶対に叶《かな》わないいけれど、言ってもいい？　――瑛子、あなた、ドイツの学会で論文の発表をしたことがあったでしょう？　堂々と、長く、スピーチみたいに」

瑛子が目を瞬《またた》く。時子は続けた。

「カセットテープに録《と》ってくれたやつよ。日本の私たちに送ろうとしていたって、後からカールに聞いたわ」

「ああ——」

ようやく思い出したように、瑛子が頷く。

「うん。日本の、お母さんたちに送ろうとしたんだけど、やめたの。私がドイツで元気でやってることを伝えたくて録音してもらったけど、考えてみれば、映像じゃないし、専門用語も多いドイツ語のスピーチは、送っても迷惑なだけかと思って」

「あなたがそう言っていたことも、カールが教えてくれた。渡すまで時間がかかったけどって、あなたが亡くなってから、探し出して、私たちに聞かせてくれたわ」

テープを再生して、夫も、弘子も、みんなで聞き入った。意味はもちろんわからなかったけれど、瑛子の声だと思うだけで嬉しかった。そして、ドイツ語を勉強した今はだいぶもう、内容が聞き取れる。専門的な内容は難しく感じるけれど、それでもわかるようになってきた。

もしも、願いが一つ叶うなら——と、ずっと思い続けてきた。

「もしも、叶うなら、私は、あなたがそのスピーチをしているところを、実際にこの目で見たかった。——たとえ、ドイツ語ができないままの人生だったとしても構わない。あなたが発表しているところを一目見たかった。私が望むのは、それだけ」

窓の向こうの光が、だんだんと濃くなっていく。

ああ、朝が来る——。

時子はまばたきをおさえて目を見開く。今、ここにいる瑛子の姿を、少しでもこの目に焼き付けたい、と願う。

今年で七十四歳。

私も、もうすぐ、そちらに行くかもしれない。この世の思い出に、だからどうしても、瑛子に自分が学んだことを知ってほしかった。あなたのおかげだと、教えたかった。

「本当にありがとう、瑛子」

瑛子の姿が、だんだんと霞《かす》みがかかったようになる。瑛子が微笑んだ。「こちらこそ、お母さん」と彼女が言う。

“Danke, dass Du gekommen bist.”（会いに来てくれて、ありがとう）

瑛子の身体が、だんだんと見えなくなっていく。あの子が本当に消えているのか、それとも、時子の目にそう見えるだけなのか、わからない。

会えてよかった、と心から思う。

瑛子が言った。最後に、一言。

“Auf Wiedersehen.”（また、会いましょう）

瞬きを、一度した。

その一瞬の間に、瑛子の姿が目の前から消えていた。静まり返った部屋のベッドの上に、朝日が延びている。

誰もいなくなった部屋の中で、時子は一人で呟く。日本語で、呼びかける。

「ええ。また会いましょう」

11

午前五時を過ぎた頃、ホテルのロビーに、一人の女性が現れた。

細身のパンツスーツを着こなした、四十代ほどの女性は切れ長の目をした美人で、見た瞬間、歩美は、あ、と感じるものがあった。

案の定、彼女の方も歩美に目を留めて、無言で軽い会釈《えしゃく》をする。――小笠原時子の娘、瑛子の妹の、弘子だろう。

黙ったまま、彼女がロビーの椅子《いす》の一つに腰掛ける。歩美は改めて挨拶すべきかどうか少し迷って、結局そのまま、一緒に時子が降りてくるのを待つことにした。

ロビーには、他にも、重田実里の夫、彰一が座って、妻の帰りを待っていた。黙ったまま一晩中、歩美の方すら見ないで、顔の前で手を合わせ、時間に耐えるようにただ座り続けていた。


六時を過ぎた頃、まず、重田実里の方が、エレベーターでロビーに降りてきた。いち早く気付いた彰一が、歩美より先にソファを立ち上がる。それにより、歩美もあわてて、エレベーターの方を見た。

重田実里の顔は、一目でわかるほど、涙に濡《ぬ》れていた。泣いた後というわけではなく、まだ、泣き続けていた。

彰一が、そんな妻を見て、言葉を失う。彼もまた、妻の表情に触発されたように、みるみる、その目が赤く染まった。「実里」と呼びかけて、彼女の肩を抱く。

「――芽生に、会ったよ」

実里が言う。

彼女が手にした鞄に、『おなかに赤ちゃんがいます』と書かれたマタニティマークのキーホルダーが揺れていた。部屋に上がる時に隠すように内側に入れたものが、今はちゃんと外に出ている。

「そうか」

妻を肩で抱き止めたまま、彰一が言う。短い声が、微《かす》かに震えていた。二人はしばらく、そのままの姿勢から動かなかった。やがて、ハンカチを目頭にあてた実里が、顔を上げて、歩美を見た。

「ありがとう、ございます」

そう言う時、もう、彼女は泣いていなかった。前を向き、今度は夫と一緒に、二人並んで、歩美に頭を下げた。

「本当に、ありがとうございました」

「――いえ」

歩美は答え、二人をフロントの前に置かれたソファに連れていく。座ると、実里は少し落ち着いたように見えた。

その時。

「お母さん」

呼びかける声がして、歩美は振り返る。そして、あっと思った。

重田実里に少し遅れて、小笠原時子がエレベーターから降りてきたところだった。

弘子が彼女に駆け寄っていく。

同じ日の依頼人が、終わった後で鉢合わせしてしまうのは、初めてのことだった。

一瞬、どちらの方に行けばいいのか迷う。二組の依頼人の間で立ち尽くしてしまうと、
歩美の姿に気づいた様子のない時子が、「まあ、弘子」と嬉しそうな声を上げた。

「お迎えに来てくれたのね。ありがとう」

「まったく。お母さん、徹夜なんかして大丈夫なの？　眠たくない？」

「平気よぉ。私があなたよりよっぽど夜型なの、知っているでしょう」

会話の軽妙さから、二人の母子《おやこ》関係がよくわかる気がした。弘子の案内で、二人が、
重田夫妻の傍の広いソファに向かう。

「あら？」

時子が、先に座っていた重田夫妻に目を留めた。

さっきまで泣いていた実里は、今はだいぶ落ち着き、夫の手を借りずに、しっかり
と一人で座っていた。

時子の眼鏡の奥の目が、優しく、とても優しく、重田夫妻を見た。どうしてこの時

にそんなことが起こったのか、わからない。彼女が実里に言った。

「おめでたですか？」と。

時子の目は、実里の鞄についているマタニティマークを見ていた。突然話しかけられた実里が、びっくりしたように目を丸くする。時子を見た。

「いいですね。ぜひ、健やかなお子さんを産んでくださいね」

娘との再会を果たした昂揚感《こうようかん》が、時子にそんな言葉を言わせたのかもしれない。

――彼女くらいの年の人が言うと、言葉は嫌みなく、とても自然に響いた。

言葉を聞いた実里が、微かに唇を噛む。

彼女が言った。実里もまた、興奮していたのだろう。

「――自信が、ないんです」

歩美も、彼女の夫の彰一も、動けなかった。会ったばかりの老女を思い詰めたように見上げた実里が、さらに続ける。

「自信が、ないです。私なんかが、母親になって、いいのかどうか」

時子の顔から、表情が消えた。彼女の横に立つ弘子もまた、息を止める気配がした。

しかし、次の瞬間、びっくりするような明るい声がロビーに響き渡った。

「まあ、大丈夫。あなたは絶対に大丈夫よ！」

時子の声だった。

彼女らしく、底抜けに明るい、昼間の太陽のような声だった。時子がそのまま、ぽんぽん、と、実里の肩を軽く叩く。

「私みたいのだったら、それは心配だけど、あなたたちならきっと大丈夫。楽しみね」

そう言ったことに、おそらく根拠など何もないのだろう。けれどそれは不思議と力強い言葉だった。

横で、弘子が「ちょっと、お母さん」と母親を諌《いさ》める。

「ご迷惑でしょう。行きますよ」

「あら。ごめんなさい」

娘の横に並び、時子が歩いていく。相変わらず、歩美にはまだ気づかない様子で、彼女が「お水が飲みたいわ」と娘に言う声が聞こえた。ソファを素通りして、そのまま、フロント近くのラウンジの方へ行ってしまう。

歩美は呆気《あっけ》に取られて、今のやり取りをただ見つめていた。少しして、祖母の言葉が、胸の奥底から、込み上げてきた。

使者と、依頼人が繋《つな》がれるかどうかはすべて〝ご縁〟による――。

二人の母親の、今の一瞬の邂逅《かいこう》も、その〝ご縁〟なのかどうかはわからない。けれど、今日だからこそ実現した短い言葉のやり取りに、何らかの意味はあるのだと、歩美は思いたかった。

仲睦《むつ》まじい様子で隣り合い、ラウンジの方に向かう時子たち親子が、「このまま、朝ごはんを食べていきたいねぇ」と話す声が聞こえた。――もう、歩美のことなど忘れてしまったのかもしれない。だけど、案外、利発そうな弘子が、重田夫妻と歩美のやり取りを見て、気を利かせてくれたのかもしれなかった。

時子には、後でゆっくり挨拶《あいさつ》をしにいこう。

重田夫妻の元に戻ると、二人は、時子たち親子の方をまだ見ていた。実里が言う。

「――あんな、立派な娘さんがいる人でも、そんなふうに思うんだね」

呟くような声に、彰一が「ああ」と答える。

彼女には、本当はもう一人の娘がいたことを知る由《よし》もない二人が、まるで見惚《みと》れるようにして、時子たちの姿に見入っている。

その二人もまた、何も事情を知らない人からすれば、赤ちゃんを待ち望む、仲のよい夫婦にしか見えない。

眩《まばゆ》い光が降り注ぐ、明るいホテルのロビーで、歩美は頭上を振り仰ぐ。

そして、心から祈った。彼女たちが出会った芽生と瑛子——二人の〝長女〟たちが、それぞれどうか、どこかでこの光景を見ていますように、と。

一人娘の心得

——あの人ならどうしただろうと、彼らから叱《しか》られることさえ望みながら、日々を続ける。

1

「こんなんじゃ、子どもは喜ばねえよなぁ」

突然の声を受け、歩美は、書類から顔を上げる。

見ると、鶏野工房の大将が何か持っている。木製の、犬の形のおもちゃだ。

歩美の視線に気づいて、「これ」と掲げて見せる。横にゼンマイのような仕掛けがあるらしく、大将が回すと、その足がジーッと音を立てた。広い机の上に下ろすと、ペタペタと犬が二歩、先に進んだ。

「新製品ですか？」

歩美の勤務先である『つみきの森』で扱っている商品ではない。鶏野工房には、こちらからデザインや設計図を持ち込んで、相談しながらではあるが、その技術を見込んでおもちゃの製作のみをお願いすることが多い。中には、大将が一からデザインした商品の販路開拓を頼まれることもあるが、多くはなかった。ただ、そうやって請け負った大将の企画やおもちゃはどれも名品揃《ぞろ》いで、歩美は大好きだ。実際、安定した人気商品になる。

木のおもちゃ、と一口に言っても、誰が作るか、どんな風合いを大事にするかで商品はまったく変わる。子ども相手の製品というのは良くも悪くも正直だ。できがいいものは、初めから子どもの食いつきが違う。みんなが好きなものは好かれ、選ばれないものは誰からも選ばれない。新製品をどんどん作るより、ロングセラーが歓迎され、愛される業界だ。

大将が手にしている犬は、丸いフォルムがかわいらしく、小さい子でも引いて歩けるよう紐《ひも》がついていた。さっきの動きも悪くなかったが、少しばかり違和感がある。なんというか、これまで歩美が見てきた〝鶏野工房らしさ〟が少し薄いような。

「新製品っちゃ新製品だけど、渋谷くん、率直なところどう思う？」

尋ねられ、歩美は「そうですねぇ……」と考え込む。工房宛《あ》ての発注書を書く手を止めて、大将の手から犬のおもちゃを受け取って、見せてもらう。

「さっきの動き、止まって動いて、止まって動いて、と法則性がありましたけど、あれ、もうちょっとゆっくりの方がいいかもしれないですね。二、三歳の子からしてみると、動きはまず目で追って楽しむものですから」

「だよなぁ」

「あとは……。あ、この尻尾《しっぽ》」

犬の尻尾の先に、木のボールがくっついている。組み紐で本体としっかりくっついているから、取れてどこかに転がるということはないかもしれないけれど、気になった。

「うちで扱わせてもらえるとしたら、この尻尾は直さないといけないかもしれません。小さい子の誤飲の恐れがありますから」

子どものおもちゃは、デザインよりもまずは安全性重視だ。それは、この仕事をするようになった二年近くで身に沁《し》みて叩《たた》き込まれたことだった。積み木セットを扱うような場合にも、球体の、誤飲の危険性があるものについてはまずセットに入れるかどうかの段階から検討が必要になる。

にしなくお構いなし子は小さいえ、はいえとはいるついてくっつ紐がなった。だから、つい心配になった。紐がくっついているとはいえ、小さい子はお構いなしになんでも口に入れる。だったら、デザイン性は落ちても尻尾はない方がいい。

大将らしくないミスだと思っていると、「そうなんだよなぁ……、そこも課題」と呟《つぶや》くように言って、大将が頭をかいた。

この人がそんなふうに言うのは珍しかった。職人のプライドがあるのか、いつも自分の作品には自信を持っている人だし、たとえ歩美との間で商品化に際して意見の食い違いがあったとしても、作った製品を「こんなんじゃ」なんて言い方をする人では断じてない。作り手は作り手として、確かに商品の産みの親ではあるけれど、商品ひとつひとつは独立した子どもとしてその個性を尊重する。大将はそういう話し方をする人で、そんなところを歩美は尊敬していた。

「あ、でも……」

手にした犬のおもちゃがふいに不憫《ふびん》に思えて、咄嗟《とっさ》に言ってしまう。

「この、犬の顔自体は優しいし、木目の雰囲気もとてもいいですよ。子どもが好きなことはもちろんですけど、実際に買うお母さんたちも、これだけデザイン性が高ければ絶対に手に取ると思います。足のジョイントも滑らかに動くし」

「いや、いいよ、いいよ。大丈夫。これは作り直し。――っていうか、ナシだな」

「そうですか？」

歩美としてはフォローなどではなく、本心からそう思ってのことだったのだが、大将が首を振る。「手を止めさせて悪かったね」と笑った。

「いえ……」

言いながら、ふと、工房の隅にある大将の作業机に目がいった。色使いが鮮やかなキューブパズルや、くじらの形の手押し車など、これまで歩美が見たことがなかった木のおもちゃがいつの間にかたくさんある。これもすべて新製品だろうか。どれも手が込んでいて、すぐにでも商品化できそうだ。

「それ、全部、大将の作ですか？」

「え？」

「すいません。その、大将の後ろの」

「ああ……」

歩美の視線に気づいて、大将がキューブパズルの一片を手に取る。色使いが様々なキューブは、どうやら横にある木枠に当てはめると、ヨットや家など好きな絵を面と面の組み合わせで作れる仕様のようだ。似たパズルを歩美の会社でも扱っている。あれは確か、スイスの会社の商品だった。

「もし、他におまかせするところが決まっていないのなら、そのキューブパズルなんかはうちで扱わせてもらえないですか？　あと、その横のクーゲルバーンもすごくいい」

クーゲルバーンはドイツ語で「玉の道」という名前のおもちゃで、木製のレールをビー玉状の小さなボールが転がる動きを楽しむものだ。大将がそれにちらりと目を向け、次いでキューブパズルをつまんで、「確かに絵はなかなかだよな」と呟いた。

「じゃあ、そのうちに相談する時が来るかもな。どうなるかわからないけど、その時は頼むよ」

「はい、ぜひ」

「それよりも、今日はまず渋谷くんの初デザインの完成だ。いよいよだね、楽しみだ」

「はいっ！」

机の上に置かれた、カメのおもちゃをなでる。緑色の甲羅が、下の部分から少し浮いていて、手でくるくる回せるようになっているおもちゃは、数ヵ月前からずっと歩美と鶏野工房で進めてきた新商品だった。色には特に迷って、大将にも、社長にも、杏奈にさえ相談を繰り返した末に緑になった。

発売を前に、今日はお礼と、今後の打ち合わせに来たのだ。

「店頭で見るの、楽しみだろ」

「ええ。楽しみというか、なんか、信じられない気持ちです」

店頭に並んだら、その時には、鶏野工房の大将にも奥さんにも、娘の奈緒にも写真をメールしよう。――これまで工房からはいくつも商品が出ているはずで、そんな彼らには歩美の初仕事の感慨など迷惑かもしれないけれど、どうしてもそうしたかった。ここまで来られたのは、鶏野工房のおかげだ。

「渋谷くんは、本当はデザインだけじゃなくて、製作までいずれは自分でできるようになりたいって言ってたことあったけど、あれは本気なのか？」

「本気ですけど――」

この業界に入ったばかりの頃、大将の前で口にしてしまったことだ。長年の職人相手にそんな失礼な発言をしていたか、と冷や汗が出る思いで、あわてて謝る。

「大将相手に、恐れおおいことを言いました。製作が大変な作業だってことはもちろんわかってます。僕みたいな経験も浅い人間が、すぐにそこまでできるとは思っていないんですけど……」

「いや、渋谷くん、才能、あると思うよ」

あっさりと言われた。目を見開き、え……と声にならない声を発する歩美に、大将が、さっきの犬のおもちゃをつまみ上げて見せる。

「これの弱点だって、見ただけですぐにわかっちゃうしね。才能っていうのは残酷なもんで、あるところには必要なくたってあるのに、必要でも、ないところにはない。この仕事してるとわかるよ。努力や練習で補えることはそりゃあ、あるけど、スタートが違うのは誰にもどうしようもない。才能っていうか、センスか？　渋谷くんはセンスがいい」

足のつま先が、宙に浮かんだ気がした。くるぶしから嬉《うれ》しさが震えるようにこみ上げて、床を踏む感触がなくなる。

――嬉しすぎて、この言葉だけでこれから先何年か生きていけそうな気がした。

「ありがとう、ございます」

礼を言う自分の声が遠かった。もう一度言う。

「大将、あの、本当に、ありがとうございます」

「よかったらさ、製作のイロハくらいなら教えるよ。これまで通り、『つみきの森』さんのお仕事は、もちろんそれが最優先だけど、今日みたいに打ち合わせが早く終わった日はうちで木、触ってみるか？」

「いいんですか!?」

思わず上ずった声が出た。身体《からだ》が前のめりになる。

大将は軽い気持ちで口にしただけだったのかもしれない。歩美の反応の大きさにびっくりしたように身を引いた後で、「お、おう」と頷《うなず》いた。

「渋谷くんさえよければ……。うちはご存知の通り、家族でやってるだけの弱小工房だから。弟子もいないし、よかったら使ってくれよ」

「嬉しいです。ありがとうございます」

歩美は立ち上がって腰を折り、敬礼のようなお辞儀をする。どれだけ感謝しても足りないような気がした。「大袈裟《おおげさ》だなぁ」と言いながら、大将がふっと笑った。

「……渋谷さんも、うちで、よく木を触ってったよ。いろいろ組んで、内装用の椅子《いす》だの棚だのの相談をしてたから」

歩美を呼ぶ「渋谷くん」ではない「渋谷さん」の響きに、背筋が伸びる。歩美の父の、渋谷亮《りょう》のことだ。

鶏野工房に来るたび、毎回、不思議な感慨に襲われる。もうほとんど自分の記憶にはない父が、ここの人たちの記憶の中では仕事相手として生きている。歩美より三歳上の、彼らの一人娘の奈緒が、歩美の父に折り紙を折ってもらった、という話を聞かせてくれた。

インテリアデザイナーだったという父の作った椅子が、この工房には残っている。全体的に日に灼《や》け、背もたれに細かな傷がついたその椅子は、長くここで愛されていることが伝わってくるもので、それを見ると、歩美はいつも嬉しかった。

「――本当は、渋谷くんを弟子にスカウトしたいけど、そんなに金が出せないからなぁ」

冗談めかした口調で大将が笑う。『『つみきの森』さんみたいな給料は出せないから』と。

「このカメ、オレも気に入ってるよ。きっと売れると思う」

歩美の初デザインのカメの甲羅を、節くれだった指で優しくなでてくれる。

その時だった。工房の奥から「おとうさーん」という奈緒の声が聞こえた。

「なんだ？」

奈緒が工房にやってくる。ゆるやかにまとめた髪が、森の中にある工房の窓から差し込む夕日で、少し茶色く光って見えた。歩美を見つめて、「失礼します」と微笑《ほほえ》んだ。父親を見る。

「渋谷さんに、もしよかったらごはん食べていってもらってってお母さんが。天ぷら、今から揚げるから」

その声に、大将が歩美を見る。彼らの視線を前にして、歩美は一瞬だけ戸惑う。こういう時遠慮して辞退していたのは、ここに来るようになった最初の一年までだ。「遠慮はされる方が迷惑」と彼らに言われるようになって心がだいぶ軽くなり、今ではもう、かなりの頻度で甘えてしまう。

「――いただきます」

歩美が言うと、大将が笑った。「そうこなくっちゃ」と呟く。

「ごめんね、渋谷さん。帰りの新幹線が遅くなっちゃうのに」

奈緒が申し訳なさそうに言う。

「うちのお父さん、渋谷さんのことがすごく好きだから、つい誘っちゃう」

「おう。本当だったらこのあたりは温泉もすごくいいんだぞ。入って、ついでに泊まってけばいいのに」

「いえいえいえ！　それはさすがに」

恐縮して首を振る。それを、奈緒と大将が笑いながら見ていた。

2

歩美の、初めてデザインから手掛けた新製品。

カメのおもちゃが、会社の近くの商業施設、Ｋガーデンのショップに陳列される。

歩美は店舗に頼み込んで、今日は直接、商品を納めにきた。

その前日、『つみきの森』の事務所に、鶏野工房の段ボールに入ったカメが届いた時には、包みをほどく手が緊張でかすかに震えた。

ひとつひとつ、緩衝材に包まれたカメの顔が、愛《いと》おしくてたまらなかった。嬉しさでこんなに胸が詰まることがあるなんて知らなかった。

杏奈に見せたい、と思った。

世話になっている、秋山の家に持って行って、杏奈の両親にも見せたい。大学まで一緒に住んでいた叔父さんや叔母さん、従妹《いとこ》の朱音《あかね》にも。

それから何より、今はもういない、祖母のアイ子に見せたかった。

昔、子どもだった頃。何かいい景色を見た時に、ばあちゃんに見せてあげたい、と思った。見せてあげたい、と思いながら、今考えれば、あれは歩美が自分のためにそうしたかったのだ。この景色を、好きな相手と共有したいと、そんなふうに思っていたのだと今になって気づく。

人は本当に嬉しい時、自分の好きな人にそれを見せたくなるものなのだと、ひさしぶりに思い出す。

そのカメが、店頭に陳列される。

「撮ってもいいですか？　すいません、これを作ってくれた工房の方たちに見せたくて」

「いいですよ、どうぞどうぞ」

「ありがとうございます。『つみきの森』のサイトでもこの写真、掲載していいですか？」

歩美がスマホを構えて何枚も撮影するのを、店員さんが微笑んで快諾してくれる。

そうやって、カメラモードになったスマホに、その電話はかかってきた。画面に「伊村社長」と表示される。

なぜかわからないけれど、この時、歩美は嫌な予感がした。

理屈ではない。それが、会社の番号ではなく、社長の携帯番号だったからかもしれない。さっき歩美が会社に顔を出した時には社長はまだ来ていなかった。仕事の上での緊急な用件なんてないはずだという確信だけがまず頭をよぎると、なぜか次に浮かんだのは、誰かの、不幸の可能性だった。

すいません、失礼します。店員さんに断って、電話に出る。

『渋谷くん？　ちょっといいか』

電話の向こうで聞こえる伊村社長の声が固い気がした。けれど、それを認めれば、何かが待っていそうで怖かった。だから無視した。軽い声を出して答えれば、嫌な予感から逃げられる気がしたのだ。

「いいですよ。どうかしましたか？」

歩美に、社長が言った。痛みに耐えるような深呼吸が、一度響いた。

『鶏野さんが、亡《な》くなった』

言葉の意味が、わからなかった。

わからない、と思っているのに、スマホを持つ手が感覚を一気に失う。額に強烈な一撃を浴びせられたように、世界から音が消える。

ええっ！　と叫ぶように問い返す自分の声が、衝撃に一瞬遅れて、頭の中で反響した。横の店員さんの肩がびくりと跳ねる。驚いたように、彼女が歩美を見つめる。知らないうちに、自分が大声を上げていたらしいと、それでわかった。

──どうして。鶏野さんって、工房の大将ですか。一体どうして。

声が喉《のど》を衝《つ》いて出る。冗談で言える内容ではない、とわかっているのに、聞いてしまう。

「社長、嘘《うそ》でしょう？」

聞く時の声が震えた。歩美のその声に呼応するかのように、伊村社長の声が詰まる。

本当なんだ、と答える。

信じられないけど、本当なんだ──と。

歩美は咄嗟に、店内の陳列棚を見た。今まさに大将に見せたくて写真を撮ったカメ
のおもちゃを見上げる。──あれが昨日、鶏野工房の箱で届いたこと、丁寧に梱包《こんぽう》さ
れていたことを思い出す。

打ち合わせで会ったのは、まだ二週間前のことだ。上がりこんで、図々《ずうずう》しく夕飯を
ごちそうになった。それなのに。

信じられなかった。

だって、大将は、あんなに元気そうに笑っていたのに。

心臓発作、と伊村社長が言った。

鶏野さんには以前から持病があったのだと、電話の向こうの声が続けた。

3

読経《どきょう》の声が響く祭壇のあるホールに向け、伊村社長と、会社の同僚たちと一緒に、通夜《つや》の列を進む。

葬儀は自宅ではなく、鶏野工房近くの葬祭場で執り行われた。

社会人になって、さまざまに付き合いが増えたとはいえ、黒いネクタイを締めるのはひさしぶりだった。

通夜や葬儀に参列するのは、大学生の時、祖母を亡くして以来だ。

長い列に並びながら、歩美は、まだ打ちひしがれた気持ちでいた。

一体、何を見ていたのだろうか、という思いだった。

鶏野工房の大将には、もともと、心臓の持病があったらしい。

「四十代になったばかりの頃から付き合ってる病気で、普段から薬は飲んでるけどたいしたことはないって話だったんだが……」

そう伊村社長が言うのを聞いて、歩美は愕然《がくぜん》とした。

まったく知らなかったからだ。担当者としてお世話になって、仕事で何度も工房にも家にも出入りしていたのに、何も知らなかった。

いや、——知らせてもらえなかったのだ。

だって、社長は知っていた。年齢の近い社長は教えてもらえていたのに、歩美には、大将は何も言わなかった。

——仕事に差し障《さわ》りはないと思うんですけどね。

大将がいつものあの気風《きっぷ》のいい笑顔で伊村社長にそう言うところが、実際に見たように思い浮かんだ。社長には打ち明けても、歩美には一切何も言わなかった。——それは、歩美が若く、まだ経験も浅いひよっ子だったからだろう。

まだ、頼ってはもらえなかったのだ。

歩美はそう思った。仕方ないとも、思う。

けれど、少し考えればわかったのではないだろうか。

大将は毎度、家の食事でも、時折歩美を連れて行ってくれた軽井沢の近所のレストランでも蕎麦《そば》屋でも、食後に薬を飲んでいた。歩美はそれを見ていながら、深く気に留めることはなかった。

大将はもう六十近い。薬のひとつやふたつ飲んでいてもおかしくないと思ったし、だから、それが何の薬なのか、聞いてみることもしなかった。

――自分の話はあれだけ聞いてもらっていたのに。

そう思うと、嫌になる。

仕事相手として、自分が思っていた以上に未熟だったことを突きつけられている気持ちになる。

そして、それは、大将相手にだけ――ではなかった。

息継ぎをほとんどしないで続くような読経の声と、線香の匂《にお》いの中で、身動きが取れなくなりそうだった。それでも一歩一歩、一定の間隔で進む列を詰めていくと、正面に――奈緒の顔が見えた。

奈緒と、そして、横に奥さんが立っている。正面には、大将の遺影が見えた。

遺影の大将は、こういう時によく見るようなスーツ姿ではない。いつもの工房の作業エプロン姿で、歩美も見たことのある大らかな笑みを浮かべている。

準備していたわけではなかったのだ――と改めて思い知る。

普段のスナップ写真の一枚から切り取られた雰囲気のその笑顔は、たくさんの献花からも、むせかえるような焼香の煙からも浮いて見えた。

持病があった心臓について、それがそこまで深刻な状態だとは、奥さんも奈緒も、当の大将も考えていなかったそうだ。


大将の訃報《ふほう》を受けた翌日、取るものも取りあえず、歩美と伊村社長は軽井沢の鶏野工房に向かった。行くことで家族の迷惑になるかもしれないと思ったが、できることがあれば手伝いたかったし、何より奥さんと奈緒が心配だった。

夕方の鶏野工房は、静かだった。

親戚《しんせき》なのか、たくさんの人が来ていたのに、静かだった。

中に一歩入ると、木材の、いつものいい匂いがした。

工房の奥から顔を出した奈緒が、伊村社長と歩美の姿を見つけた。

「渋谷さん。——社長さんも」

奈緒の顔は真っ白だった。頬の色が、白いのを通り越して透明になってしまうんじゃないかと思うくらいだった。涙を絞り出した後なのだ、と一目でわかる。

弔問の挨拶《あいさつ》に、何と言えばいいのか、言葉は知っていた。

このたびはご愁傷さまでです。用意してきた言葉が、けれど、喉の真ん中で止まってしまう。そんなふうに改まった言い方をすれば、ここで築き上げてきた大将との距離も、奈緒との距離も遠のいてしまう気がした。

「奈緒さん――」

黙ったまま奥歯を嚙《か》み締めて深く頭を下げると、奈緒の横から、奥さんが現れた。奥さんも、短い間会わなかっただけなのに、体の線が一気に細く削られてしまったように感じた。目が赤い。

「――会っていってください」

そう言われた。

「よければ、鶏野に」

病院から戻ってきたという大将のご遺体を前にすると、声が抑えられなかった。「大将」と呼びかけてしまう。目頭が熱くなって、喉が震えた。ただ、眠っているようにしか見えない。今にも起き上がって「どうした？」と歩美たちに話しかけてきそうにも思えたし、あるいは、歩美のすぐ後ろに本物の大将がいて、「おい、人が寝てるとこなんかそんなにじろじろ見るなよ」と怒られそうにも思えた。

その声が聞けないなんて信じられなかった。

「一生付き合わなきゃならない病気だけど、そう急激に悪くなるもんでもないからって、ずっと、言ってたんですよ」

奥さんが教えてくれる。横たわった大将の胸に、手を置いていた。瞳《ひとみ》に涙の厚い膜が張る。

「まさか、こんな急に――」

そこまで言って、言葉を失う。奥さんが泣き崩れた。奈緒が「お母さん」と呼んで、母親の背中をさする。自分だって泣きたいだろうに、その様子は気丈で、少なくとも母親に寄り添う間は、彼女は涙を流さなかった。胸が締めつけられるような光景だった。


「渋谷さん、来てくれてありがとうね」

工房を出る時、奈緒に呼び止められた。とんでもない、という思いで歩美は首を振った。大将の心臓のことを、家族は知っていた。大将だけではなく、奥さんや奈緒の力にもなれなかったことが、歩美はただただふがいなかった。

すると、その時、奈緒が言ったのだ。「渋谷さんの初デザイン――」と。

え、と驚きに顔を固める歩美に向けて、続けた。

「無事に、お店に、並んだ？」

こんな時なのに、奈緒の口元が微《かす》かに綻《ほころ》ぶ。その顔を見たら、言葉がなかった。歩美は小さな声で、「はい」と頷く。頷くと、目頭をまた涙が押してきて、息ができなくなった。

「そう、よかった」

奈緒が言う。

「店頭に並んだカメの写真、よければ、送ってね。お父さんに、見せたいから」

大将が倒れたのは、歩美のカメが会社に届いた、あの日の夕方だったそうだ。前日、配送の梱包を奈緒がしているのを見て、「渋谷くん、きっと泣くよな」と笑っていたと教えてくれた。

通夜の列が、一歩進む。

参列者の間から、ふいに「一人娘なのに」という声が聞こえた。今回のことがあってから、すでに何度か聞いた言葉だと、その響きを嚙みしめる。

一人娘。

奈緒は、大将夫婦の一人娘だ。それがどういうことなのかを、歩美は改めて考えた。兄弟や姉妹がいないということは、これからのことを同じ立場で相談できる相手が誰もいないということでもある。

激しい慟哭《どうこく》の声は、家族や親戚よりも、むしろ参列する人たちの間からよく聞こえた。

「なんでこんな急に」「仕事が確かな人だった」「困った時に、助けてくれて」

大将の友人や仕事相手らしいその人たちは、ほとんどが歩美の知らない顔ぶれだった。自分と会っている時の大将しか知らなかったけれど、こんなにたくさんの人に慕われ、その人たちと、歩美とそうしたのと同じような時を重ねてきたのかと思うと不思議な感覚に襲われる。

その声は、静かな読経の声を一際《ひときわ》突き破るようにして、歩美の耳に届いた。

「――最近の若い人は、商品の色をどうするってことまで相談してくるんだって言ってたよ。俺たちの時代とは変わったよな。俺たちの頃には何でも自分で決めたのに」

――え？

その声に、歩美は咄嗟に声の方向を振り返る。しかし、並んだ誰がそう言ったのか、にわかにはわからなかった。砕けた、年配の人の口調。――大将と同じような年の人が、口にした言葉のようだった。

どくん、と胸が、大きな鼓動を跳ね上げる。先日納品されたばかりの、自分のカメが脳裏をちらつく。

あれは自分のことではないか――と、思った。

カメの甲羅の色をどうするか。歩美は大将に何度も相談した。しつこいほど。大将もそれに付き合ってくれた。「渋谷くんは妥協しないなぁ」と、笑いながら。

胸がすうーっと冷たくなって、体温を下げていく。

迷惑だったのかもしれない、と初めて気づいた。大将はそれを同年代の心が許せる仕事仲間に、呆《あき》れながら伝えていたのだろうか。

謝りたい、と咄嗟に思った。

自分の視野が狭かったことを思い知る。消え入りたいほど恥ずかしくなった。才能がある、センスがいい、と大将に言われて舞い上がっていた。

自分はまだ、こんなにも未熟だったのに。

立って参列者に頭を下げる、喪服姿の奥さんと奈緒は、初めて会う、知らない人のように見えた。それくらい以前とは印象が違う。大将を失う前の日常には、もう、誰も戻れないのだ。

奥さんも奈緒も、置き物のようだった。ぎこちなく、やってくる弔問客のひとりひとりに機械的なほどの丁寧さで頭を下げる。しかし、その目はどこも見ていないように思えた。

歩美の順番が近づく。

「このたびは」

言ったか言わないかの小さな声とともに歩み出た伊村社長の横について、歩美も無言で頭を下げる。すると、その時だった。

奈緒と奥さんが顔を上げ、歩美を見た。

たくさんの弔問客にそうしていたのと同じように、ただ、無感動に頭を下げるのだろうと、そう思っていた。しかし、表情をなくしていた、置物のようだった奈緒の顔が――ひび割れるように、ゆっくり歪《ゆが》んだ。

目を細め、彼女が「渋谷さん」と歩美を呼んだ。

横で、奥さんが同じように「渋谷くん」と小声で言う。

その途端、歩美は、ああ――、と胸に深く、息を詰める。森の中に立つ鶏野工房を思い出す。

鶏野工房に行くと、木材のいい匂いがした。天井にまで明かり取りの大きな窓があって、そこから、いつも柔らかい光が差しこんでいた。

自分の父の作った椅子が真ん中に置かれて、愛されて使われていた。

——これから、製作のイロハを教えてもらおうと、大将と、約束したのに。

奈緒や奥さんと目を合わせて頷く。頭を下げる。

普段工房で事務のあれこれに駆けまわり、エプロン姿しか見たことがなかった奈緒は、髪を下ろし、真珠のネックレスをつけているせいで大人っぽく、きれいに見えた。美しい分、その顔に滲《にじ》む悲しみと疲労の色が痛々しかった。

「残念です」

絞り出すような声で、そう言うのが精いっぱいだった。涙を浮かべた奈緒が、歩美の言葉を噛みしめるように、微かに頷いた。

それだけで、長くは話せなかった。

遺影の前に歩み出て、大将と向き合う。

焼香のために伸ばした指先が強張《こわば》る。

——大将、と、心の中で呼びかける。

あまりにも突然すぎる。

もっといろいろ、教えてほしかった。怒られても、呆れられても。

唇を噛みしめながら、歩美は深く頭を下げる。長く長く、手を合わせた。

4

奈緒から電話があったのは、大将の葬儀からひと月半ほど経過した頃だった。

ちょうど、歩美からも連絡しようと思っていたところだった。少し落ち着いた頃に、大将のこと、工房のことを、奈緒や奥さんと話したかった。

尤《もっと》も、落ち着くことなどないのかもしれないけれど。

これからも長く続くと思っていた日々が突然断ち切られたのだ。

大事な人の死の衝撃が進行形でなくなる日がそう簡単に来ないことは、歩美もよく、知っている。


「急に呼び出しちゃってごめんなさい。お忙しいでしょうに」

待ち合わせた恵比寿《えびす》の喫茶店に、奈緒は歩美よりも先に来て、すでに座っていた。

本当は、歩美が軽井沢の工房まで訪ねて行こうと思っていた。まだ身辺が慌《あわ》ただしいかもしれないし、なるべく負担を掛けたくなかったのだが、奈緒の方で、「近く、東京に行く用事があるので」と申し出てくれたのだ。

鶏野工房は、歩美の会社以外とも取引がたくさんあった。そうした取引先それぞれに挨拶に行ったり、今後の話をする必要があるのだろうということは、想像に難くなかった。そのため上京する機会が増えたのだろう。

「――奈緒さんこそ、お忙しいですよね」

「いえ。先日四十九日が終わって、どうにか落ち着きました。葬儀までは慌ただしくて、何がなんだかわからないまま時が経《た》ってしまったような気がしていましたけど、法要が終わると、家族はもう、父のことでできることはあまりないというか」

まるで、いつまでもその忙しさが続いていてほしかった、という口ぶりだった。大将の不在を忙しさで紛らわせていたところもあったのだろう。

ひさしぶりに見る奈緒は、葬儀の頃よりはいくらか顔に赤みが戻って見えたが、瘦《や》せたように見えるし、笑顔を浮かべても、それもどこか痛々しい。――けれど、時間が経ったことで、大将の突然の死をいくらか受け入れられたかのようにも見えた。歩美自身が、何よりそうだった。

注文したホットコーヒーが運ばれてくる。

互いに一口、口をつけたところで、歩美の方からようやく聞いた。

「工房のお仕事の方は――」

「父の仕事のうち、母と私でどうにかなりそうなものは、引き続き、お受けすることになりました。幸い、そこまで急ぎのものはなかったですし、責任持ってこちらでやりたいと思っています」

奈緒がカップを下ろし、歩美を見た。

「『つみきの森』さんとのお仕事は、ちょうど渋谷さんのカメが一区切りついたところだったので、本当によかった」

「――はい」

奈緒の言葉を、歩美は複雑な思いで聞いていた。大将との仕事が、満足のいく内容で最後まで形になったことは確かに素晴らしいし、感謝している。――しかし、大将とはまだまだいろんなことを一緒にやりたかった。いろんな企画があったし、実際、それを進めようともしていた。

取引先の一人だった歩美にはわかるが、鶏野工房というブランドは、大将のものだった。皆、大将の技術に惚《ほ》れ込んで仕事を依頼していたはずで、中には、大将が亡くなったことを機に発注を取り下げたところだってあるはずだ。

歩美の考えていることに気づいたのか、奈緒が微かに、困ったような表情で笑った。

「もちろん、父の名前を信頼してくださってたお客様とのお仕事の中には、こちらでやりたいと思っても、私や母では追いつかなくて、お断りせざるをえなくなったものもいくつかあります。寂しいですけど、仕方ない」

歩美と年の近い奈緒は、普段から、打ち合わせの間でも敬語と口語が入り混じる。その気安さにつられるようにして、歩美も時折、奈緒に対しては砕けた言葉使いになることもあった。

「工房はこれから、どうされるんですか」

鶏野工房は、大将の存在そのものだった。奥さんはお手伝いをしていたとはいえデザインにはまったくかかわっていなかったし、奈緒も事務方としているだけだ。鶏野大将は弟子を取っていなかった。

歩美の会社からも、これから何かを発注する際には、鶏野工房以外の工房を探すことになるだろう。そう思いながら尋ねた言葉に、思いがけず強い反応があった。奈緒の頬がきゅっと引き締まり、目が真剣になる。

「渋谷さん」と、彼女が改まって、歩美を呼んだ。居住まいを正す。

「今日はそのことで話があって来ました。――軽井沢まで来てくれるってせっかく言ってくれたのに、ごめんなさい。母のいないところで、私、話したくて」

今度は歩美が姿勢を正す番だった。「工房のこと」と、奈緒が続ける。

「渋谷さん。工房のこと、父から何か聞いていませんか？　工房のことというか、私のこと」

「奈緒さんのこと？」

奈緒が歩美を見ていた。大きな目がまっすぐじっとこちらに向けられる。奈緒がこくりと頷く。

「私に継がせるかどうかについて。父が、何か、言っていたことはありませんか？」

そう、尋ねた。

5

工房を継がせてほしいと頼んでいたのだ――と、奈緒が言った。

もうずっと前から。幼い頃から大好きだった父親の技術を受け継ぐ勉強をさせてほしいと頼んでいた。

それを聞いて、頭の中で、一つの光景が弾《はじ》けた。耳の奥で、大将の声が蘇《よみがえ》る。

――とにかく、気持ちを切り替えろ。

去年、工房を訪ねた時のことだ。大将との打ち合わせを終え、工房を後にしようとした時、工房の裏手からその声が聞こえた。大将と奈緒が、何か、話していた。その時の奈緒の思い詰めたような顔を思い出す。だからだったのか——、と腑《ふ》に落ちる。

奈緒は事務方の仕事のみをしていると思っていたが、実はそうではなく、製作がしたいと、父に前々から弟子入りを希望していたのだという。

「昔から、父の作る木のおもちゃが大好きだったんです。——おもちゃだけじゃなくて、時計とか、プランターとか。父が、木を使ってなんでもできることが友達にもすごく自慢で、そして、憧《あこが》れていました」

鶏野工房の真ん中に、バイオリンの形を模した木製の時計があったことを思い出す。あれも、大将の手作りだった。奈緒は幼い頃から大将の作品に囲まれて暮らしてきた。

父親が作った木のタワーに、「入れてみろ」と言われて玉を落とす。すると、中から、木琴のような軽やかな音がカコン、カコン、と美しく反響する。

まるで魔法使いのようだった、と奈緒が言う。

奈緒が「ピタゴラスイッチ」という番組に夢中になっていた時には、「俺にだって作れるぞ」と、ビー玉をコースに転がすクーゲルバーンを、奈緒だけのために作ってくれた。

「学校の夏休みの工作なんかも、私は、絶対に木工でした。あまりにできがいいから、『きっと親に手伝ってもらったんだろう』って先生や友達から言われたりもしましたけど、父は、手は貸してくれなくて、あくまで口で教えてくれて」

父親と一緒に木を触るのは楽しかった。いつかここで一緒に働きたい――、父の技術を受け継ぎたい。物心がついた頃には、自然とそう考えるようになっていた。

「最初に父にそう言ったのは、高三の時です」

奈緒が歩美の目を見て言う。真剣な眼差《まなざ》しだった。

「父の仕事を継ぎたいから、大学には行かない。ここで修業をさせてほしいって」

けれど、奈緒のその言葉に大将は反対した。何をするにもまずは広い世界を見てこい、と奈緒に大学に進むように言ったそうだ。

「――受験勉強が嫌で、逃げでそう言ってるんだったら絶対にやめろ、とも言われました。そんなふうに言われると、自分でも正直、自信がなかったんですよね。父についで木工の道に進みたいのは本心でしたけど、勉強が嫌だったのも事実でしたから」

奈緒が照れくさそうに微笑む。

「その言葉、大将らしいですね」

歩美が言うと、嬉しそうに頷いた。

「はい。それに、家族だからって弟子入りの修業が甘いもんだと思ったら大間違いだぞって、怒られました。だからひとまず、デザインの勉強ができる大学を探して、一度は家を出ました」

卒業後、奈緒は再び大将に申し出る。他のところに就職はしない。今度こそ、工房の仕事を教えてほしい、と。

歩美の目から見ると、大将にとっては申し分ない話ではないか、と思う。しかし、この時も大将はいい顔をしなかった。

「――お前は女で、いずれ嫁にいくんだからダメだって言われました。そういうところ、うちの父はすごく古い人だったんだと思います」

奈緒が唇を嚙みしめる。

「それでも、と食い下がったら、父に言われました。だったら、工房の事務方をしばらく任せるから、そうやって働きながら、仕事の厳しさや木工がどういうものかってことをまずは知るべきだ、と」

「そうだったんですね」

工房にあれだけ出入りして一緒に仕事をさせてもらっていても、その辺りの事情を歩美はまったく知らなかった。奈緒は望んで事務方の仕事をしているとばかり思っていたし、大将たちも娘が手伝ってくれることが嬉しそうに見えた。そんな経緯があったなんて、想像もしていなかった。

渋谷さん、と奈緒が呼びかける。

「父が亡くなる少し前に、私、父にもう一度、頼んでいたんです」

奈緒は、縋《すが》るような目をしていた。そこまで聞いて、歩美にもわかった。奈緒が今日、歩美と何を話したいのか。何を、聞きたいのか。

「事務の仕事を通して、工房のことは前よりだいぶわかったつもりでした。父がどんな仕事をして、どんな人たちに必要とされているかもわかったし、何より、仕事がどれだけ大変なのかもよくわかりました。その上で、鶏野工房を父の一代だけで終わらせたくない、と思ったんです」

「奈緒さんが工房を継ぎたい、と申し出たんですね？」

「はい」

奈緒が頷く。再び唇を噛みしめ、まっすぐな目をして歩美を見る。その目の表面に、うっすらと膜が張る。しかし、前を向いた奈緒の目から涙がこぼれ落ちることはなかった。懸命に耐えているのだとわかった。

「父は、考えてみる、と言いました。――それからしばらくして、ドライブに誘われたんです。父から、週末、木を見に出かけよう、と」

「木？」

「飯山《いいやま》の――、私たちが、木材を発注している場所です。話がある、と言っていて、きっと、私の弟子入りのことだと思いました」

奈緒の目が翳《かげ》りを帯びる。重たい告白をするように、彼女が続けた。

「でも、叶《かな》わなかった。父は、その週末が来る二日前に、倒れたんです。そして、そのまま――」

歩美は静かに息を呑《の》んだ。かける言葉が見つからず、ただ奈緒を見つめる。

「だから、父が私に何を言おうとしていたのかは、わからないままになりました。工房をどうするつもりだったのか。私を弟子にしてくれるつもりが――継がせてくれるつもりがあったのかどうかは、わからないままです」

「でも……、それは」

歩美は家族の一員ではない。他人の立場で何をどこまで言っていいのか、わからなかった。けれど、やるせない気持ちで続けてしまう。

「大将は、奈緒さんに工房を任せるつもりだったんじゃないでしょうか。大事な素材の木を、一緒に見に行こうとしていたわけですから」

「――そうなのかもしれない、とは私も何度も考えました。だけど、本当のところはわからない。それは単なる私の願望でそう思おうとしているだけで、お父さんは、本当はどうするつもりだったのか……」

奈緒の口調が、「父」から「お父さん」に変わったのを聞くと切なくなった。

「聞けば、よかった」

奈緒が呟《つぶや》くように言った。

「私が一言、その約束の前に、聞けばよかったんです。だけど、明日も、あさっても――、これから先、ずっと、お父さんがいるのが当たり前で、そうじゃなくなる日が来るなんて、考えてもみなかった」

大将は、心臓に持病があったのだ。

そう聞いて、歩美は気づけなかったことを後悔した。どこかで気づけたのではないだろうか、と思いもした。けれど、知っていた家族にとっては、もっとやるせないだろう。病気のことを知っていたのになぜ、という後悔は、歩美の後悔よりもきっと何倍も大きい。

「渋谷さんは、父から、何も聞いていないでしょうか」

最後の望みをかけるように、奈緒が再び歩美を見つめる。その期待に応《こた》えられないことがつらかった。

「申し訳ないですが――」

歩美が口を開くと同時に、奈緒の目から、助けを求める、あの縋るような目の光がふっと消えた。彼女の瞳が色を失っていく。

「ごめんなさい、何も。――大将は、仕事以外のご自分のお話を、僕にはほとんどされませんでした」

話しながら、改めて、そうなのだ、と打ちひしがれる思いだった。大将は、何も話さなかった。自分の病気のことも、家族のことも、奈緒の希望についても。歩美は頼ってもらえなかった。それは彼を失ったこのひと月半ほどの間、いろんな場面で痛感してきたことだった。

まるで家族のように、親しく工房で迎えてもらっていたと思ってきたけれど、それでも歩美はまだまだ頼りない若造のひとりに過ぎなかった。

「そうですか」

露骨にがっかりと肩を落とした奈緒は、今にも席を立ってしまいそうだった。だから、つい聞いた。鶏野工房は、これからどうなるのかが気がかりだった。

「お母さんは、なんとおっしゃってるんですか」

「母も、何も」

さっき、彼女が「母のいないところで話したかった」と言った意味を、歩美は考える。

一人娘にこれから工房を継がせること、自分と娘の二人でやっていくことに、奥さんも乗り気ではないのかもしれない。夫が受けた仕事をひとまずこなすことまでは考えられても、新しい仕事を大将不在の状態で請け負うのはあまりにも不安要素が大きい。

「事業をやるというのは、大変なことですから……」

奈緒がまた、視線を伏せて言った。

「私をすぐ弟子にしない、というのは、母の考えも、多少、あったようです。だけど、今回の件については父からは何も聞いていないって。私が父にもう一度弟子入りを頼んでいたことも、母は知らなかったそうです」

「そうなんですね……」

「だから、渋谷さんならひょっとしてって、思っちゃったんです。変なこと聞いてごめんなさい」

奈緒が謝る。そのまっすぐな声を聞いて、歩美は動けなかった。

「僕なら？」

尋ねると、奈緒が笑った。

「仲、とてもよかったから」

思いがけない言葉だった。

「お父さん、本当に渋谷さんのことが大好きだったから。男同士だし、何か話してるかもしれないって、そう思っちゃったんです。ごめんなさい」

「いえ……。こちらこそ、それなのに何の役にも立てなくて」

大将のところに出入りしている業者は、何も歩美だけではなかった。今の言い方からすると、奈緒はそれでも、そうした取引相手の中から歩美を選んで聞きに来てくれたのかもしれない。——伊村社長でも、他の取引先の担当者でもなく、歩美に。

自分の前で見せてくれる顔がその人のすべてではないのは当たり前と分かっていても、その人がいなくなってしまうと、自分が知らなかった顔の方が大きく感じてしまう。そうすると、自分のなかの「その人」までも揺らいでしまうような不安や寂しさがあることを、大将の不在を通じて歩美は何度も思い知った。

――最近の若い人は、商品の色をどうするってことまで相談してくるんだって言ってたよ。俺たちの時代とは変わったよな。俺たちの頃には何でも自分で決めたのに。

通夜の席で聞いた言葉が、耳に蘇る。自分のことではないかもしれないと思っても、思い出すと息苦しくなる。

歩美は奈緒より年下だし、頼りない存在に思われていたように感じていたけれど、それでも娘の目からは、大将に気に入られた存在に見えていた。その事実に、胸の底があたたかくなる。同時に、それなのに奈緒の役に立てないことがより情けなかった。

「鶏野工房は閉めなきゃならないんだろうなって、思ってます」

奈緒が言った。口に出せるようになるまでに、このひと月半、何度となく考え、そのたびに壮絶な葛藤《かっとう》があったに違いない。達観したような静かな微笑《ほほえ》みが、口元に浮かんでいた。

「続けたかったのかどうか。――私が続けていいのかどうか、父の気持ちはわからないままになりましたけど、どちらにしろ、もう、父に仕事を教えてもらうことはできないし、今受けている仕事の分が落ち着いたら、諦《あきら》めるしかないんだろうなって」

「――はい」

続けてほしい、という言葉が、喉元までこみ上げる。

しかし、彼女が言った通り、事業は難しい。大将が亡くなった今、無責任なことを歩美の口から伝えられるわけがなかった。

「これまで、お世話になりました。本当にありがとうございます」

奈緒が言う。

「とんでもない。こちらこそ」

答えながら、ああ、そうなのだ、と思い知る。『つみきの森』から鶏野工房に発注していた仕事は、大将が生きているうちにすべて完了している。やりかけの仕事はもうない。

奈緒に会うのは、これが最後になるかもしれないのだ。奈緒も、それをわかっているのだろう。

「――また今度、お線香をあげにいかせてください」

歩美がどうにか言葉を探して言うと、奈緒が「はい」と頷《うなず》いた。

お互いに席を立ち、会計を済ませて、恵比寿の喫茶店を出る。

「じゃあ、失礼します」と、奈緒が歩美に背を向けようとしたその時——、歩美の手が、伸びた。

「あの……っ！」

奈緒のコートの端を、摑《つか》んでしまう。

咄嗟《とっさ》にそうしてしまってから、歩美は、今日自分がずっと言いたかったことに気がついた。

死の直前、もらえるはずだった答え。

聞かせてもらえるはずだった、思いと言葉。

果たされなかった、父と娘の約束——。

話を聞く途中から、本当はずっと考えていた。声が何度も出かかった。

——会ってみませんか、と。

「はい？」

奈緒が振り返る。微かに驚いたように、「どうしたんですか、渋谷さん」と。

その目の端が、大将によく似ていた。その目に見られたら、動けなくなった。大きく、息を吸い込む。吸い込んで、冷静になる。

「……いえ」

胸にせりあがってきた言葉を、飲み込む。

「元気で」

一言、そう告げた。

奈緒の目が、ゆっくりと、ゆっくりと細くなり、優しく、透明感を増す。「はい」と彼女が頷いた。

「渋谷さんも、お元気で」

そう言って、駅の方に歩いていく。

遠ざかる後ろ姿を眺めながら、歩美は自分の手のひらを見ていた。言いかけてしまった言葉のことを、考えていた。

今俺は、何をしようとした？

彼女は——使者《ツナグ》の、依頼人ではないのに。

6

――歩美、使者と繫《つな》がれるかどうかは、全部、その人の〝ご縁〟によるんだよ。

歩美にそう教えてくれたのは、自分に使者の役目を譲った、祖母のアイ子だった。目を閉じると、今でもまだ、あの声や、皺《しわ》だらけで体温の低い手や、歩美のことなどすべてお見通しだとでもいうかのような案外鋭い目や、それでいて、自分が何をしても必ず許してくれそうな、優しい笑みを浮かべていたこと――そういう全部を、思い出す。

――どれだけかけても繫がらない人がいる一方で、必要な人のところにはちゃんと繫がれるようになっている。

使者について、祖母は歩美にそう言っていた。

だったら、今、歩美は祖母に教えてほしかった。

鶏野親子と自分が知り合いだったこと――それは、そのご縁に該当することなのか。歩美が、死んだ人間と生きた人間を会わせることができる使者であることは、奈緒にとっては〝ご縁〟の範疇《はんちゅう》なのか。

秋山家に向かう途中の電車の中で、歩美は目の前を流れていく車窓の景色を眺めていた。平日の夕方の車内は混み合っていて、窓の向こうに見える街の明かりに乗客の姿が重なって映っている。

使者は、人の死を扱う役目だ。

すでに死んでしまった誰かに会いたいと望む依頼人の目線に立ち、その喪失を通じて、死と向き合う。たった一度だけ叶う再会を仲介する。

少しは慣れたように思っていた。誰かが死ぬということにも、その喪失がどういうものかも。

しかし、身近な人の死を経験するのは、考えてみれば、祖母のアイ子を失って以来、初めてのことだった。

だから、わかってしまう。

奈緒の中で、失われた父親の存在が消えることなどないのが、大将が歩美にも身近な人だった分、いつもより余計にわかってしまう。

もし自分が生きている側として、たった一度しか叶わない死者との再会を望むとしたら、祖母のアイ子にしようと、歩美は何年も前から決めている。それはどうしても必要なことや、聞きたいことがあってそう思うわけではない。

穏やかに、何度も繰り返し丁寧に対話し、満足のいくほど一緒にいて、そして別れたからこそ、祖母に会いたいのだ。彼女に対する心残りなど、歩美にはない。それは、歩美がちゃんと祖母に向き合ったからというよりは、祖母がそういう生き方をしてくれたおかげだ。

――俺、いつか会うんだったらばあちゃんがいいよ。


あれは、使者を、祖母から引き継いだ日のことだ。

使者になれば、自分が会いたい相手に面会することはできなくなる。最後に誰か会いたい人がいるなら会わせてあげる、と祖母に言われて、考えに考えて、歩美はそう答えた。

「まだ、相当先だと思うけど、もしも、俺がこの先誰かに使者の力を譲ったら、その相手に頼んで、ばあちゃんに会わせてもらう。そん時は俺ももうよぼよぼのじいさんかなんかかもしれないけど」

「私はよぼよぼじゃないよ」

祖母がつっけんどんないつもの口調で言って、「言葉の綾《あや》だよ」と歩美は答えた。

「だけど、ばあちゃんにするよ。予約するから、それまで誰にも会わないで」

「私相手じゃなくって、とっときな。あんたの人生はまだまだこれからで、あんたはまだ何もわかってないんだから。自分が結婚したり、子供ができたり、これから大変だよ。今に私のことどころじゃなくなる」

「それでも、とりあえずばあちゃんでいい」

祖母の憎まれ口が照れ隠しかどうかわからなかった。だけど、何となくおかしくなって笑ってしまった。

「それでも年取ってからばあちゃんに会うってことは、俺の人生、平穏に済んだってことの証拠でしょ。だから、待っててよ」

「……ああ」

祖母もそう、頷いてくれた。

それからしばらくして、祖母にふいに、なんの時だったか、言われたことがある。

「歩美がもし将来結婚して――」

「結婚なんてまだ先だよ」

「だから、もしってつけただろ。もし、結婚したら、その相手には、なんでも話せるといいね」

当時の歩美は十代で、そんな話になるのが照れくさかった。「なんでも？」と尋ねると、祖母が笑った。「なんでも」と繰り返す。

「自分が使者のお務めをしてることも、お前の父さんや母さんのことも、みんな。なんでも、ね」

そう口にしていた祖母が、それをどんな気持ちで言っていたのか、わからない。まだずっと先のことだと思っていたし、歩美もまた、祖母はいつまでも自分のそばにいるのだろうと思っていた。やがて結婚することになっても、それから先も。——そう思い込もうとしていたのだと、今になればわかる。変わらない明日が来ると信じられるのは傲慢《ごうまん》な考えだったのだと、歩美が知るのはそれよりもまだ少し先のことだった。

当の祖母は、わかっていたのだろうか。歩美が結婚するような未来まで、自分が一緒にいられないことを。

祖母とそんなやり取りをした、二年後だった。

それまでも入退院を繰り返していた祖母が、仮がつく退院さえなかなかできなくなり、家に帰ってくることがだんだんと減って——。

ある夜、当時住んでいた叔父の家に、病院から電話があった。

歩美は、大学二年生だった。それでも、叔父夫婦も、当の祖母も、歩美に病名については教えなかった。

その前の年、祖母の兄である秋山の大伯父が肺がんで亡《な》くなっていたから、覚悟はなんとなくできていた。祖母も、「兄さんが先に行って待っててくれるなんて、用意がいいことだよ」と笑っていた。

「秋山のおじさんに会いたい？」

大伯父の葬儀で、だいぶ軽くなった祖母の手を引きながら尋ねると、祖母が「いいや」と躊躇《ためら》うことなく首を振った。

「これまではみんな、どの人とも悔いなくたっぷりお別れをしてきたからね。兄さんにだけ特別会いたいってことはないよ。私じゃなくて、今ここにいるのが兄さんだってそう言うさ。――立場がかわって、今、棺《ひつぎ》の中で寝てるのが私で、ここに立って歩美に手を引いてもらってるのが兄さんでもね」

「棺の中で寝てるのがばあちゃんって――、それはまた」

この年になった人にしか言えないであろう、いろんなものを超越した考え方だと思って、思わず笑うと、祖母もふふん、と笑った。「そんなもんだよ」と。

「今生きてるのが兄さんで、今日が私の葬式でもおかしくなかった。人生なんて、そんなもんさ」

病院から電話があったその後は、結局、一度も祖母の意識が戻ることはなかった。

容体が急変し、意識が混濁している、と連絡があって、家族みんなで病院に駆けつけたが、酸素マスクをした祖母は、もう何も言葉を発しなかった。

だから、最後に祖母とした会話が何で、それがいつだったのか、歩美には曖昧《あいまい》だ。

ただ、それはもう、いつの、どんな会話でもよかった。

祖母との別れに、悔いはない。

毎回、話して別れるたびに、今日が最後でも後悔しない時間を一緒に過ごしてきた。

祖母がそういう時間の作り方を教えてくれた。

歩美には、準備ができる時間があったのだ。

容体の急変した祖母を見舞った帰り道、叔父を病院に残し、歩美は従妹《いとこ》の朱音と一緒に叔母の運転する車で一度、家に戻った。

その車の中で、叔母が、初めて祖母の病名を教えてくれた。だいぶ前からわかっていて、覚悟していたことを。

「明日には、おばあちゃんは亡くなってしまうと思う」

はっきりと言われると、本当なのだと実感できた。祖母とはもう話ができない状態だったけれど、叔母のその言葉は、祖母がまだ生きているうちに、子どもたちにちゃんと別れをさせようという強い意志が感じられた。「歩美、朱音」と、名前を呼ばれた。

「私は、おばあちゃんが大好き。長く一緒に暮らしていたけど、私、おばあちゃんとケンカをしたことがただの一度もないのよ」

今考えると、それは、言葉通り、本当にそうだったのかどうかわからない。祖母も叔母もできた人だとは思うが、それでも二十年以上も一緒にいれば、ケンカのひとつやふたつ、人間なのだからしていて当たり前だ。

けれど、その時は、叔母のその言葉に圧倒された。本当はしていたかもしれないケンカを、「しなかった」と言い切ることにした叔母の強さに、祖母が積み上げてきたものの大きさが感じられた。

叔母の言葉通り、祖母は、その翌朝に、そのまま逝《い》った。

通夜《つや》でも葬式でも、歩美は泣いたけれど、気持ちが大きくかき乱されるようなことはなかった。

――今生きてるのが兄さんで、今日が私の葬式でもおかしくなかった。人生なんて、そんなもんさ。

あの飄々《ひょうひょう》とした声を思い出すと、今も、どこかで祖母が生きていてもおかしくない。そんな気持ちに、なる。

だから、今のところ、歩美も祖母に会いたいと思うことはない。

人生が平穏に過ぎ、会いたい時が来たら、自分の近況の報告がてら、いつか、会えたらと思っている。

奈緒のように、聞きたいこと、話したいことが残されたまま、ある日急に身内を失ってしまうような、そんな別れとは違う。

だからこそ、奈緒が突然失ったものの大きさを思うと、いたたまれないのだ。

電車が揺れを大きくし、歩美の降りる予定の駅名が告げられる。歩美は静かに息を吐き、混み合う車内の乗客をかき分けて、ドアの方に移動する。

7

「えー、それは余計なお世話なんじゃないかなぁ」

秋山家に着き、当主である杏奈の部屋を訪ねる。ちょうど夕食を食べ終え、学校の宿題をしていたという杏奈に頼まれて、彼女がドリルに書き込んだ算数の問題の答え合わせをする。

そうしながら、事情について、掻《か》い摘《つま》んで話した。

歩美が仕事でお世話になっていた人が亡くなったこと。その人に、家族ぐるみで親しくしてもらってきたこと。その一人娘が、父親に聞きたいことが残ったままの別れになったこと。

彼女に、使者のことを教えるかどうか、迷ったこと。

正式に依頼があったわけではないし、奈緒はおそらく、使者の存在など、これまで噂《うわさ》レベルであっても聞いたこともないだろう。荒唐無稽《こうとうむけい》な話だが、歩美が言えば信じるだろうか。それとも、歩美から聞いたのではかえって現実味がないだろうか。

――昔からの知り合いが絡《から》んだ依頼で、自分が間に入るのが躊躇われた時、前に一度、杏奈を頼った。歩美の代わりに依頼人に会ってもらったのだ。

説明する歩美に、しかし、杏奈は即座に首を振った。

余計なお世話だ、と。

「そうかな？」

「そうだよ。その子は、依頼人じゃないんだよ。お父さんに会いたくて、自分から使者に辿《たど》りついたってわけじゃない。歩美くんのもともとの知り合いに過ぎないわけでしょ？」

「それはそうだけど、でも逆に言えば、もともと俺と知り合っていたことは、そこには使者の〝ご縁〟みたいなものが関係していた、とは考えられないのかな。何かの必然があって、今、使者と巡り合えている」

歩美がそう言った瞬間だった。

杏奈が、大袈裟《おおげさ》に「ああ――」と頷き、それから、ふうん、と鼻から息を抜いて笑った。秋山家当主という立場のある子どもなのだから、これまで多少の大人びた態度は仕方ないと見過ごしてきたけれど、今回ばかりは鼻につく笑い方だった。

「なんだよ」

「歩美くん、思い上がっちゃダメだよ」

ぴしゃりと、言い放たれる。

「勘違いしちゃダメだよ。今回のその子がもともと知り合いなのはあくまでも、渋谷歩美くん。使者じゃない。あなただよ」

「それは、確かにそうだけど……」

癪《しゃく》だけど、その通りだった。

歩美は確かに使者の役目を持った人間だが、奈緒や、工房の人たちと出会ったのは、使者としてではない。自分が使者そのものだと自負するのは、杏奈の言う通り、確かに思い上がりなのだろう。しかし、そう言われても簡単に割り切れなかった。

すると、杏奈が言った。宿題のノートから目線を上げ、歩美を見る。

「これが、使者の〝ご縁〟なのか、そうじゃないのかはわからない。だけど、歩美くんはいいの？」

「何が」

「明かすことになるんだよ。その子にも、その子のお父さんにも。自分が使者だってこと」

「それは……」

思わず口ごもってしまう。それは、歩美も危惧《きぐ》していたことだった。

鶏野工房と歩美とは、使者の役目と関係のないところで関係を築いてきた。使者の務めはいいことばかりではない。つらいことも多いけれど、それを弾き飛ばすような明るさや熱意で、彼らは会社員の歩美と関わってくれてきた人たちだった。

「戻れないよ」と、杏奈が言った。辛辣《しんらつ》な声だった。

「娘さんに、今回も私が歩美くんのことを隠して、たとえ会ったとしても。死者との再会は、自分が一番丸裸になることでもあるんだよ。最後に叶う、一回きりの特別な、自分の本音を曝《さら》して会う機会。――他人のそんなものにかかわってしまったら、もう、元の形の関係には戻れないよ。それがいい形の再会であれ、苦いものが残る場合であれ。その子も、そして、歩美くんも、相手に前のように接することは、多分二度とできない」

この子を当主に指名して亡くなった大伯父を――本当にすごい、と思う。

英才教育なんて言葉だけでは説明のつかない何かが、この子の中にまっすぐな一本の芯《しん》として通っている。

歩美は気圧《けお》された思いで、彼女を見た。

それは、歩美自身が危惧し、けれど言語化できなかった不安だった。それを的確にこうまで表現されると返す言葉がなかった。

昔、使者の見習いだった頃に一度、同じような思いをした。

同じ学校の同級生の二人――。彼女たちの再会を手伝ったその後で普通の同級生のように接することができるとは、確かに当時の歩美にも思えなかった。

奈緒からの、大将に会いたいという依頼を仮に受けたとする。

その時は交渉の段階で、歩美は、大将と再び会う。――もちろん、会いたい。二度と会えなくなったと思っていた、大好きで、尊敬できる相手と再び会える機会をもらえるなんて願ってもないことだ。

しかし、一方で、そうだろうか、とも思う。

通夜の列で聞いた言葉を、また思い出す。――最近の若い人は、色まで相談してくる。自分で決められない。

開いてはいけない扉が、世の中には、あるのではないか。

「ただ、まあ――。そうだなぁ」

気圧されたまま黙り込んだ歩美に、杏奈がふーっと長くため息を吐《つ》いてみせる。

「じゃあひとつ、様子見で、条件をつけようか」

「条件？」

「これが、使者のご縁による話なのかどうかは、正直なところ、私にもわからない。

だからさ、――待ってみる」

　杏奈が軽やかな口調で提案する。

「歩美くんは、その人たちとは、もう、仕事でもかかわることはほとんどないんだよね？　お父さんが亡くなって、今は取引がない状態」

「うん」

「それでもなお、向こうからもう一度連絡があったら、それはご縁かもしれない。その時に歩美くんの気持ちがもうひと押し動いたら、彼女に使者の存在を明かすかどうか、考えてみたら？」

　気持ちがいいほど堂々と言い切る杏奈に、歩美はしばらく、返事ができなかった。ややあってから「それは、秋山家当主としてそう思うの？」と聞いてみる。

　杏奈はまたも軽やかに「ううん、勘」と言い放つと、歩美がチェックした算数の宿題の確認にかかった。三問目の分数の引き算が間違っていたのを見て、「うそー！　これ違うの」と声を上げる。

　――あんなにこましゃくれた口が利《き》けるのに算数ができないなんて、どうかしている。この世は不思議だ、と歩美は思う。

8

杏奈からのアドバイスの後、数週間後に奈緒から携帯に着信があった時には、以前の何倍も緊張した。

本当にかかってきてしまった、という思いで、電話に出る手の内側が、一瞬で嫌な汗に濡《ぬ》れた。

『――もしもし、渋谷さん。奈緒です。ちょっと、お話があって』

何かを覚悟したようなその声を聞いて、歩美の中でも覚悟が決まる。

言おう、と決意する。

「こちらからもご連絡しようと思っていました。――お元気でしたか？」

奈緒はまた東京で会いたい、と言ったが、今度は歩美が軽井沢に行くと言い張った。大将が亡くなり、足が遠のいてしまった鶏野工房だが、話すならそこしかないと思っていた。

奈緒は、今回はもう、母親に聞かれたくない、とは言わなかった。ただすんなりと『わかりました。お待ちしています』とだけ答えた。

胸に決意を固め、鶏野工房を訪ねたその日。

大将のいなくなった工房までの道は、そんなはずがないのに、森の木漏れ日すら寂しげに気配を変えてしまったようだった。

静かな工房の、チャイムを押す。前はいつ来てもだいたい、のこぎりの音や、電動のプレス、木槌《きづち》の音がしていて、あんなにも賑《にぎ》やかだったのに。

「はい」と声がして、奈緒が現れた。

その姿を見て、歩美は息を呑む。

奈緒は、エプロンをしていた。歩美が工房に来る時、奈緒はたいがいチェック柄のエプロンをして、帳簿をつけたり書類や伝票を書いたり、パソコンと向かいあったり――そういう事務作業をしていた。

けれど、今日はエプロンが違う。模様は何も入っていない、ただの紺色。素材も家庭用のものよりだいぶ分厚いそれは、大将が数ヵ月前までつけていた、製作の作業用のものだった。

葬儀の時も、上京してきた時も下ろしていた長い髪を、奈緒は肩より上までの長さに切り揃《そろ》えていた。顔つきも、前に会った時より心なしかすっきりしたように思える。

「この間は、突然、ごめんなさい」

歩美を中に通して座らせ、お茶を淹《い》れながら、奈緒が謝る。奥さんは、今日は県内の仕事の納品に出ていて留守だという。——奈緒がそうしてもらったのかもしれなかった。

「いえ、こちらこそ、お役に立てなくて……」

「そんなそんな。渋谷さんと話せて、よかったです。父のこともたくさん話せたし」

たった数ヵ月経《た》っただけだけど、工房の中に大将の気配が薄くなったような気がした。工具の配置、木材の立てかけ方、資料の積み方——。知っているからそう思うだけかもしれない。けれど、人が一人いなくなってしまったことの重みを、確かに感じる。

使者の話をいつ切り出すか、迷った。

本当なら絶対に会えないはずの相手との再会。聞けなかったはずの答えを知るたった一つの方法を、歩美は知っている。

緊張しながら顔を上げた、その時だった。「渋谷さん、ちょっといいですか」と奈緒が言う。

「はい?」と問い返す歩美のもとに、木のおもちゃを持ってきた。紐《ひも》がついて、幼児が引いて遊ぶことのできる、木の犬。その姿を、歩美は知っていた。

――こんなんじゃ、子どもは喜ばねえよなぁ。

歩美が最後に大将を訪ねて来た日、大将がいじっていた、犬のおもちゃだ。

「これ、私が作ったんです」

奈緒が言って、歩美は目を見開く。

そして、そうだったのか、と急に腑《ふ》に落ちた。

あの日、大将は、このおもちゃを「新製品といえば新製品」と曖昧な言い方をしていた。歩美も確かに、大将らしさが少し薄いおもちゃだと思っていた。大将らしくないミスも、たくさんあった。

何より気になったのは大将の口ぶりだ。

出来上がったおもちゃに批判的な言葉を使う人ではないと思っていたが、あれは――娘の作品だったからなのだ。

奈緒の手元には、犬の他にも、たくさんの作品が置かれていた。色使いが鮮やかなキューブパズルや、くじらの形の手押し車。――あの日、歩美がすごくいいと言った、クーゲルバーンもある。

「それも全部、奈緒さんの作品ですか」

「はい。渋谷さん相手にお見せするのはお恥ずかしい限りですが、私が作りました」

「拝見していいですか？」

手に取って見てみたい、というのは、仕事としての純粋な興味でもあった。奈緒が躊躇いがちに、「どうぞ」と、いくつか歩美の手に渡してくれる。すべて、あの日、大将の工房で見たものだった。

やっぱりよく、できている。

特に、あの日も見たキューブパズルがいい。色の組み合わせが楽しげで、子どもが何種類も図形を考えたくなるような、遊び勝手の良さもよく考えられたおもちゃだ。

「――試験を受けるような気持ちで、父に渡したんです」

奈緒が話しだした。目が、歩美の手の中のおもちゃを見ている。

「これまで事務をしながら、こっそり、父の見様見真似《みまね》で作ったり、父が描いた設計図を参考に、自分でも図面を描いたりしながら、いつか、ここまでできるようになったから、弟子にしてくださいと頼もうと思って、何種類か作りました。驚かせようと思って」

「お父さん、驚いたんじゃないですか」

「それが、――まったく」

奈緒の顔に寂しげな笑みが浮かぶ。首を振った。

「今考えると、自分の工房で娘がこそこそ何かやってるのなんか、こっちがどれだけ隠れてやったつもりでいても、父にはお見通しだったんでしょうね。一度、見つかってしまって、『気持ちを切り替えろ』って言われてしまったこともあるし。だから、今回も、ああ、とうとう持ってきたかって感じで、あっさり『見とくよ』って」

「それ、照れ隠しじゃないですか？」

嬉《うれ》しくなかったはずがない、と思う。だって、どれもとてもよくできている。大将に見せるために試行錯誤して仕上げたのだろうと、歩美にもわかる。

何より、歩美は驚いていた。奈緒がここまで本気で準備し、勉強していたなんて。

「お父さん、奈緒さんに工房を継いでもらおうと思ったんじゃないでしょうか。これを見せられたその上で、大将は奈緒さんを木材を見に行こうと誘ったんでしょう？」

そう話すと、改めて、親子の約束が果たされなかったのがやるせなかった。父親の口から一言そう言ってもらえたなら、奈緒はどれだけ心強かっただろう。たとえ、その後で別れが待っていたとしても。

そう思っていた、その時だった。

「そのことなんですけど、渋谷さん。私、父が言いたかったこと、わかった気がするんです」

「え？」

「これ。この犬のおもちゃ、見てもらっていいですか」

奈緒は歩美の手に、自分が作ったという犬を渡す。

あの日、大将の工房で見た時、大将がゼンマイを巻いて動かし、そして、尻尾《しっぽ》を――。

手に取って、歩美は、声にならない声で、あ、と呟く。

犬の尻尾は、それまでついていた紐とボールがなくなって、柔らかいカーブのお尻《しり》部分に、小さな球体が直接くっついていた。前に見た時と違う。

「東京で渋谷さんと会った後、少しして、父の書斎で見つけたんです。――実は、私が作った最初のものは組み紐で尻尾のボールがくっついているタイプでした」

歩美が指摘したことを思い出す。誤飲の恐れがあること。うちで扱う場合には、そこが気になる、と。

「小さい子が間違って呑み込んでしまう危険性があるから、父が、直したんだと思います。それから、動き」

　言われて、歩美はゼンマイを回す。キリキリと数回巻いて犬を机の上に下ろし——

歩美は目を見開いた。

「私が作ったのはもっと単調な歩き方をしていたのですが、それが劇的によくなってるんです。なんていうか——、段違いにいい」

　もう少しゆっくりにしてみたら、と歩美が提案した犬の動きが、歩美が想像した以上にダイナミックになって、そしてゆっくりだった。キー、パタン。キー、パタン。呼吸するようなリズミカルで大きな動きは、横で子どもが一緒に真似できそうだ。

　まぎれもない、歩美の好きな、大将のおもちゃの動きだった。

　もう見ることができない眩《まぶ》しいものを最後に見せてもらえた思いで、おもちゃの動きを目で追う歩美に、奈緒が、ふいに声をかける。

「父は、私に、諦めるように言おうとしたんだと思います」

　歩美は黙ったまま、奈緒を振り返った。奈緒の顔が強張《こわば》っていた。

「私が作ったおもちゃを見て——プロとして、妥協なくチェックして、その上でおそらくセンスがないと、判断されたんだと思います」

「あ」

頭の中で、声が弾《はじ》けた。

――こんなんじゃ、子どもは喜ばねぇよなぁ。

――才能っていうのは残酷なもんで、あるところには必要なくたってあるのに、必要でも、ないところにはない。

――この仕事してるとわかるよ。努力や練習で補えることはそりゃあ、あるけど、スタートが違うのは誰にもどうしようもない。才能っていうか、センスか？

あれは、奈緒のことを意識していたのかもしれない。娘に向けて、冷静に判断を下そうとしていた言葉だったのだ。

奈緒が静かに犬のおもちゃを持ち上げる。

「それから、持ち手」

口調に、悔しさが滲《にじ》んでいた。

歩美に向けて、犬の頭の少し後ろを持つ。そこに、前まではなかった、楕円形《だえんけい》の穴が空いていた。

「これも、私がしたんじゃないんです。小さい子でも片手で持って運べるように、父が空けた。――犬の模様みたいでかわいいのに、実は機能的なんです」

敵《かな》わない、と奈緒が呟《つぶや》く。

「これを見た時、絶対に敵わないと思いました。父は、私に諦めるように言おうと思ったんだって、すぐにわかった」

「でも、大将は、横のキューブパズルを、とても褒めてましたよ」

気づくと声が出ていた。奈緒が驚いたように歩美を見た。「ごめんなさい」と歩美は謝った。

「これが、奈緒さんの作品だと、僕は知りませんでした。だけど、大将が話していました。このパズルの絵はなかなかだ。クーゲルバーンも、うちで商品化したいくらいだと、僕はその時に思いました。実際、大将に言ったんです。そうしたら、大将は」

――じゃあ、そのうちに相談する時が来るかもな。どうなるかわからないけど、その時は頼むよ。

それがいつになるかはわからないが、頼む、と確かに言ったのだ。

歩美の言葉を受けた奈緒は、静かに佇《たたず》んでいた。おもちゃを下ろし、右手の指を庇《かば》うように両手を組む。感情の起伏の薄い声で「ありがとう、渋谷さん」と、彼女が言った。

言ってから、しかし、首を振る。

「だけど、同じです。渋谷さんが今褒めてくれたパズルも、クーゲルバーンも手押し車もすべて、父の手が入っています。そして、それがどれも、とてもいい。私では絶対に考えつかない発想で、すべてが使いやすく、デザインも格段によくなってるんです」

歩美は黙っていた。立ち竦《すく》むような思いで奈緒の声を聞いていた——、次の瞬間だった。

「だから」と奈緒が言う。

そして、こう、続けた。

「私、諦めません」

歩美は、息を呑《の》んだ。

奈緒の目が、大将がいなくなってから今日までで一番強く輝いていた。ゆるぎない闘志の光が瞳《ひとみ》の中にはっきり見える。

「父は、私に、諦めろと言いたかったんだと思います。仕入れ元の木材の現場を見せて、この人たちが繋いだ素材を無駄にするなと言いたかったんだと思う。私の父は、そういう人だから」

奈緒が言う。「でも」

「父から残された、この改善されたおもちゃを見たら、諦められなくなりました。私には確かにセンスが足りないかもしれない。才能がないと言われたも同然だけど、父の作品は、やっぱりすごい。ほんの少し何かが変わるだけでこんなにいろんな可能性がある世界なんだとわかったら、鶏野工房も絶対に残したいと思いました。今は無理だけど、私は父に追いつきたい」

工房は閉めません、と奈緒が言った。

「私が勉強する間、何年かは、休まざるをえないと思います。父がお世話になっていた木工所で修業をさせてほしいとお願いをしているので、しばらくは無理だけど。だけど――鶏野工房は、絶対にまた私が開けます」

呆気《あっけ》に取られるほどの、清々《すがすが》しい声だった。

その声を聞いて、歩美は――その場に立ち尽くす。

完敗だ、と思っていた。

奈緒にも、大将にも、大将が遺《のこ》したこのおもちゃたちにも。

彼らは、使者など必要としていない。

直接話したり、実際に会うことが叶《かな》わなくても、人には、時としてわかることがある。その人が残したものの端々から、聞くよりも雄弁に伝わり、感じ取れることがある。

奈緒は大将の声を聞き、その上で、大将が生きていた時にもそうしたであろう決断を今、下そうとしているのだと、歩美にもわかった。

「今日は、わざわざ来てもらっちゃってごめんなさい。でも、どうしても直接、渋谷さんには伝えたくて」

奈緒が言った。それから、歩美の目を見て続ける。

「父のいない鶏野工房は、頼りない存在かもしれません。私は製作の現場では素人《しろうと》同然だし、以前と同じようにというのは難しいと思いますけど、でもどうか、これからも、うちの工房を忘れないでください。戻ってきますから、よろしくお願いします」

「――わかりました」

歩美は頷いた。頷くと、奈緒がほっとしたように小さく息を吸った。「ありがとうございます」と続けた。

「父に直接技術を教えてもらうことはもうできないけど、父がお世話になった人たちに――もちろん母にも、これからたくさん、教えてもらうつもりです。父はもういないけど、これからもずっと、考え続けると思います」

奈緒が、犬のおもちゃを、パズルを撫《な》でる。歩美を見た。

「もし父だったらどうするだろうって。この数ヵ月、何を作っていてもそう考えました。ああ、こんなことすると父に怒られる。きっとダメ出しされるからやり直しだって。——実際に聞くことが叶わない分、きっと、私の中の父は、誰よりも厳しいと思う」

——あの人ならどうしただろうと、彼らから叱《しか》られることさえ望みながら、日々を続ける。

それはまだ、歩美が使者になりたての頃に、ふっと、気付いたことだった。

死者に会うことは、誰かの死を消費することと同義の、生きている人間の欺瞞《ぎまん》なのではないか。けれど、死者の目線に晒《さら》されることは、時として、人の行動を決める。見たことのない神様やお天道様《てんとうさま》を信じるよりも切実に、具体的な誰かに、見ていてほしいと願う。

傲慢だった、と思い知る。

杏奈の言う通りだった。奈緒は、使者になど頼らない。

父親に会いたいと思うことが、今後、彼女にもあるかもしれない。けれど、それは少なくとも今ではない。もっと、彼女が成長し、たくさんの自分の作品に囲まれた、それからだろう。

歩美が祖母にいつか会いたいと願う、その時のように。

「奈緒さん」

呼びかける。

髪を切り、軽くなった頭を振り動かして、奈緒がこっちを見る。

「他にも作りたいもの、ありますか？」

奈緒が即座に答える。「はい」と。

「正直、父に、これらだけで実力を判断されたのが悔しいくらい――本当は、他にも発想がたくさんあるんです。試したいことが、たくさんあります」


仏壇の大将に線香を上げさせてもらう。線香を立て、手を合わせる時、遺影に向けて、歩美は心の中で、「負けましたね」と、大将に呼びかけた。

大将も、そして歩美も、奈緒の前では完敗だった。

跡を継がせない、という大将の心配も、使者の存在を明かそうとした歩美のおせっかいも弾き飛ばせるほど、奈緒は途方もなく強い。

遺影に向け、語りかける。

大将の残した大事な一人娘は、僕なんかが心配するのもおこがましいくらい、素敵な人です。

手を合わせ、立ち上がる。

帰ろうとする歩美に、奈緒が「また来てください」と言った。

「お父さん、渋谷さんと話すのが本当に楽しそうだったから」

「――いつも相談ごとばかりで、僕が一方的に話してしまって」

「え、そうですか？」

奈緒が首を傾《かし》げ、それから「そんなこと、ないと思います」と続けた。

「だって、お父さん、喜んでましたよ。渋谷さんは、大事なカラーリングのことやデザインのこと、自分を頼って、なんでも聞いてくれる。相談してくれるのが、嬉しいって。自分の世代の人たちは何でも一人で抱え込む癖があるから、その人たちも渋谷さんみたいに相談してきてくれたらいいのにって」

――最近の若い人は、商品の色をどうするってことまで相談してくるんだって言ってたよ。俺たちの時代とは変わったよな。俺たちの頃には何でも自分で決めたのに。

憑《つ》き物が落ちたように、身体《からだ》が軽くなる。

通夜の列で聞いた言葉が、自分の胸をこうまで深く突き刺し、傷つけていたことに、奈緒の言葉を聞くまで、歩美は気づかなかった。――気づかないふりをしていたのだと、ようやく、認められる。大将の言葉は、そういう意味で言われたことだったのか。

仏壇の遺影を振り返る。

大将が笑っていた。

歩美の知っている、あの顔で。

——直接聞くことがすべてではないのだ。

自分の知っている大将を、これからも信じていい。

大将の言葉は、奈緒の中にも、工房の中にも、たくさん残っている。もちろん、歩美の中にも。

死者の声を聞く方法が一つだと思い込むなんて、思い上がりもいいところだった。

「また、来てもいいですか」

もうすぐ本格的な冬が来て、工房の周りは、雪の景色になる。

真っ白い雪に覆《おお》われた森を抜けて、毎回ここに打ち合わせにくるのが歩美は好きだった。

奈緒が笑う。

「大歓迎です」

顔を上げると、長居をしたせいで、もう外が薄暗かった。
大きく太った月が、窓の外に出ていた。もうすぐ、次の満月がやってくる。
使者になって、七年になる。
今度の満月は、滅多にない、誰との再会も仲介しない夜になりそうだった。

想い人の心得

「今年はひとつ、追加で伝言をお願いしてもよろしいですか」

別れ際《ぎわ》に、ふいにそう声をかけられた。これまでの依頼ではなかったことだ。「なんでしょう」と顔を向けた歩美を、彼がまっすぐな目で見つめる。

「絢子《あやこ》さまにお伝えいただきたいんです。あの小僧だった蜂谷《はちや》も、とうとう八十五になりました、と」

その顔に静かな微笑《ほほえ》みを湛《たた》え、蜂谷がそう言った。

1

「ドイツ――ですか」

「はい」

会社近くの喫茶店で、テーブルを挟んで向かい合う奈緒の顔を、歩美は見つめる。季節が春に変わろうとしていた。明らかに真冬のものではなくなった陽光が、運ばれてきた飲み物のグラスに反射している。あと一週間もすれば東京でも桜の開花宣言があるのではないかと、朝のニュースでやっていた。

奈緒が亡《な》き父の残した工房を継ぐために、別の工房へ修業に行く、ということはすでに聞いていた。その期間、鶏野工房は閉めることになるとも。歩美は亡くなった大将にとてもお世話になったし、その娘の奈緒についても、自分にできることがあればこれからも力になりたいと思っていた。

しかし、まさかドイツとは。

奈緒から、「仕事の用で東京に行くので、時間があれば会えませんか」と連絡があったのは先週のことだった。その時から、おそらく彼女の今後についての話だろうと察してはいた。けれど――。

「ニュルンベルクの工房が、秋から、私のことを受け入れてくれることになりました」

そう告げられ、歩美は静かに目を瞬《またた》かせた。咄嗟《とっさ》に声が出なかったのは驚いたからだ。奈緒からは「父が生前お付き合いのあった工房に修業にいく」としか聞いておらず、てっきり国内の工房だとばかり思っていた。

「父もすごく好きだった工房なんです。うちよりずっと大きくて歴史もある工房なんですけど、向こうの社長さんが父の作るものを気に入っていて。何度かうちにもいらしてくださったことがあるくらい、父とも仲がよかったんです。――思い切ってお願いしたら、快諾してくれました」

「何年くらい行かれるんですか」

「それがちょっとわからなくて」

奈緒が照れくさそうに微笑む。

「私の飲み込みが早ければ、短い期間で済むのかもしれないですけど、きっと、長くかかってしまうと思います。その分、得られるものはなるべく多く、向こうで吸収してくるつもりです」

奈緒が困ったように肩をすくめる。

「向こうの社長さんも、父の友人として接する分には優しい人ですけど、いざ弟子入りするとなったら、修業は厳しいと思います。中途半端《はんぱ》な技術じゃ父の工房を継ぐことは認めてもらえないと思う。でもその分、鍛えてもらえるはずです」

そう語る奈緒の顔は晴れやかで、迷いがなかった。遠くに旅立つ決意を胸に、不安よりも期待が上回っているのだろう。――実際には、不安を吹き飛ばそうとして明るくふるまっているのかもしれない。そうだとしても、その明るさが今は眩《まぶ》しかった。

――歩美の戸惑いや驚きなど跳ね返すほどだ。もう何度目になるかわからない、「彼女には敵《かな》わない」という思いが胸にまた込み上げる。

「よかったですね」

まだ、内心では微《かす》かに動揺していた。奈緒が遠くに行く、いつ帰ってくるかは未定。衝撃は続いていたが、これは奈緒の夢のための門出だ。歩美も存分に祝いたい。

「ドイツはいろんな木製おもちゃの発祥地だし、中でも、ニュルンベルクは大きなメーカーがいくつもある、木工の本場ですよね。そこで学べるなんて本当に素晴らしいことだと思います。おめでとうございます」

「ありがとうございます」

「ドイツに行かれるということは、これから準備もきっと大変ですよね。――実は、『つみきの森』としては奈緒さんに、前に見せていただいたパズルの商品化を頼めないかと思っていたところだったんですが……」

「えっ！　本当ですか？」

「はい」

奈緒が生前の大将に見せていた、絵柄が何種類も組める木製の子ども用パズルだ。伊村社長の了承も取り付け、タイミングを見て、奈緒のところに正式に依頼に行くつもりだった。大将が亡くなり、工房は今大変な時だろうから、と思って先延ばしにしてしまったが、もっと早く持ち掛ければよかったと後悔する。奈緒の修業の話は聞いていたはずだったのに、行き先は国内だろうから、まだ取引は続けられるものと甘く見ていた。

「嬉《うれ》しいなぁ」

奈緒が言った。目の光が柔らかくなる。

「もしよければ、秋までに進められるようにしますから、お話だけ、聞いてもいいですか？　私がいない間も母が、父の友人で国内に工房がある人たちと一緒に作業してくれるかもしれないので」

「よかった。じゃあ、今度、正式に企画としてお母さんと奈緒さんのところに持っていきますね」

まだ奈緒とできることがある。そう思うと、ほっとする。

彼女の旅立ちはもちろんめでたい。けれど、軽井沢のあの工房に奈緒の姿がなくなることは、まだとても想像がつかなかった。

「Kガーデンに寄って行きませんか」

喫茶店を出て、会社に戻ろうとしたところで、奈緒から誘われた。

「渋谷さんのデザインしたあのカメたちが売り場に並んでいるところが見たくて。一緒に行きませんか」

「——ぜひ」

嬉しくて、返事が一拍遅れた。

Kガーデンの玩具《がんぐ》店は、大将の訃報《ふほう》を受けた時、歩美が朝イチで商品を納品して並べ、写真を撮っていた場所だった。その写真を奈緒にも送ったので、彼女はそれを覚えていてくれたのだろう。

奈緒と二人、Kガーデンに向かう。顔見知りの店員に奈緒のことを紹介し、商品を作ってもらった工房の娘さんだと説明すると、店員たちも皆、笑顔になった。

「売れてますよ」と、嬉しい言葉をかけてもらう。

カメのおもちゃが陳列された棚を見つめる。発売当初に比べると表に並べられている数自体は減ってしまったが、見本品として子どもが実際に手に取って遊べるように出されているものもある。平日の昼間にもかかわらず、店内には数組の親子連れがいて、二歳くらいの子どもが今まさにそれを手にとって、甲羅を押しているところだった。

「いいですね」

その様子を後ろから見つめて奈緒が小声で言った。歩美もまた、実際に商品を触っているお客さんの姿を見たのは初めてだった。胸に感動が込み上げてくる。

店を後にする時、入り口にあった木製のおままごとセットに、奈緒が目を留めた。歩美も知っているおもちゃだった。輸入品も多く扱うこの売り場の人気商品の一つで、包丁の切れ味が手ごたえとしてちゃんと伝わるように工夫がこらされた、評判のいいものだ。

「これ、秋から私がお世話になる工房で作っているものです」

「あ、ここなんですね」

「はい」

奈緒が微笑む。

「こんなふうに、遠く離れた場所にも商品があるのを見ると、すごく嬉しいですね」

書籍売り場の方へ行くという彼女に、せっかくだから、と歩美も付き合うことにした。今日は特に急ぎの仕事はないし、会社の近所だという気安さもあって、一緒に語学書の売り場に向かう。

「秋までに、ドイツ語の勉強を少しでもしておきたくて」

英語を学ぶ本に比べると、ドイツ語の本は決して売り場に多くはなかった。すぐに手に取れる書棚の下の方はほとんどが英語だ。

書棚の高いところに手を伸ばす彼女の後ろから、声をかける。

「取りますよ。どれですか」

バランスを崩しかけた奈緒の背を軽く支えるようにすると、奈緒が恥ずかしそうに「すいません」と謝った。

「あの、その茶色っぽい背表紙の本、取ってもらってもいいですか」

「これですね」

そうやって本を手渡した、その時だった。ふいに、「あら」という声がして、歩美が何気なく声の方を見る。そして――大きく、息を呑《の》んだ。

首元に華やかな色合いのスカーフを巻き、上品なストーンの装飾がついた眼鏡をかけた老婦人――。その人が、こっちを見ている。顔に見覚えがあった。

小笠原時子だ。

去年、使者《ツナグ》の仕事で出会い、若くして亡くなった自分の娘との再会を依頼された、あの老婦人だ。

体が一瞬で硬直する。使者の依頼人と、普段、こんなふうに出くわすことは滅多にない。まさかこんなところで——と咄嗟に動けなくなった歩美の前で、しかし、時子は冷静だった。

歩美と奈緒、両方の姿に目を留め、無言で静かに頷《うなず》いたのだ。奈緒に気取られない程度の、微かな動きだった。使者である歩美の前を素通りし、平然とした口調で「ドイツ語の本をお探し？」と、奈緒の方に尋ねる。

「え？　あ、はい」

「だったらね、その本はよくないわ。確かにロングセラーなんだけど、読むだけならともかく、実際にしゃべりたいのだったら、あっちの方がおススメ」

奈緒が手にした本の隣にあった本を指さす。それもまた棚の高いところにあるので、その時になって、初めて時子がまともに歩美の方を見た。

「彼氏さん、取ってくださる？」

「あ——、はい」

歩美が手を伸ばして、指定された本を引き出す。時子に渡すと、時子が中をパラパラ開き、「ああ、これこれ」と呟《つぶや》いた。「はい」と奈緒に向け、差し出す。

「これ一冊を何回か繰り返し読むと、だいぶ身に着いてくると思うわ。私の愛読書だったの。おばあさんがおせっかいなことを言ってごめんなさいね」

「いえ、ありがとうございます！」

突然現れた老婦人に面食らうこともなく、奈緒が丁寧に頭を下げる。その時になって、歩美は思い当たった。時子が再会を希望した娘——瑛子もまた、留学先がドイツだったのだ、と。

「あの……」

時子に話しかけようか、迷った。声を続けようとした歩美に、けれど時子が優美に微笑みかける。ごくわずかに首を左右に振る動きをした後で、小声で言う。

「かわいらしい方ね」

彼氏さん、と今しがた時子に言われた言葉が、改めて耳に蘇《よみがえ》った。どうやら誤解されているようだと、歩美が訂正しかけるが、それより早く、時子が軽やかに「失礼しますね」と歩美と奈緒、両方に呼びかけ、そのまま行ってしまった。口調と同じく、その足取りもまた優雅で軽やかだ。

後ろ姿が完全に遠ざかってから、奈緒が言う。

「なんだか素敵な人ですね」

時子が言った「彼氏さん」の言葉は彼女にも聞こえていただろう。互いに照れくさくなった空気をごまかすように、「そうですね」と歩美も答えた。

なぜかふいに、思い浮かぶ言葉があった。唐突に、昔、祖母のアイ子に言われた言葉が耳に蘇った。

——いつか、なんでも話せるといいね。

——使者のお務めをしてることも、お前の父さんや母さんのことも、みんな。なんでも、ね。

その言葉を思い出す、ということがどういうことか。思ってしまってから気づいて、歩美は一人、心の中であわてて首を振る。


奈緒と別れ、会社に戻る途中で携帯が震えた。

社用で持っている方ではなくて、歩美のプライベートの——使者への連絡を受け付ける方だ。新しい依頼人だろうか、と画面を見つめ、それからあっと思った。

『蜂谷　茂《しげる》』

画面にその名前が表示されているのを見て、ああ、今年は来たか、そして、もうそんな季節か——と思う。普段依頼を受ける時よりも幾分か和らいだ気持ちで、「はい」

と電話に出た。

「こんにちは、蜂谷さん」

歩美の声に、電話の向こうから、少し嗄《しわが》れた、老人の声が答える。

『ご無沙汰《ぶさた》しております。蜂谷でございます。使者様、お元気でしたか？』

「はい。お久しぶりです。蜂谷さんもお元気でしたか」

歩美にとっては顔見知りの、だいぶ気安い相手。けれども彼はれっきとした使者の依頼人だ。祖母から使者を引き継いで以来の――もう七年近い付き合いになる。

『おかげさまで。少し間が空いてしまいましたが、今年はこうやってお電話できました』

品のあるスローテンポな声が返ってくる。彼が言った。

『そんなわけで使者様。今年もどうか、絢子さまに、お繋ぎをお願いできませんでしょうか』

もう何度目になるかわからない依頼内容を、彼が告げる。

歩美は短く息を吸い込み、「はい」と答えた。前回の時と、同じように。

電話を耳に当てたままの状態で頭上を仰ぐと、木々の枝に膨らみ始めたつぼみがぽつぽつと目についた。今年も桜が咲く前の、この季節を選んで依頼してきたのだと思うと、感慨深かった。

「了解しました。お受けしましょう」

蜂谷は、もう何度となく同じ相手への再会を依頼し、そして、その都度断られ続けている人だった。

電話の向こうの声が穏やかに『ありがとうございます』と礼を言う。

2

蜂谷の存在は、使者の見習いをしていた頃に、前の使者であった祖母のアイ子から教えられた。

歩美がまだ高校生だった春。

その頃は、依頼の電話の多くは祖母が受けていた。その春、本格的に使者を引き継ぐため、歩美は祖母からさまざまなことを教えられている最中だった。死者と話すための鏡の使い方、死者との対話の仕方、依頼人との接し方。中でも、これまでにどんな依頼があったのかという例についてはたくさん教えてもらった。使者を通じての再会は、特殊な状況だ。何かコツがあるわけではないし、一般的な対応の仕方が杓子定《しゃくしじょう》規にあるわけでもない。これまでにどんな状況の、どんな様子のものがあった、という一つ一つの「特殊」の蓄積を教えてもらうこと以外、指針にできるものがない。祖母に教えてもらったそれらの「例」が、今も、使者としての歩美を支えている。

ある日——。

「歩美には、そろそろ蜂谷さんのことについて引き継いでおかなきゃね」

祖母にそう言われた。

「蜂谷さん？」

「今年あたり、おそらく依頼の電話がかかってくるだろうから。私と歩美と、二人で会いに行こう」

その時期になると、依頼の電話自体は祖母が受けても、そこからの交渉は歩美がすることがほとんどで、祖母が依頼人と会うことはもうなくなっていた。意味がわからずきょとんとする歩美に祖母が教えてくれたのだ。

断られても断られても、一人の死者への面会の依頼を繰り返ししてくる人がいるのだ、と。

「そんな人がいるの？」

面会を交渉した死者に断られる、ということは滅多にないものだと思っていた。

使者と繋《つな》がる時点で、それは依頼人に、祖母がいつも言う〝ご縁〟の力が多少なりともあったはずで、面会が実現しないような相手は、そもそも使者に辿《たど》り着くまでの間で篩《ふるい》にかけられていると思っていた。

「再会が断られるなんてこと、あるんだ……」

思わず呟きが口を衝《つ》いた歩美に、アイ子が「そりゃあるよ」と飄々《ひょうひょう》と答える。

「でも、ばあちゃんよく言ってるじゃないか。使者の依頼は、どれだけかけても繋がらない人がいる一方で、必要な人のとこにはちゃんと繋がるようになってるって。断られるんじゃ、繋がった意味がないよね？」

「断られることで、私たちにはわからない何かが本人の中で整うこともあるのさ。他にも何人かそういう依頼人がいたけど、みんな、会えないことがわかるとそこに今度は別の何某《なにがし》かの意味を感じるものみたいだよ」

会いたいという生きている側からの申し出を断る死者たちは、交渉の時、仲介する祖母に、どうして会いたくないか、明確な理由を告げた人もいれば、何も語らず、ただ会いたくない、と結論だけを伝える人もいた。そして祖母は、そこにどんな理由があったにせよ、依頼人には、聞かれるまでは決して何も教えなかった。

断られた依頼人の態度は、さまざまだったそうだ。

「どうして会ってもらえないのか」と必死になって尋ねる人もいれば、中には何も聞かずにただ「そうですか」と、どこかほっとした表情で帰る人もいたという。

「その人たちにとっては、会ってもらえなかったっていう事実をもらうだけで意味があったってこと？」

「私にはわからないけど、そういうことになるんだろうねえ……。だって、その人たちの中に、怒り出す人はいなかったからさ」

「怒り出す人？」

「使者がインチキで、もともと会わせることなんかできなかったんだろうって、怒るような人」

祖母がふふっと笑う。歩美の好きな、茶目っ気まじりの微笑みだった。

「自分が相手に会ってもらえないだろうと思うような理由が、もともと、その人たちの中にはちゃんとあったってことだよ」

しかし、蜂谷はそんな人たちともまた、状況が違う。

断られても再び依頼をしてきた人、というのは、祖母が知る限り、これまでも彼一人だけだという。

「その人はいったい誰に会いたいって言ってるの？　家族とか恋人とか？」

歩美が興味を持って、なおも聞こうとすると、アイ子が「さてねえ」と首を傾《かし》げた。

「そろそろ依頼があるはずだから、あとは直接本人に聞くといいよ。今年は三年目だから」

「三年目？」

「最初に依頼してきた四十代の頃は五年に一度だったんだけどね。七十を過ぎた頃からは依頼が三年に一度になったの。で、今年は三年目」

祖母の口ぶりから、相手がかなり年配の人なのだとわかった。四十代から七十代へ――、そんな長い年月、ずっと依頼し続けているのか、と絶句する。

歩美の驚きをどう受け取ったものか、祖母が、「歩美にはまだわからないかもしれないけど」と続ける。

「年を取ってくると、そろそろ、会いたい側から、自分が向こう側に行くことの方も、意識し始めるからね。きっと、五年に一度なんて悠長なことは言っていられなくなって、今は三年に一度なんだろう。本当は毎年依頼したいのかもしれないけど、あんまりしつこくしてお嬢様に嫌われるのも嫌なんだろう。蜂谷さんの中でも、マナーとかルールがあるのさ」

祖母の口から何気なく出た〝お嬢様〟の響きが気になったが、祖母は再び、悪戯《いたずら》っ子のように「今にわかるよ」と言うだけだった。

「依頼は毎回、桜が咲く少し前にあるからね」

果たして――、その年、蜂谷から本当に依頼があった。

桜の木が立つ美しい中庭が見える料亭の個室で、歩美は、祖母とともに彼に初めて会った。

3

神楽坂《かぐらざか》の料亭『八夜《はちや》』の戸を開ける。

七年前、祖母に連れられ、初めてここの門をくぐった時は、「本当にここなの？」と面食らったものだった。大きな古民家を改装した立派な店構えに圧倒され、中に入るのをためらう歩美の背中を祖母が「いいから入りな」と、軽く押したこと、その手の感触を今もまだ覚えている。

依頼人と最初に会う場所は、使者の方から案内することが多いが、蜂谷は祖母に最初の依頼をしてきた時から、この店を指定してきたという。

通されたのは、店の二階にある個室だった。料亭の個室というと、畳の和室で、鹿《しし》威《おど》しの音が響く日本庭園が見えて――というようなイメージしかなかったけれど、『八夜』の二階は洋室で、美しい花が生けられたテーブルを囲む形で、モダンな革張りの椅子《いす》が並んでいた。

窓の外には中庭が見えていたが、それも歩美が想像したような庭園ではなく、木が一本立つだけの小さなものだった。その庭を見ていると、祖母が「あの木は桜だね」と言った。「もうちょっとすると、ここから満開の桜がちょうど見られるんだろうね」と。

木が一本あるだけだが、よく手入れされた、きれいな庭だった。

あれからだいぶ年月が経《た》った。入ってきた歩美を、着物姿の女性が前回と同じように「お待ちしておりました」と迎える。以前と同じ、二階の個室に案内された。

歩美だけでここに来るのは、今回で二度目だ。

依頼人、蜂谷茂は、この料亭のオーナーである。以前は自分が板前として調理場を仕切っていたそうだが、歩美が最初にここに来た頃はもう引退していた。もともとは京都にある店で修業をしていたが、三十代半ば頃、縁あって東京のこの建物を人から譲り受け、改装して店を構えたという。

「失礼します」

中に入ると、すでに、蜂谷が待っていた。座ったまま、歩美の方を見つめ、にこにこと微笑む。

「お待ちしておりました。毎度のことながら、お呼び立てして申し訳ありません」

「いいえ。こちらこそ、ご連絡いただけて嬉しかったです」

蜂谷老人を初めて見た時、優しい犬のような顔をしている、と思った。ふわふわの白髪と眉毛《まゆげ》。眼鏡の奥の目が、笑っていない時でも常に眩しそうに軽く細められているようで、穏やかな顔つきだ。犬か、でなければあのふわふわな眉毛は羊のようだ、と思っていたら、後にその名もシープドッグという犬を街中で偶然見て、「あ、蜂谷さん」と声が出た。オールド・イングリッシュ・シープドッグという犬と、雰囲気がよく似ている。

ただ、今年の蜂谷は、前回歩美が出会った時より、少し小さくなったように感じた。もともと小柄だが、髪と眉のふわふわした印象が前より弱まっている。単純に頭髪が薄くなったというより、全体的に存在感が薄まってしまったような気がした。

歩美が座るのを待って、給仕の女性に、「では、始めてください」と伝える。「はい」と答えて、女性が戸を閉め、部屋を出て行った。

蜂谷からの依頼は、毎回、彼の料亭の個室で二品か三品、料理をいただきながら話す、ということが半ば儀式のようになっていた。最初の年、透き通ったおだしに浮かんだ、信じられないほど柔らかく甘い筍《たけのこ》入《い》りのエビ真薯《しんじょ》を食べた時の、あの感動は言葉にならない。

「すごい、うまい」と口元を押さえる歩美に、祖母と蜂谷がともに笑っていた。「そうでしょう」と笑う祖母はとても楽しそうだった。

「だから私はね、毎回、蜂谷さんのお言葉に甘えてここまで来るの。本当はこんなふうに依頼人と仲良くなっちゃいけないんだろうけど、何しろ、おいしいから」

仲良く——、と祖母は言ったけれど、それでも、祖母も蜂谷も節度をわきまえて、必要以上にお互いの距離を詰めはしなかった。おいしい料理をいただくひと時、二人は旧知の仲の友人同士のように見えたけれど、蜂谷は祖母の名前すら知らなかったはずだ。

それは前回、歩美一人が依頼を聞きに訪れた際にも感じたことだった。

「前の使者様はお元気ですか」

歩美がアイ子の孫だということは薄々察していただろうに、蜂谷は律儀《りちぎ》にそう聞いた。だから歩美も、正直に答えた。

「昨年、亡くなりました」

依頼を繰り返すうち、長い付き合いになっていたはずだが、友人同士ではないから、蜂谷は祖母の死を知らなかった。歩美の声にその細い目を微かに閉じ、「ああ……」と重たい声を漏らした。それから静かに頭を下げた。

「そうですか。存じませんで、失礼いたしました」

「いえ……」

その日、料理の最後には、黒蜜《くろみつ》に浸した葛切りが出てきた。ここの料理の中で、祖母が特に好きだと言っていたものだった。

「お持ち帰りください」

そう言って、鶯色《うぐいすいろ》の和紙にくるまれた、まだつぼみの状態の桜の枝をもらった。前に祖母と来た時は渡されなかったものだから、これはきっと、祖母の墓前に供えてほしいということなのだろうと、歩美は解釈した。律儀で誠実な人だ、と思った。

その蜂谷も、実は今回、依頼の間隔がこれまでより空いていた。いつもであれば、前回の依頼から三年目となるのは去年だったはずで、今年はそれからさらに一年が経っての依頼だった。

「去年、ちょっとした手術をしましてね。そう深刻なものではなかったんですが、肺に水がたまってしまって、それを抜く手術を。そんなわけで、去年は依頼のご連絡ができませんでした」

　歩美が気にしているのがわかったのか、一品目の料理が運ばれてきた後で、蜂谷の方から教えてくれた。「そうでしたか」と歩美が言うと、蜂谷が小首を傾げ、おどけるように笑った。

「きっとご心配おかけしてしまいましたよね。くたばったと思われてしまったとしても仕方がないなぁと、悔しく思っていました」

「そんなふうには思いませんでしたが、寂しく思っていたのは事実です。ご連絡いただけて、とても嬉しいです」

　歩美が答えると、蜂谷が「ありがとうございます」と頷いた。

　一品目ははまぐりのお吸い物だった。中につみれが入っていたが、歩美のものに比べて蜂谷の椀の中のそれが明らかに小さいのが、向かい合った席から見えてしまう。手術をして、食欲が落ちているのかもしれなかった。

「毎度のことですが、お会いしたいのは、袖岡《そでおか》絢子さまです」

　蜂谷が言って、テーブルの上に写真を置く。写真立てに入った白黒写真は、集合写真だ。京都で蜂谷が修業をしていたという料亭らしき建物を背景に、袴《はかま》の人、スーツの人、和装と洋装の人たちがまざった記念写真のようだった。

「以前にもお伝えしましたが、これが私です。『袖岡』という京都の料亭で働いていました」

若かりし日の蜂谷は板前の白い着物を着た数人の集団の、その一番隅に写っていた。彼の〝絢子さま〟は写真の中央、立派な髭《ひげ》をたくわえた袴姿の男性と、優しそうな和服のご婦人の間に座っていた。長い黒髪を下ろし、まっすぐに正面を向いている。撮影されたのは戦後数年経った頃だったと聞いているが、皆、真面目《まじめ》な顔をしていて、笑っている人は誰もいなかった。

「きれいでしょう？　でも、もう、本当にお気が強くてね。勝気な美人という感じでした」

「ええ」

写真だけでは、一重瞼《ひとえまぶた》で日本人形のような顔立ちの絢子は、きれいな人ではあるものの、その気の強さまではうかがい知れない。むしろ、線が細く、たおやかで儚《はかな》げな印象だ。

「絢子さまは」

蜂谷が語り出した。

「生まれつき、お体が弱くて、女学校などにも満足に通えなかったのですが、その分、外に出してもらえない鬱憤《うっぷん》を晴らすかのように料亭の、私たちの板場にもよく顔を出されました。特に、私は年が近かったので、よくお話をするようになりました。私が十八、絢子さまが十四歳くらいでしたか」

「はい」

歩美がお吸い物の器を空にすると、蜂谷はほとんど手つかずのまま、不自然にならない所作でお椀《わん》にそっと蓋《ふた》をする。減らした料理でさえも、食べられないということなのかもしれない。

彼が続ける。

「ただ、親しく言葉を交わすようになったとは言っても、当時のことです。私は出雲《いずも》の山奥の三男坊で、家にいても持て余されてしまい、働き口を求めて料亭に転がり込んでいた奉公の身でした。戦争が終わって、いろんなことが変わっても、置いていただけるだけ、ありがたかった。旧家のお客様や、新しく赴任してくる米軍の幹部クラスの将校たちを相手にするような、由緒《ゆいしょ》ある店の一人娘のお嬢様と気安く話すことなど、本来は許されることではなかったのでしょうが、旦那《だんな》様も奥様もお優しくてね。体の弱い絢子さまを不憫《ふびん》にも思ったのか、簡単なお出かけのお供を私に命じてくださることもありました」

蜂谷が懐《なつ》かしむように目を細めた。遠くを見る目線になっていく。

「お友達に会いに行くのに護衛を仰《おお》せつかったり、お買い物の荷物運びを任されたり。──当時は、由緒ある料亭といっても、優秀な板前を戦争に取られて、店は決してものすごく裕福というわけではありませんでしたが、それでも旦那様や奥様たちは絢子さまには好きなものを選んで買い物をする楽しみを与えていらしたようでした。もっとも、高価な着物なんかじゃなくて、せいぜい、きれいな千代紙を何種類も買うような買い物でしたが。私にも、蜂谷、これ、あなたにあげるわ、と市松模様の紙なんかくれてね。『実家のお母はんにあげたら喜んでくれはるんと違う』なんてつっけんどんに渡してくるんですけど、今考えると、とてもお優しかった」

すでにもう、何度も聞いた話だったが、歩美は退屈しなかった。むしろ、語るごとに蜂谷の中の〝絢子さま〟がより生き生きと動きだすようで、興味深い。特に、彼が絢子の口真似《まね》をする時、声が高く弾み、京都の言葉になるのがとてもいい。

「私は、絢子さまをお慕いしておりました。恐れ多くも、それは今でいうところの『恋』だったと思います」

「ええ」

蜂谷が眩しいものを語るように口にした「恋」の響きは、何度聞いても、新鮮に歩美の胸を打つ。彼が静かに頷いた。

「ただ、当たり前の話ですが、今とは違う世の中での、身分違いの片思いです。好きだからといってどうこうしようという気持ちは一切ありませんでしたし、そもそも絢子さまには幼い頃からの宮嶋昭二《みやじましょうじ》さんという許嫁《いいなずけ》がいらっしゃいました。大阪にある有名な料亭の次男でいらして、絢子さまが十七になるのを待って、婿《むこ》入りして『袖岡』を継がれるご予定でした。絢子さまも『私のとこにはいずれ昭二さんが来てくれはるねん』とお友達にまで自慢したりしていてね。ご結婚を心待ちにしておいででした。――この私も、一度だけ、絢子さまが昭二さんに会うのに大阪までお供したことがあるんですよ」

「大好きな絢子さんをそこまでお連れするのは、複雑な気持ちではなかったですか」

今の感覚で質問するのは見当外れなことかもしれないと思いながら歩美が問うと、蜂谷はそう訊《き》かれたこと自体が嬉しそうに「いいえ」と首を振った。

「不思議なのですが、絢子さまが昭二さんと一緒にいらっしゃるのを見ると、なぜか私まで嬉しいんですよ。なんてお似合いの二人だろうと、私の方まで晴れがましい思いがしました。けれど……」

蜂谷の口調が重くなる。その後に待っていた運命を、ゆっくりと嚙《か》み締めるように口にする。

「ご結婚を前に、絢子さまは十六歳でお亡くなりになりました。とても――、とてもとても、残念です」

絢子は幼い頃から病気がちで、重い喘息《ぜんそく》を患《わずら》っていたのだそうだ。修業に入ったばかりの頃、蜂谷は絢子の肌が透き通るように青白いことに驚いたという。勝気な少女なのに、手足がガラス細工のように細く、絢子のことも、その両親のことも不憫に思った。

「喘息の他にも、生まれつき、体のどこかがお悪かったのかもしれない。今の医療であればはっきりした原因がわかって、もっと長く生きられたのではないかと思うと、おかわいそうでなりません。まだ、あまりにお若かった。旦那様も奥様も、絢子をたった一人で死なせてしまった、と繰り返し仰《おっしゃ》って。特に奥様のお嘆きは深かった」

「ええ」

「ご結婚がなくなって、『袖岡』は結局、私が修業していた当時の板長が養子に入る形で継ぎました。私も長く修業させてもらいましたが、三十代の半ばに独立を。別に店を持たせてもらってからも、旦那様や奥様とは親しくお付き合いさせていただきました。絢子さまの思い出が沁《し》み込んだあの店も、母屋《おもや》も、今でも瞼を閉じると細かいところまで全部思い出せる。あれは私の青春でした」

蜂谷が居住まいを正す。細い目をはっきり開けて、まっすぐこちらを見る。目の色が少し灰色がかっている。

「使者様。絢子さまにお会いしたい、とお願いするようになってもうだいぶ経ちますが、どうして会っていただけないのか、理由はよくわかっているつもりでおります。たった一度しか叶《かな》わない大事な機会を、なぜ、蜂谷などに使わなければならないのか。そう思われて当然ですし、おそらくは絢子さまには私などよりもっとお会いになりたい方がいる。私の勝手な横恋慕など、絢子さまにとってみたら、きっと身の程知らずな考えに思えるでしょう。断られるのも道理です」

「それでもお会いになりたいんですね?」

「はい」

蜂谷がしっかりと頷いた。そして、薄く笑った。

「今年もおそらく、駄目でしょう。でもね、どうかお願いしたい。絢子さまに、お取次ぎをお願いします」

「わかりました」

歩美が頷くと、ちょうど、次の料理が運ばれてきた。料理の器が置かれ、よい香りが部屋に満ちる。器を覗《のぞ》き込むと、餅《もち》のようなものに山葵《わさび》がちょこんと載せてあった。

ああ、この匂《にお》いは桜だ。

「道明寺を鯛《たい》と一緒に蒸してあります。あたたかいうちにどうぞ」

「いただきます」

「使者様には、うちの春の定番の品をもうだいぶお出ししてしまったから、この次は何を召し上がっていただこうかな」

明るくそう言うが、その言葉がもう「次」の依頼を想定したものであることが、歩美には少し切なかった。蜂谷は依頼する段階から、今回も絢子には会えないものと諦《あきら》めているのだ。

蜂谷からの依頼は、毎回、春の、桜が咲く前のこの季節だ。深く聞いたことはないが、絢子の命日がこのあたりなのだろう、と歩美はずっと思っている。

短い会食を終え、蜂谷が一階の入り口まで降りる歩美を送ってくれる。階段に向かう途中のその足取りが、前回よりもおぼつかず、ゆっくりになっている気がした。

「この店はね、似ているんですよ」

廊下の途中で、ふいに、蜂谷が言った。歩美が振り返ると、窓の外の、桜の木を見ていた。

「京都にあった、絢子さまが暮らしていらした袖岡家の母屋に。庭に桜があるところも同じです」

京都のその家は、今はもうないのかもしれない。蜂谷の口調は過去形だった。

「——東京の、この場所の前の持ち主から、ここで店をやらないか、と縁あって声をかけられた時、本当は断るつもりだったんです。京都での暮らしが長かったですし、いずれ自分の店を構えるとしても、それは京都だろうと思っていた。けれど、軽い気持ちでこの場所を見に来て、一目で心を摑《つか》まれました」

自分自身に呆《あき》れるように、蜂谷が続ける。視線を窓から歩美の方に向け直す。

「それまでも、使者様の存在は人づてに聞くことがありましたけど、自分が依頼する立場になるとは思っていませんでした。だけど、この店が軌道に乗って数年した頃、出来心を起こして、最初のご依頼を差し上げました。店を持てるくらい、それぐらい、蜂谷も立派になりましたよ、と、絢子さまに今の自分を見ていただきたい気持ちもあったのかもしれない。——お会いになっていただけない、というお返事を聞いて、ああ、やっぱりな、と思ったものです。私の身には過ぎた、分不相応なお願いだと、わかってはいるんです」

使者様——、と蜂谷が言った。歩美を見つめる。

「今年はひとつ、追加で伝言をお願いしてもよろしいですか」

これまでの依頼ではなかったことだ。「なんでしょう」と顔を向けた歩美を、彼がまっすぐな、灰色がかった瞳《ひとみ》で見つめる。

「絢子さまにお伝えいただきたいんです。あの小僧だった蜂谷も、とうとう八十五になりました、と」

静かな微笑みを湛え、蜂谷がそう言った。

「その一言だけで、結構です。絢子さまに、どうか、お伝えを願います」

4

「絢子さまって、例のあの、すっごいワガママなお嬢様だよね？　今年はご依頼が来たんだ」

杏奈の辛辣《しんらつ》な声を聞き、歩美は大きなため息をつく。「ワガママって言い方はないんじゃない？」と言い返すと、杏奈が唇を尖《とが》らせて「ええーっ、でもさあ」と続けた。

「歩美くんからの話聞いてるとそう思うよ。会ってあげたらいいのに」

使者の務め――死者の魂を呼び出して、会ってもらえるかどうかの交渉をする時、歩美は秋山家の庭を借りることが多い。

今回も庭を借りるためにやってきたのだが、そこで杏奈に捕まった。「音読の宿題、聞いて」と。

国語の宿題で教科書を読むことになっていて、専用シートに保護者がチェックを入れる欄があるそうなのだが、今日は両親が不在なのだという。「自分で書いちゃおうと思ったけど、歩美くんが来たならちょうどいい」と頼まれた。

「声の大きさ」「読むスピード」「姿勢」など、五つほど並んだ項目に○をつけていく。もっとも、相手は杏奈だ。はきはきと淀《よど》みなく読む声は、まるで子役のオーディションか何かのようにプロ級だった。

音読の宿題なんて、杏奈の言う通り、自分で適当に書いてごまかすことだってできるのに、案外、こうやって上手に読めるところを歩美に見てほしいのかもしれない。そんなあまのじゃくな杏奈に、絢子も簡単に「ワガママ」呼ばわりはしてほしくないだろう。

苦笑しながら、歩美が答える。

「依頼する蜂谷さんだって、わかってるんだよ。絢子さんにはきっと、自分よりもっと会いたい相手がいる。わかってても会いたい気持ちがおさえられないんだよ」

「ふうん。そんなもんかなぁ」

　使者の依頼内容を、歩美は事情を知っている杏奈の両親にすら滅多に話すことはないが、杏奈が相手だとつい、話してしまう。宿題を手伝ったり、テレビを見たり、おやつをつまんだりしながら、これまでもいろんなことを話してきた。彼女が秋山家の「当主」だから、という安心感があるのと、杏奈が聞き上手だから、という両方の理由からだ。

　そんなわけで、依頼を繰り返す蜂谷の存在についても、去年、話していた。依頼に来る三年目の年のはずなのに、連絡がない。ひょっとして、何かあったのではないか――。そう心配していた歩美に、その時も杏奈は「落ち着きなって」とあっさり言い放った。「大丈夫大丈夫。来年とかにはまた依頼が来るんじゃない？」と。

　考えてみると、杏奈のそういう動じないところは、祖母のアイ子によく似ている。祖母を喪《うしな》ってから、歩美はこの子を使者のアドバイザーとして、ずっと頼ってきたのだなぁと思う。

「でも、よかったね」

「ん？」

「今年は依頼が来て」

「うん」

蜂谷が少し小さくなって見えたこと。昨年は大きな手術をしていて来られなかったと打ち明けてくれたことを思い出す。今は三年に一度の依頼だが、次からはひょっとすると二年に一度とか毎年に、間隔を狭めるかもしれない。

時間がない、と蜂谷が思っているのが伝わる。

——絢子さまにお伝えいただきたいんです。あの小僧だった蜂谷も、とうとう八十五になりました、と。

あの言葉は、まさにそういう意味ではないのか。

「でもさ、歩美くんは今日はまたどうしてそんなに元気がないの？」

「え？」

いきなり聞かれて、たじろいだ。杏奈がいつになく真剣な眼差《まなざ》しでじっとこっちを見ている。大きな瞳の光が正視できないほどにまっすぐだ。

「別に、そんなことないけど……」

「違う？　なんかそんな気がしたの」

思い当たるのは——奈緒のことだった。だけど、自分ではそんなに気にしていないと思っていた。使者をしていると、どうしても依頼人の事情に引っ張られることが多い。そのせいで自分自身の個人的な生活や悩みごとは、ついつい疎《おろそ》かになりがちだった。

「大丈夫？」

杏奈に聞かれる。この子の真剣な声を聞くと嬉しかった。心配してもらえていることに感謝する。

「大丈夫」と歩美は答えた。――この子のこういう敏《さと》いところもまた、祖母に似ているのだ、と思いながら。

「ふうん。ところでさ、ちょっと一般的なこととして聞かせてほしいんだけど……」

杏奈の顔つきがぱっと変わり、歩美から視線を逸《そ》らす。目を見ないで話すのは、杏奈らしくなかった。

「……バレンタインのお返しってさ、男子は好きじゃない子にもちゃんとするもの？　歩美くんって昔、どうだった？」

そう聞いて、思わず目を見開いた。「それって……」と言葉をかけようとすると、まだ何も言っていないのに、「だー、かー、らー、一般的な話として聞かせてよ。私がどうこうってことじゃないから！」と杏奈がむきになって言う。意見が聞きたい、と言いながら、つん、とそっぽを向く。

ああ、と杏奈のその様子を見て思う。

杏奈もまた、日々、大人になっていく。時間が流れていくのだな、と。


秋山家の庭園の奥、苔《こけ》むした石の並ぶ一角に、ちょうど丸くくぼんだ岩がある。そのくぼみには時折雨水がたまっていて、その水面に月の光が反射する。暗い庭の奥で、夜空の明るさをそのくぼみが吸い込んでいるように見えたことが一度あって、歩美はそれから、その一角に鏡を置き、死者を呼び出す儀式をすることが多くなった。

蜂谷の想《おも》い人——。絢子は、月明りの下、今回も鏡の放つ光に導かれるようにして現れた。あの写真で見た通りの、楚々《そそ》とした着物姿だ。

「袖岡絢子さん」

歩美の呼びかけに、微《かす》かに首を傾げ、こちらを見る。眉のすぐ上で切り揃《そろ》えられた前髪が、まるで日本人形そのものといった雰囲気で、その下の一重瞼が眩《まぶ》しげにかろうじて開く。光の存在が鬱陶しいとでも言いたげに、ゆっくりと瞬《まばた》きをする。ひどく大儀そうに歩美を見上げた。

一呼吸の間が、空いた。

絢子が重だるそうな口調で、やっとのことで口を開く。

「何ですやろ。また、おたくさんですか」

——きれいでしょう？　でも、もう、本当にお気が強くてね。勝気な美人という感じでした。

絢子の写真を見せながら、蜂谷が少年のような瞳でそう言っていた。写真だけでは、確かに、彼女のこの気の強さはうかがい知れない。むしろ、線が細く、たおやかで儚げな印象しかないのだが、それが外見の印象でしかないことを、歩美は繰り返す交渉の中で、もう知っている。蜂谷の前では言えなかったが、本当は「わかりますよ」と伝えたかった。

心の中で苦笑いしながら、けれどあくまで表情には出さずに、歩美が言う。

「蜂谷茂さんが、あなたにお会いしたいそうです。会っていただけますか」

「会いまへん」

絢子の声はきっぱりとして、今回も躊躇《ためら》いがなかった。眼光鋭いその眼差しで歩美をじろりと睨《にら》む。

「前から言うてますでしょ。蜂谷がうちに会えると思てるなんておかしいのと違いますか」

使者を通じての再会が絢子にとってもただ一度きりのものだということは、祖母が最初に交渉した時、すでに伝えている。

「わかりました」と歩美は頷いた。

交渉の段階で使者が死者と依頼人、どちらかに肩入れして話すことは、原則的にはあり得ない。蜂谷の力になりたい気持ちはあっても、これまでも気をつけてきた。

「お呼び立てして申し訳ありませんでした」

「迷惑ですねん。蜂谷のために何度もここに来んのは」

絢子が言って、つん、と取り澄ました冷たい顔でそっぽを向く。つれない態度に心が挫《くじ》けそうになりながら、今回だけは約束だからと、歩美がさらに付け加える。

「今回は蜂谷さんから伝言があります。そのままの言葉で伝えますね。――『あの小僧だった蜂谷も、とうとう八十五になりました』」

歩美のところから、顔を背けた絢子の表情は見えなかった。そのまま、しばらく待つ。返事はない。長く、何もなかった。

絢子に悟られないように、歩美は小さく息を漏らす。

「わかりました。蜂谷さんには、お断りになられたことをお伝えします」

諦めて、鏡に手を伸ばそうとした。――その時だった。

「待って！」

いきなり、強い声がした。びくりとして伸ばしかけた腕を引く。絢子がゆっくりと振り返った。その顔に変化が見られた。それまでの取り澄ました様子で表情のなかった顔とは違って、眉が顰《ひそ》められている。

歩美は息を呑《の》んだ。

あの絢子が、動揺しているように見えた。

「……蜂谷は今、八十五なん？」

その声はそれまでの絢子と違い、妙に子どもっぽく聞こえた。だけど——それで当然なのかもしれない。今の絢子のこの姿が享年《きょうねん》のものとすれば、彼女はまだ十六歳だ。蜂谷が四十代の頃から五年に一度繰り返された依頼。それから、三年に一度になった依頼。

その依頼の時間を、絢子がどう捉《とら》えていたか、歩美はこれまで考えてもみなかった。生きている人間にとっての時間の流れと、彼らの時間はおそらく違う。何年にもわたって続けてきた蜂谷の依頼は、絢子にとってはおそらく一瞬のうちに感じられていたのではないか。

自分の死後、それだけの時間が経っていることを、彼女は知らなかったのではないか。

「はい」

歩美が頷く。今度も絢子はしばらく答えなかった。薄い唇を噛み締めるようにして黙り込む。そのまま無言で、宙を見ていた。

彼女の胸に、何が去来したのか――わからない。

けれど、長い沈黙の果てに、絢子が言った。

「会います」

歩美は目を見開いた。すると、絢子が矢継ぎ早に言う。

「会う、て言うてますねん。蜂谷にそう伝えて」

さっきの杏奈が照れと気まずさをごまかすのにそうしたのとまるで同じような口調で、絢子がまためんどくさそうに、言った。

5

大喜びするか、絶句するか。

そのどちらかの反応になるだろうと思っていたが、蜂谷は、歩美からの電話を受けても、予想に反して落ち着き払っていた。

『そうですか。会ってくださいますか』

静かな声でそう言って、それから細く息を吐きだしただけだった。

「再会の場所は、品川のホテルになります。次の満月の夜にこちらでお部屋を用意しますので、いらしていただけますか」

歩美が尋ねた。その時になって、初めて蜂谷の声が微かに揺れた。

『あの、会う場所はこちらで指定はできないのでしょうか……？』

「申し訳ないのですが、決まってるんです」

蜂谷はひょっとしたら、自分の店で絢子に会うつもりだったのではないか。彼女が暮らした母屋に似ているというあの場所で。

胸が痛んだが、それは、歩美の意思で変えられるものではない。再会の場所となるあのホテルは、祖母の話だと、死者の世界や月の光の通り道になっているのではないかということだった。

『そうなのですね』

蜂谷がこんなふうに戸惑いを露《あら》わにするのを初めて聞いた。もう一言、何か言葉をかけた方がよいだろうか、と思った歩美に対し、蜂谷の方が先に『わかりました』と了承する。

『了解いたしました。絢子さまに、どうぞよろしくお伝えください』

そう言って電話を切ったのだが、その翌日、蜂谷からまた電話がかかってきた。

『申し訳ないのですが、面会の場所について、よろしいでしょうか』

「はい」

彼が申し出た瞬間、きっと、もう一度ホテル以外の場所を希望されるのだと身構えたが、そうではなかった。

『品川のそのホテルのお部屋、なるべく低層階にしていただいても構いませんでしょうか。調べたら、二階まではレストランや宴会場が入っているようですが、三階の一部は宿泊ができるようですので。できたら三〇八か、三一七のお部屋でお願いできれば幸いです』

そう言われて、面食らう。これまでの依頼で、部屋の番号を依頼人に指定されたことはない。驚いたが、あのホテルは秋山家が代々懇意にしている。そのくらいの希望なら、叶えてもらえそうな気がした。

「――わかりました。確認してみます」

『ありがとうございます』

電話の向こうで、蜂谷が丁寧に頭を下げるのが見えるようだった。

『次の満月は、おかげさまで晴れそうですね。楽しみにしています』

再会の喜びを嚙み締めるように、この時になってようやく蜂谷の声が弾んで聞こえた。

6

絢子との面会の夜は、蜂谷が言った通り、晴れの満月だった。

ちょうど桜が見頃を迎え、待ち合わせたホテルの敷地内の桜も見事にライトアップされていた。宿泊客ではなさそうな、夜桜見物の人たちの姿も多く目についた。

蜂谷は、春めいた白のジャケットに青みがかったグレーのハンチング帽姿で現れた。これまでに店で会った時にもおしゃれな人だと思っていたが、今日はより若々しい恰《かっ》好《こう》だ。先日会った時に、足取りが以前よりゆっくりになったように感じていたけれど、杖《つえ》などもつかず、一人で、颯爽《さっそう》とやってきた。

「このたびはお世話になります」

ロビーで歩美の姿を見つけるなり、深々と頭を下げる。

「絢子さんとの面会は、ご希望の三〇八号室をご用意することができました。——もう、お待ちになっています」

　歩美の声に、蜂谷がきゅっと頰を引き締めた。何年も——何十年にもわたる、念願叶っての再会なのだ。彼の緊張が歩美にも伝わる。

「面会の時間は、今から、夜明けまでです。終わりましたら、ロビーに戻ってきてください。僕が下で待っていますので、声をかけてください」

「そのことなのですが、使者様。もう一つ、この年寄りのわがままをどうか聞いていただけないでしょうか。後生ですから」

「え？」

「絢子さまとの面会に、一緒に立ち会ってはいただけないですか」

え、と短く声が出た。それから、「ええーっ」と今度は喉《のど》から大きな声が出る。蜂谷が困ったように歩美を見上げる。

「やはり駄目でしょうか」

「駄目、というか、蜂谷さん、それはあまりにもったいないですよ。せっかく、会いたがっていた絢子さんとやっと会えるんですから、僕なんかいない方が……」

　そう思って蜂谷を見て、はたと——気づいた。

　胸の前で重ねた、蜂谷の手が震えていた。ぶるぶると、大きく。その震えを押しとどめようとしてか、彼が恥じ入るように両手の指をぎゅっと握る。けれど、今度はその握りこぶしごと、震えが大きくなる。

「こわいんです」

努めてなんでもないような声で、蜂谷が言った。黙ってしまった歩美に向け、強がるように微笑んだ。

「私は、絢子さまが真に会いたい人間ではないですから。絢子さまと二人になって、きちんと話せるかどうか、自信がありません。どうか一緒に来てくださいませんか。見届けて、いただきたいんです」

これまでに例のないことだ。しかし、彼の気持ちが歩美にもわからないではなかった。何しろ、相手はあの気の強いお嬢様だ。それに――。蜂谷の、血管が浮き出た、皺《しわ》の目立つ手を見る。若い頃に別れたきりの絢子に、今の自分の姿を見せることへの不安も、おそらくはあるのではないか。

「――蜂谷さんと絢子さんが、それでよいのなら」

「ありがとう」

蜂谷が歩美の手を握り締めた。その瞬間、不思議なもので蜂谷の手の震えが止まったように思えた。

蜂谷が手を放し、深呼吸する。ようやくいつもの調子を取り戻したように、「では行きましょうか」と彼が言った。

7

絢子の待つ、三〇八号室にカードキーを差し込む。

入室可能の緑色のランプが点灯し、歩美が扉を開ける。右手を中に向けて促すと、蜂谷は小さく頷《うなず》いて、おそるおそるといった様子で、中に進んだ。歩美もまた、なるべくゆっくり、その後をついていく。

鏡台の前の椅子に、絢子が座っていた。

蜂谷が息を吸い込む音が、高い笛が鳴るように、ひゅうっと聞こえた。後ろ姿でも、彼の驚きと感慨が空気を伝って、はっきりわかる。

「蜂谷、なん？」

今日の絢子は、着物ではなく、洋服を着ていた。柔らかそうな素材の白のブラウスと淡い紫色のロングスカート。ブラウスの胸元に、カメオのブローチをつけていて、その姿はこれまで着物の絢子しか見たことのなかった歩美には新鮮だったのだが、当時は、洋服を着ることも多かったのかもしれない。

「絢子さま……っ」

蜂谷が絢子に近づいていく。歩美はその後にゆっくりと続いた。歩美が優しい犬のようだ、と思ったふわふわの眉の下の細い目をさらに細くして、蜂谷が「お懐かしい」と呟《つぶや》いた。

「ほんまにお懐かしい。ご無沙汰《ぶさた》しておりました。蜂谷です」

「蜂谷、あんた……。すっかりおじいちゃんやないの。いやあ」

「ええ。ええ。おじいちゃんです。絢子さま、すんません。おじいちゃんになってしまいました」

「嫌やわ。信じられへん」

そう言って、絢子が軽く舌を出して首を振る。絢子に会って、蜂谷の言葉がつられるように京ことばになっている。当時はきっと、そんなふうに話していたのだろう。

感慨に浸る蜂谷を、絢子が迷惑そうに睨む。

「お呼び立てして、えらい申し訳ありません」

「ほんまや。身の程知らずにもほどがあるわ」

二人の様子を見て、歩美は、ああ、よかった、と思う。

絢子の言葉は冷淡で遠慮がないが、それを受ける蜂谷の表情が明るいからだ。「すんません」と口では謝りながらも、心底楽しそうに、蜂谷が笑う。

「すんません。すんません。会いに来てもろて、おじいちゃんになってて、申し訳ありません」

「あれ……」

その時になって初めて、絢子が歩美の姿に気づいた。肩身の狭い思いで、歩美も静かに絢子に向け、頭を下げる。

絢子に同席を許され、手持ち無沙汰に思いつつも、歩美は二人に備え付けのティーセットでお茶を淹《い》れた。部屋の小さなテーブルを挟んで、絢子と蜂谷が向かい合って座る。歩美は近くのベッドに腰かけて、そんな二人を見守った。

「――八十五になるんやな、蜂谷」

語り始めたのは、絢子だった。その視線が、少し、戸惑うように蜂谷を捉える。蜂谷はにこにこしながら、「はい」と答える。再会の興奮が落ち着いて、今は好々爺《こうこうや》然としたいつもの穏やかさが戻っていた。

絢子が唇を噛む。そして、言った。

「ということは、皆、きっともういはらへんのやな。お父はんも、お母はんも」――もうい
蜂谷はにこにこしたまま、頷きも、否定もしなかった。「いはらへん」

ない、というその響きが切なかった。

蜂谷が黙ったまま、絢子を見つめ続ける。絢子が大きく息を吸った。

「櫻子《さくらこ》はんも、潤子《じゅんこ》はんも、薫《かおる》はんも、三船《みふね》先生も――」

何人かの名前が、とめどなく絢子の口から出てくる。

その中には絢子の同年代の人だっているはずで、だとしたら、もういないとは限らないのではないか――、余計なことだと知りつつも歩美が思っていると、思いがけず、
絢子が続けた。

「あの人も、この人も、――――昭二、さまも」

それが絢子の許嫁の名前だということは、歩美も覚えていた。絢子の声が急に沈む。

かすれて、弱々しくなる。

「いはらへんのやな。あんたの他に、うちに会いたいと思てくれた人は」

絢子の声を聞いて、あっと思った。

絢子の目がすがるように蜂谷を見ている。蜂谷はさっきと同じく、ただにこにこし
ているだけだ。絢子が尋ねる。

「もう、来てくれはる人は、待ってても誰もいはらへんのやな。あんた以外」

「使者様の存在を、私はたまたま知ることができましたけど、他の皆さんはご存知なかったのだろうと思います」

蜂谷がようやく答えた。顔はあくまでもにこやかで、口調も明るく淡々としていた。

「それを信じる物好きも、私くらいのものだったということだと思います」

「嘘《うそ》や。あんた、知ってたんやったらきっと、昭二さまに頼んだやろ？　絢子のとこに会いに行くようにって。せやけど、あの方はきっと、来はらへんかったんやな」

蜂谷は、今度は答えなかった。またにこにこと笑みをたたえるだけの、置物のような存在に早変わりしている。

歩美は、驚きながら、その様子を見ていた。

死者との面会を仲介すると、時折、死者とは、生きている人の今を映す鏡のようだと思うことがある。

そこに本物の死者が現れているのかどうかとは別の次元で、生きている側は今の自分の何かを映したくて死者と対峙《たいじ》する。その人に叱《しか》られることや、時に、軽蔑《けいべつ》されることすら、望んでいるように見えることだってある。

けれど、今日は逆だった。絢子は今、自分のいなくなった後の歳月を、蜂谷の中に見ようとしている。蜂谷もその役目を、甘んじて引き受けているように思えた。

絢子の目から、すうーっと一筋、涙がこぼれた。

蜂谷がゆっくり、自分のハンカチを取り出して、絢子に渡した。絢子もそれを突っぱねたりせず、自分の目頭にあてる。その時になって初めて、蜂谷が語り出した。

「私が絢子さまにずっとお会いしたかったのは、絢子さまのいなくなった後のことを、あなたにちゃんとお話しして死にたかったからなんです。だから、使者様に伝えていただきました。蜂谷もとうとう、八十五になりました、と」

蜂谷が絢子を見る。その目が少し照れくさそうだった。

「絢子さまのお父さまも、お母さまも、お友達も先生も、それにそう、昭二さんも、皆あなたを喪った後、あなたのことを思わなかった日はありませんでしたよ。特にご両親は、たった一人で死なせてしまった、と仰っていましたが、絢子さまがいなくなってもずっと、心はあなたと一緒にありました。私たちは、絢子さまを決してひとりにはしませんでした。忘れませんでした」

絢子がハンカチを下ろし、まだ濡《ぬ》れている目を上げる。その絢子に諭《さと》し聞かせるように、蜂谷が言った。

「あなたに生きていていただきたかったです」

「あなた、なんてうちを呼んだりして、蜂谷は随分偉そうやな」

泣くのをやめた絢子は本来の勝気さを取り戻したように見えた。蜂谷が「ご勘弁を」と微笑《ほほえ》んだ。

「絢子さまよりずっと長生きしてしまって、年を取ると、こんなふうに口調が説教臭くなってしまう。失礼しました、絢子さま」

「――蜂谷は、うちに憧《あこが》れてたんやろ」

絢子の目がすうっと細くなる。けれどそれはもう睨むような尖った目線ではなく、何かを懐かしむような遠くを見つめる目つきだった。おずおずと、絢子が言った。

「絢子さまは私の憧れです、と言うてもろたこと、うちの幸せが自分の幸せだと、あんたが言うてたこと、よう覚えてるわ」

「身の程知らずな、大胆なことを申し上げました。覚えていただいていただなんて、蜂谷は幸せ者です」

「あんたはあれからどうしてたん。私がいいひんようになってから」

「『袖岡』で修業を続けて、三十代半ばで独立して自分で店を構えました。今は東京の神楽坂というところに、八つの夜と書いて『八夜』という店を持っています。もっとも、もう包丁は握っていませんが」

「板場のみんなにいじめられて泣いていた、あの蜂谷がなあ……」

「そうですねえ。自分でも信じられません」

「『袖岡』はどないなったん」

絢子がじっと蜂谷を見つめて、さらに尋ねる。

「約束やとうちが死んでも、昭二さまは結婚に関係なく袖岡の家に養子に入るということやったやろ。みんながうちのいいひんとこでそう取り決めてたことくらい、うち、ようわかってます。今、『袖岡』は昭二さまが継いでいるの？」

「それが、『袖岡』を継いだのは当時の花板だった近藤さんなんです。今は、そのさらにお弟子さんに代替わりしていますが」

「ええっ！　何やてっ！」

絢子の表情が一変する。歩美も内心、そこまで絢子に教えてしまうのかと、えっと思って蜂谷を見るが蜂谷は飄々《ひょうひょう》とした顔のまま座っている。

絢子が茫然《ぼうぜん》とした様子で尋ねる。

「あの人、京都には来はらへんかったん？」

「まあ、よかったんじゃないでしょうか。昭二さんはもともと料理の道には向かない人だったんですよ。大阪のご両親のお店で少しかじってみたようですけど、すぐに音を上げて金融業の方で会社を興《おこ》されたということでした。うちにきても、うまくいかなかったかもしれないですね」

「何よ！」

嚙《か》みつく勢いの絢子を前に、そんなことまで教えてしまってよいのか、とハラハラするが、蜂谷は相変わらずだ。

「ご自分が料理の道に向いていなくても、それでも絢子さまとご結婚したかったということだと思いますよ」

「……でも結局、あの人は京都に来てくれはらへんかったんやな」

「ええ」

「蜂谷は？」

絢子が尋ねる。その目の奥に透明な、優しい光があった。

「あんた今、家族は？　――まさか、うちを覚えてるために、ずっと一人でいてたん？」

その問いかけを受けて、蜂谷が困ったように微笑んだ。

「いえいえ。東京で店を構えてすぐに、見合いで知り合った女性と結婚しました。男の子三人と女の子一人の四人の子どもに恵まれて、私の店も、今は長男が切り盛りしてくれています」

絢子が無言で目を見開いた。呆気《あっけ》にとられたように蜂谷を眺めて、言った。

「ほな、あんた……」

「はい」

「幸せやないの」

「はい。幸せな人生を送らせていただいたと思います」

「あっきれた！　何や、うちのことを憧れやのなんやの言うといて、皆、うちがいいひんでもちゃあんと幸せやないの」

「幸せでしたけど、それでも、誰一人、あなたのいない人生でよかったと思った者はいませんよ」

蜂谷が微笑んだまま、だけど、さっきよりも毅然《きぜん》とした口調で言い切った。思いがけず強い調子で返ってきた声に、絢子がきょとんとした表情になる。その絢子に向けて、蜂谷がゆっくりと立ち上がり、近づいていく。

ソファ席に座る絢子の前で、恭《うやうや》しく、彼が跪《ひざまず》いた。

「絢子さまのご両親も、お友達も、昭二さんも、私も――。皆、それぞれの道を行きましたけど、本当はあなたとずっと時を過ごしたかった。運命が少し違って、今の自分の店も家族も持てなかったとしても、それでも、選べるならあなたの生きている世界で、私は生きたかった。他の人だって同じです。皆、そう思ってずっと絢子さまと一緒に生きてきました」

蜂谷が絢子をじっと見つめる。

「そのことを、お伝えしたかったんです」

「……それだけのために、わざわざ、うちを？」

絢子の顔から、それまでの険の強さが消えている。ハンカチを握りしめる手に、強く、力が入っていた。蜂谷が言った。「いいえ」

「実は、絢子さまをお呼び立てした一番の理由は違います。私はあなたに、もう一度、春の桜をお見せしたかったんです」

あ――、と思う。

蜂谷がにこにこしたまま、それまでずっと傍らにいた歩美の方を振り向いた。

「カーテンを、開けていただいてもよろしいですか？」

「――はい」

この部屋は、リモコン操作で自動で開くタイプのカーテンだ。歩美がボタンを押すと、外に――明るい夜が現れた。

満月の明かりと、夜桜見物の客のためのライトアップ。明るい夜が、窓の外に広がる。

蜂谷が低層階のこの部屋を希望した理由が、ようやくわかった。

窓の外、少し下を見れば、桜のこんもりとした花々がすぐ近くにある。おそらくはホテルに問い合わせて、どの部屋ならば桜がよく見えるか、事前に調べておいたのだろう。

――わあああああ、という、うっとりするようなため息の声が聞こえた。

その、素直で可憐《かれん》な声が、絢子の口から出たものだと、歩美には咄嗟《とっさ》にわからなかった。けれど、声の主は紛れもなく絢子で、窓に張り付くようにして、外の景色に見入っている。

「きれいやなあ、きれい！」

「はい」

「ほんまにきれいやな、蜂谷」

「ええ」

「あれは、下から明かりで照らしてはるの？　桜がまるで折り紙で作った花みたいにはっきり見えるわ」

「ええ」

蜂谷が相好を崩して、頷いた。その目が本当に嬉《うれ》しそうに細くなって、線のようになる。

「絢子さまは、桜が大好きでしたものね」

はしゃぐ絢子の様子を見ながら、蜂谷が面会場所に自分の店を、と考えているように思えたことが頭をよぎった。あの店の個室からも中庭の桜が見える。

蜂谷が、ふいに、無邪気に下を眺める絢子の後ろに一歩引き、眼鏡の下から、目頭を押さえた。

それは、絢子に気づかれない程度の、一瞬のことだった。目頭を押さえたまま、蜂谷が小さく口を開いた。息を吐きだすような一呼吸の間に、その口が、よかった、と動いたように、歩美には見えた。

蜂谷が毎回この時期を選んで依頼してきたのは、絢子の命日だからではないのだ。再会に桜が咲く時期を選んで、蜂谷は毎回、依頼を重ねていたのだ。

「なあ、蜂谷。あっちの窓からも見えるんとちゃうやろか」

「はいはい、あちらですね」

絢子に呼ばれ、そちらに行くまでの間に、蜂谷があわてて目頭を拭《ぬぐ》い、元通り眼鏡をかけ直す。

蜂谷を連れて桜に見入る絢子は、とても、とても嬉しそうだった。

「桜餅を、頼みましょうか」

歩美が声をかけると、窓に見入っていた二人がぱっと同時に振り向き、こっちを見た。その様子があまりに揃っていておかしく、微笑ましかった。

「ルームサービスで確か、そんなのがあったはずです。春のお花見セット、みたいな」

「ええなあ！　お願いしてもよろしい？」

〝ルームサービス〟ってわかるだろうか、と思ったけれど、絢子に言われ、歩美は頷く。恭しく「了解しました、お嬢様」と彼女に答えた。


朝になるまで、歩美は二人のお花見に付き合った。

高齢の蜂谷が途中、あれだけ待ちわびた再会の夜なのにもかかわらず居眠りしそうになったり、それを見た絢子が「起きて！」と蜂谷の頬をペチン、とはたいたり。夜から朝にかけて、桜を照らす光が変化していく様子を、絢子はずっと飽きずに見ていた。

歩美が頼んだルームサービスのお花見セットには、桜餅と日本酒に添えて小さな桜の一枝がついてきて、それも絢子を喜ばせた。消えてしまう寸前まで、絢子はそれを握り締めていた。

「蜂谷」

最後の時が近づいて、歩美はなるべく離れたところから、彼らを見ていた。

絢子が呼びかける。

「おおきに。また桜が見られるやなんて、思ってもみいひんかったわ」

「絢子さま。ありがとうございました」

蜂谷が言う。

「私は、絢子さまに出会えて、本当によかったです」

絢子が微笑んだ。持っていた桜の枝を、蜂谷の方にすっと差し出す。蜂谷がそれを受け取ると同時に——絢子が、消える。

夢から覚めるようなタイミングで、桜のその枝だけを残して、絢子の姿が完全に部屋から消えた。

蜂谷が放心したように、彼女がいた場所を見ている。桜の枝を握り締めるその手が、微かに震える。震え続け——、その震えが、どんどん大きくなる。

長く黙ったままの蜂谷に歩美が近づこうとしたその時、蜂谷が桜の枝を自分の頭上に掲げた。掲げたまま、その場に崩れ落ちた。

「蜂谷さ――」

体調を崩して倒れたのかと、歩美が慌《あわ》てて駆け寄る。が、そうではなかった。蜂谷は泣いていた。桜の枝を掲げ、その枝に縋《すが》るように、号泣していた。

支える歩美の腕を、「すいません」と言いながら摑《つか》む。泣き声の中から、途切れ途切れに言う。訴える。

「――まだね、十六歳だったんですよ。絢子さまは」

うう、ううう、と苦しそうに嗚咽《おえつ》しながら、蜂谷が続ける。

「桜を毎年、楽しみにしていらっしゃいました。生まれつき体が弱く、いつまで生きられるかと言われていた絢子さまは、次の桜を見られることを、私らの思うより、ずっとずっと、心待ちにしていたはずなんです。次の一年が生きられるかどうかと、一緒です」

「はい」

軽い蜂谷老人の体を支えながら、歩美まで胸が張り裂けそうになる。ただ、必死に頷いた。

「はい」

「絢子さまに、もう一度だけ、見ていただきたかったんです」

年老いた自分の姿を見せることになっても、それでも、蜂谷は絢子との再会を望んだ。もう、絢子に会いたいと希望して彼女に桜を見せられる人間が自分一人しかいないから。

——あの小僧だった蜂谷も、とうとう八十五になりました。

これが最後のチャンスだと、そのために、絢子に教えたのだ。見せたいというその気持ちが、自分のエゴかもしれないと、おそらくここまで何度も葛藤《かっとう》しながら、それでも、桜を前に、喜ぶ絢子の姿を見たくて。

体を二つ折りにして床に張り付いたまま、蜂谷が咽《むせ》び泣く。桜の枝を大事そうに握り締めながら。

その背中を、蜂谷が起き上がれるようになるまでずっと、歩美はさすり続けた。

8

朝日の中、蜂谷をホテルのタクシー乗り場まで送る。車に乗り込む前に、蜂谷が歩美に向け、疲れたように微笑んだ。

「お見苦しいところをお見せしました」

「いえ。そんなことはまったく」

「失礼ですが、使者様、ご結婚は？」

「あ、まだですが……」

「そうですか」

なんだろう、と思っていると、蜂谷が「いずれ」と続けた。

「もしいずれ、どなたか、いい人がいらしたら、うちの店につれてきてくださいね。ごちそうしますから」

「いや、そんな、ご厚意に甘えるわけには……」

蜂谷はこれで依頼人ではなくなるから、もう神楽坂の『八夜』を訪ねることもなくなると思っていた。つい、断る言葉が口を衝《つ》きそうになるが、蜂谷の目が優しく自分の方を見ているのを見て、気が変わった。

「――きちんと、自分のお金で食べにいきますから」

「おや、うちは高いですよ」

蜂谷が嬉しそうに言う。歩美もまた「知ってます」と微笑んだ。

タクシー乗り場からも、敷地内の桜はよく見えた。彼の視線がそっちを向いたのに合わせて、歩美も自然と同じ方を見る。

「同じ時代に生きられるということはね、尊いです」

おもむろに、蜂谷が言った。それは歩美に聞かせるというより、独白のような響きだった。

「私たちは皆、絢子さまの存在を常に思いながら生きてきましたけど、それでも、同じ時間をあれ以上過ごすことはできなかった。想い人や、大事な人たちと、同じ時間に存在できるということは、どれくらい尊いことか」

歩美を振り返り、蜂谷が言った。今度ははっきり、歩美に向けての声だった。

「まだお若いから、あなたはどうか、悔いのないように」

蜂谷から、「使者様」ではなく「あなた」と呼ばれるのは初めてだった。その声に、歩美は胸を射抜かれた。

蜂谷に向け、「はい」と答える。蜂谷が頷き、「では」とタクシーに乗り込む。満開の桜が咲く道を彼を乗せたタクシーが抜けていくのを、見えなくなるまで、歩美は見送った。

会社に向かう途中、スマホでメッセージを送る。

『おはようございます。今度、お話ししたいことがあるのですが、軽井沢まで訪ねて行ってもいいでしょうか』

まだ寝ているかと思っていたが、──奈緒は、起きていた。すぐに返信がある。

『おはようございます！　この間の「積み木パズル」の商品化のことについてですか？』

ためらいながら、だけど、すぐに返事を打つ。

『いえ、仕事ではなくて、個人的なことなのですが、いいでしょうか』

次の返信があるまで、緊張して、胸が子どものようにドキドキした。

思い出すのは、祖母の言葉だった。

ずっと──、この間、Kガーデンで小笠原時子に会った時から、本当はずっと反芻《はんすう》していた。


──歩美がもし将来結婚して──。

──もし、結婚したら、その相手には、なんでも話せるといいね。自分が使者のお務めをしてることも、お前の父さんや母さんのことも、みんな。なんでも、ね。

あの日、外で依頼人に会ってしまった時。一緒にいたのが奈緒でなければ、歩美はもっと焦《あせ》ったのではないか。ごまかそうと、必死になったかもしれない。そうならなかったのは、歩美自身、思っていたからなのかもしれない。

いつか、奈緒に全部話せればいい、と。

無論、話すのは、相手に負担を強いることだ。けれど、今すぐでなくても、いい。いつか、奈緒に話したい。少なくとも、今のこの自分の気持ちだけは伝えておきたい。

歩美は奈緒が好きだ。

ドイツくらいの、距離がなんだ、と思う。

困らせてしまうだろうし、フラれる可能性も高い。歩美の方が、奈緒より三歳も年下だ。頼りないと思われても仕方ないし、何よりこれから大事な修業が始まる奈緒にとっては迷惑な話かもしれない。けれど、歩美の想い人は、今、自分と同じこの世界で、同じ時間の中にいる。同じ時に生きている。

ばあちゃんだったら、応援してくれるんじゃないか。

そう思ったすぐ後に、その考えを打ち消す。

いや、逆に、ばあちゃんだったら、奈緒に迷惑だって怒るかもしれない。

現実に自分が恋愛の話を祖母にすることなんて、生きていた頃もなかったことなのに、ついそう考えてしまうのはなぜだろう。

うっすらと風が吹き、桜の花が流れる。

——あの人だったらどう言うだろうと思いながら、今日も、歩美は生きている。この道を、歩いていく。

携帯が震え、覗《のぞ》き込むと、奈緒からメッセージが届いたようだった。高鳴る胸を押さえて、歩美はゆっくり、画面を開く。続きを見るのが、怖かった。

『ＯＫです！　来週の火曜日はいかがですか』

見て、全身からはーっと吐息が漏れる。

『よろしくお願いします』と打ち返して、スマホをしまい、朝日の方向に向かって、歩美は歩きだした。

謝辞

第二章「歴史研究の心得」を執筆するにあたり、作中の短歌を川村蘭太さんに作成していただきました。すでに決まっている物語の枠組みの中に、著者が創作した架空の歴史に沿った歌を詠《よ》んでいただくという無理難題だったにもかかわらず、懐《ふところ》深く、ご理解を示して素敵な歌をいただけましたこと、心より感謝申し上げます。

また、第三章「母の心得」の執筆にあたって、服部和子さんと深木章子さんにお話を伺いました。ご家族の大切な思い出を著者の描く「ツナグ」の小説世界にお預けいただけたこと、こちらも心より感謝申し上げます。

作中のドイツ語につきましては、熊谷徹《くまがいとおる》さんに翻訳と監修をお願いしました。不勉強な著者を助けていただき、おかげで作中の再会を実現させることができました。心から御礼申し上げます。

また新潮社の木村由花さんにも、心からの感謝を。
由花さんの存在なくしては、『ツナグ』が生まれることはありませんでした。時間がかかりましたが、約束通り二作目も本になりましたので、いつか、歩美に頼んで渡しに行けたら嬉しいです。

皆様との〝ご縁〟に感謝いたします。ありがとうございました。

解説

深木章子

辻村深月という作家をひと言で評するなら、彼女がどんなときも飽くなき探求心で人間を見つめているということに尽きる。私は常々そう感じている。

いきなり私事で申し訳ないのだが、私が辻村深月氏に初めてお目にかかったのは、二〇一五年四月。いまから七年前のことである。

同じミステリ作家ではあっても、それまでは一面識もなかった私が、その日、新潮社の長谷川氏と私の母も交え――図らずも品川駅近くの某高級ホテルで――辻村氏と対面する運びとなったのには、もちろん事情があった。というのも、何を隠そう、本書の第三話「母の心得」は、現在九十七歳になる私の母と、二十八歳で亡《な》くなった私の姉が登場人物のモデルになっているからで、私の家族を題材にした小説を書くにあたり、当人の母はもちろん、私の了解も得ておきたいと感じられたようだ。

実をいえば、母と辻村氏とのお付き合いはそれ以前から始まっている。母が、大正十一年創業の老舗《しにせ》宴会場兼結婚式場・東京會舘《かいかん》の機関紙に寄稿した雑文が、たまたま辻村氏の目に留まったことに端を発し、実話とフィクションが融合した、氏の作品の中でも異色の小説『東京會舘とわたし』の第三章「灯火管制の下で」の登場人物のモデルとなったことがそれで、本当にひょんなことから始まったご縁というしかない。

そして、そのとき母が話した姉のドイツ留学とその後の発病・結婚のいきさつに、辻村氏は何か心に響くものを感じられたのだろう。母が今回のお話もありがたく了承したことはいうまでもない。

それればかりか、なんとお相伴にあずかった私までもが——四十代の美人という実物とかけ離れた設定ながら——本書に登場する結果となったのはまことに面映《おもは》ゆいのだけれど、以来、辻村氏とは実り多くも楽しい交流を続けさせていただいている。

そこで、本書『ツナグ　想《おも》い人の心得』だが、私がこの作品を高く評価するのは、むろんそんな個人的な思い入れからではない。これが第三十二回吉川英治文学新人賞に輝いた『ツナグ』とともに、氏の代表作の一つであることに誰も異論はないだろう。わけても本書の前作にあたる『ツナグ』は、私の中では辻村作品の最高峰に位置する小説で、そこには、辻村氏を辻村氏たらしめている卓抜した想像力と感性が、なんのてらいもなくストレートな形で開陳されている。

もちろん、筋立てそのものは奇想天外だといってもいい。

すなわち、この小説世界では、今を生きている者が、物理的にはもはや会うことが不可能な死者と面会する方法があるのだという。ただし、死者に会えるのは満月の日のひと晩だけ。それも、依頼人にとっても死者にとってもたった一度きりの機会である。死んだ人間と生きた人間を会わせる、その重要な役目を担《にな》うのが使者＝ツナグと呼ばれる人たちで、「ツナグ」は、依頼人からの連絡を受け、依頼人が会いたいと希望する死者に交渉する。そこで死者の承諾を得て初めて、面会の段取りを整えるのだ。

とはいえ、希望すれば誰もが依頼人になれるわけではない。何度電話しても繫《つな》がらない人がいる一方で、本当に必要な人には、ちゃんと「ツナグ」との縁がやってくる。要するに、それは巡り合わせなのである。

その「ツナグ」の役割は、由緒《ゆいしょ》ある占いの家系である秋山家で代々引き継がれてきたのだが、現在その仕事を託されているのは、弱冠十七歳にして、祖母のアイ子から突然の引き継ぎを受けた高校生の歩美《あゆみ》である。当然ながら、この特殊な能力を持っている以外はごくふつうの若者だから、戸惑いも迷いも多い。

この『ツナグ』という小説は、従って、一話一話のヒーローやヒロインはそれぞれに存在するけれど、小説全体としては、歩美を主人公とする一種の成長物語となっている。

そして、このきわめて独創的なファンタジーが、いわゆる特殊設定ものの範疇《はんちゅう》に止《とど》まらず、現実の世界で悩み、苦しみ、もがく人たちの日常生活と違和感なく融合しているところが、まさに辻村氏の真骨頂といえるだろう。

もし、本書を読む前にこの解説をパラパラとめくっている読者で、まだ『ツナグ』を未読の方がおられたら、ぜひそちらを先に読まれることをお勧めしたい。

けれどむろん、その続編である本書も負けてはいない。形式的には前作を踏襲しているのは当然として、ファンタジーの要素と現実世界が物語の根幹部分で混然一体となっている点では、むしろ格段の進化を遂げているといっていい。

ここでその内容を簡単に説明すると、第一話の「プロポーズの心得」は、ある事情から、自分と母親を棄《す》てた亡父と面会することになった若い俳優の物語である。その顔も覚えていない酒浸りで浮気性の父親から、彼は意外にも、自分の想い人にプロポーズをする勇気をもらうのだが、この話自体が前作の『ツナグ』から本作への架け橋となっている。

第二話の「歴史研究の心得」は、シリーズの中ではやや特異な短編といえそうだ。なにしろ新潟県に住む元教員の依頼人が面会を希望した相手は、一五八七年に没した戦国時代の領主なのだから。亡き祖母から使者の仕事を引き継いで七年。ここでは社会人となった渋谷歩美の日常生活が描かれ、読者は彼の今後に明るい期待をせずにはいられない。

第三話の「母の心得」では、亡き娘と面会するふたりの母親の物語が交互に展開する。子供に起きたことはなんでも自分に責任がある――。子供に生を授けた母親がそう感じるのは、どうしようもない性《さが》なのだろうか。それぞれ異なる状況で娘を亡くし、全く対照的な心境でその日に臨んだ彼女たちが、無事面会を果たした後、互いにそうとは知らずに言葉を交わすラストシーンが強い印象を残す。

第四話の「一人娘の心得」は、それまでとは一転して、「ツナグ」に頼らない人たちの物語である。死者に会うことは、誰かの死を消費することと同義の、生きている人間の欺瞞《ぎまん》なのではないか。作者自身があえて疑問を呈することで、小説としての深みがぐっと増したことを感じさせられる。ひとりの人間としても、また「ツナグ」としても、歩美の生き方に大きな転換期が訪れたことを示す結末だ。

そして、第五話の「想い人の心得」。ここでは、七十年近い年月をひたすら亡き「想い人」を胸に過ごしたひとりの老人の生きざまとその心根が描かれる。「想い人や、大事な人たちと、同じ時間に存在できるということは、どれくらい尊いことか」。彼が語る言葉に胸を射抜かれた歩美が、自らも人生の大きな一歩を踏み出そうとするエンディングは、今を生きる者の充実感に満ちて清々《すがすが》しい。『ツナグ』から続く本書の掉尾《とうび》を飾るにふさわしい傑作短編である。

もっとも、形式的には前作を踏襲しているとはいえ、その中身は完全にイコールではない。生者が「ツナグ」の媒介によって死者との対面を果たす構造は変わらないものの、本作においては、歩美の成長物語としての側面がよりクローズアップされ、木製のおもちゃに代表される素朴で味わい深い木工製品が象徴する、地に足のついた生活を肯定する作者の思想が色濃く反映されている点は注目に値するといえよう。

小説技法としても――作品自体はミステリではないけれど――魅力的な謎《なぞ》が物語を牽引《けんいん》するミステリ的手法を取り入れ、いい意味で挑戦的だった前作に比べ、本作は、脇役《わきやく》をも含めた登場人物の確かな個性と存在感が物語を紡《つむ》いでいく、小説としてより成熟した作品となっている。

そこにはおそらく前作と本作との間の作者自身の変化と経験があるはずで、それが『ツナグ』から七年の歳月を経た歩美の成長とも符合している感がある。

最後になったが、私たち読者にとって嬉《うれ》しいことに、本作品の後も、辻村氏は意欲的な長編や短編を次々と発表されている。

氏の作品を読めば読むほど、私はつくづくと、この人の目はひたすら人間に向けられているという感を深くする。それは、すでにデビュー作『冷たい校舎の時は止まる』でも顕著だったのだが、年を経るごとに、その作風がいわゆるエンターテインメント小説の枠を超え、純文学の領域にまで広がっていると思えてならない。

辻村作品がこれほど多くの読者を惹《ひ》きつけている理由のひとつはおそらくそこにある。氏の小説にあっては、プロットの面白さや展開の巧みさも、すべてはその奥にある作者の思想に奉仕しているといったら僭越《せんえつ》に過ぎるだろうか。

しかし考えてみれば、かの『源氏物語』にしても、当時の貴族社会においては一大エンターテインメント小説だったことは間違いない。それでもその物語が今なお燦然《さんぜん》たる輝きを失わず、現代に生きる我々の心を打つのは、実在の人物をモデルにしたスキャンダラスなストーリーや、当時のゴシップを下敷きにしたと思われる数々のエピソードの奥に、そこに生きる人間を真剣に見つめる作者の鋭くかつ真摯《しんし》な目があるからである。

同様に、辻村氏のこの「ツナグシリーズ」が今後も末長く読み継がれていくことを、私は願ってやまない。

（二〇二一年三月、作家）

この作品は二〇一九年十月新潮社より刊行された。

辻村深月著　ツナグ
吉川英治文学新人賞受賞

一度だけ、逝った人との再会を叶えてくれるとしたら、何を伝えますか――死者と生者の邂逅がもたらす奇跡。感動の連作長編小説。

辻村深月著　盲目的な恋と友情

まだ恋を知らない、大学生の蘭花と留利絵。やがて蘭花に最愛の人ができたとき、留利絵は。男女の、そして女友達の妄執を描く長編。

三浦しをん著　きみはポラリス

すべての恋愛は、普通じゃない――誰かを強く大切に思うとき放たれる、宇宙にただひとつの特別な光。最強の恋愛小説短編集。

米澤穂信著　満願
山本周五郎賞受賞

磨かれた文体と冴えわたる技巧。この短篇集は、もはや完璧としか言いようがない――。驚異のミステリー3冠を制覇した名作。

道尾秀介著　龍神の雨

血のつながらない父を憎む蓮。実母を殺したのは自分だと秘かに苦しむ圭介。降りやまぬ雨、ひとつの死が幾重にも波紋を広げてゆく。

町田そのこ著　夜空に泳ぐチョコレートグラミー
R-18文学賞大賞受賞

大胆な仕掛けに満ちた「カメルーンの青い魚」他、どんな場所でも生きると決めた人々の強さをしなやかに描く五編の連作短編集。

一木けい著
1ミリの後悔もない、はずがない
R－18文学賞読者賞受賞
誰にも言えない絶望を生きられたのは、桐原との日々があったから――。忘れられない恋が閃光のように突き抜ける、究極の恋愛小説。

江國香織著
ちょうちんそで
雛子は「架空の妹」と生きる。隣人も息子も「現実の妹」も、遠ざけて――。それぞれの謎が播かれ、織り成される、記憶と愛の物語。

小野不由美著
月の影 影の海（上・下）
―十二国記―
平凡な女子高生の日々は、見知らぬ異界へと連れ去られ一変した。苦難の旅を経て「生」への信念が迸る、シリーズ本編の幕開け。

小川洋子著
博士の愛した数式
本屋大賞・読売文学賞受賞
80分しか記憶が続かない数学者と、家政婦とその息子――第1回本屋大賞に輝く、あまりに切なく暖かい奇跡の物語。待望の文庫化！

恩田陸著
歩道橋シネマ
その場所に行けば、大事な記憶に出会えると――。不思議と郷愁に彩られた表題作他、著者の作品世界を隅々まで味わえる全18話。

荻原浩著
押入れのちよ
とり憑かれたいお化け、No.1。失業中サラリーマンと不憫な幽霊の同居を描いた表題作他、必死に生きる可笑しさが胸に迫る傑作短編集。

奥田英朗著
噂の女
男たちを虜にすることで、欲望の階段を登ってゆく〝毒婦〟ミユキ。ユーモラス&ダークなノンストップ・エンタテインメント！

小田雅久仁著
本にだって雄と雌があります
Twitter文学賞受賞
本も子どもを作る——。亡き祖父の奇妙な主張を辿ると、そこには時代を超えたある〈秘密〉が隠されていた。大波瀾の長編小説！

津村記久子著
この世にたやすい仕事はない
芸術選奨新人賞受賞
前職で燃え尽きたわたしが見た、心震わすニッチでマニアックな仕事たち。すべての働く人の今を励ます、笑えて泣けるお仕事小説。

奥野修司著
魂でもいいから、そばにいて
—3・11後の霊体験を聞く—
誰にも言えなかった。でも誰かに伝えたかった——。家族を突然失った人々に起きた奇跡を丹念に拾い集めた感動のドキュメンタリー。

梶尾真治著
黄泉がえり
会いたかったあの人が、再び目の前に——。死者の生き返り現象に喜びながらも戸惑う家族。そして行政。「泣けるホラー」、一大巨編。

川上弘美著
どこから行っても遠い町
二人の男が同居する魚屋のビル。屋上には、かたつむり型の小屋——。小さな町の人々の日々に、愛すべき人生を映し出す傑作小説。

金原ひとみ著　マザーズ
ドゥマゴ文学賞受賞

同じ保育園に子どもを預ける三人の女たち。追い詰められる子育て、夫とのセックス、将来への不安……女性性の混沌に迫る話題作。

金原ひとみ著　軽薄

私は甥と寝ている——。家庭を持つ29歳のカナと、未成年の甥・弘斗。二人を繋いでしまった、それぞれの罪と罰。究極の恋愛小説。

金原ひとみ著　アンソーシャル ディスタンス
谷崎潤一郎賞受賞

整形、不倫、アルコール、激辛料理……。絶望の果てに摑んだ「希望」に縋り、疾走する女性たちの人生を描く、鮮烈な短編集。

桐野夏生著　東京島
谷崎潤一郎賞受賞

ここに生きているのは、三十一人の男たち。そして女王の恍惚を味わう、ただひとりの女。孤島を舞台に描かれる、〝キリノ版創世記〟。

北村　薫著　スキップ

目覚めた時、17歳の一ノ瀬真理子は、25年を飛んで、42歳の桜木真理子になっていた。人生の時間の謎に果敢に挑む、強く輝く心を描く。

黒川博行著　大博打

なんと身代金として金塊二トンを要求する誘拐事件が発生。驚愕する大阪府警だが、犯行計画は緻密を極めた。驚天動地のサスペンス。

窪 美澄 著
トリニティ
織田作之助賞受賞
ライターの登紀子、イラストレーターの妙子、専業主婦の鈴子。三者三様の女たちの愛と苦悩、そして受けつがれる希望を描く長編小説。

小池真理子著
望みは何と訊かれたら
殺意と愛情がせめぎあう極限状況で生れた男女の根源的な関係。学生運動の時代を背景に愛と性の深淵に迫る、著者最高の恋愛小説。

越谷オサム著
陽だまりの彼女
彼女がついた、一世一代の嘘。その意味を知ったとき、恋は前代未聞のハッピーエンドへ走り始める――必死で愛しい13年間の恋物語。

佐藤多佳子著
明るい夜に出かけて
山本周五郎賞受賞
深夜ラジオ、コンビニバイト、人に言えないトラブル……夜の中で彷徨う若者たちの孤独と繋がりを暖かく描いた、青春小説の傑作！

桜木紫乃著
ラブレス
島清恋愛文学賞受賞・突然愛を伝えたくなる本大賞受賞
旅芸人、流し、仲居、クラブ歌手……歌を心の糧に波乱万丈な生涯を送った女の一代記。著者の大ブレイク作となった記念碑的な長編。

桜木紫乃著
緋の河
どうしてあたしは男の体で生まれたんだろう。自分らしく生きるため逆境で闘い続けた先駆者が放つ、人生の煌めき。心奮う傑作長編。

木皿泉著　**カゲロボ**

何者でもない自分の人生を、誰かが見守ってくれているのだとしたら――。心に刺さって抜けない感動がそっと寄り添う、連作短編集。

中江有里著　**残りものには、過去がある**

二代目社長と十八歳下の契約社員の結婚式。この結婚は、玉の輿？ 打算？ それとも――。中江有里が描く、披露宴をめぐる六編！

篠田節子著　**長女たち**

恋人もキャリアも失った。母のせいで――。認知症、介護離職、孤独な世話。我慢強い長女たちの叫びが圧倒的な共感を呼んだ傑作！

島本理生著　**大きな熊が来る前に、おやすみ。**

彼との暮らしは、転覆するかも知れない船に乗っているかのよう――。恋をすることで知る心の闇を丁寧に描く、三つの恋愛小説。

ジェーン・スー著　**生きるとか死ぬとか父親とか**

母を亡くし二十年。ただ一人の肉親である父と私は、家族をやり直せるのだろうか。入り混じる愛憎が胸を打つ、父と娘の本当の物語。

住野よる著　**か「」く「」し「」ご「」と「**

5人の男女、それぞれの秘密。知っているようで知らない、お互いの想い。『君の膵臓をたべたい』著者が贈る共感必至の青春群像劇。

中島京子著

樽とタタン

小学校帰りに通った喫茶店。わたしはコーヒー豆の樽に座り、クセ者揃いの常連客から人生を学んだ。温かな驚きが包む、喫茶店物語。

早見和真著

イノセント・デイズ

日本推理作家協会賞受賞

放火殺人で死刑を宣告された田中幸乃。彼女が抱え続けた、あまりにも哀しい真実——極限の孤独を描き抜いた慟哭の長篇ミステリー。

ブレイディみかこ著

ぼくはイエローでホワイトで、ちょっとブルー

Yahoo!ニュース|本屋大賞ノンフィクション本大賞受賞

現代社会の縮図のようなぼくのスクールライフは、毎日が事件の連続。笑って、考えて、最後はホロリ。社会現象となった大ヒット作。

宮部みゆき著

小暮写眞館（I〜IV）

築三十三年の古びた写真館に住むことになった高校生、花菱英一。写真に秘められた物語を解き明かす、心温まる現代ミステリー。

森見登美彦著

太陽の塔

日本ファンタジーノベル大賞受賞

巨大な妄想力以外、何も持たぬフラレ大学生が京都の街を無闇に駆け巡る。失恋に枕を濡らした全ての男たちに捧ぐ、爆笑青春巨篇！

森　美樹著

主婦病

R-18文学賞読者賞受賞

新聞の悩み相談の回答をきっかけに、美津子は夫に内緒で、ある〈仕事〉を始めた——。生きることの孤独と光を描ききる全6編。

山田詠美著　蝶々の纏足・風葬の教室
平林たい子賞受賞

私の心を支配する美しき親友への反逆。教室の中で生贄となっていく転校生の復讐。少女が女に変身してゆく多感な思春期を描く3編。

山本文緒著　アカペラ

祖父のため健気に生きる中学生。二十年ぶりに故郷に帰ったダメ男。共に暮らす中年の姉弟の絆。奇妙で温かい関係を描く三つの物語。

横山秀夫著　ノースライト

誰にも住まれることなく放棄されたY邸。設計を担った青瀬は憑かれたようにその謎を追う。横山作品史上、最も美しいミステリ。

綿矢りさ著　ひらいて

華やかな女子高生が、哀しい眼をした地味な男子に恋をした。でも彼には恋人がいた。傷つけて傷ついて、身勝手なはじめての恋。

角田光代著　私のなかの彼女

書くことに祖母は何を求めたんだろう。母の呪詛。恋人の抑圧。仕事の壁。全てに抗いもがきながら、自分の道を探す新しい私の物語。

小川　糸著　あつあつを召し上がれ

恋人との最後の食事、今は亡き母にならったみそ汁のつくり方……。ほろ苦くて温かな、忘れられない食卓をめぐる七つの物語。

奥野克巳著　ありがとうもごめんなさいもいらない森の民と暮らして人類学者が考えたこと

ボルネオ島の狩猟採集民・プナンには、感謝や反省の概念がなく、所有の感覚も独特。現代社会の常識を超越する驚きに満ちた一冊。

岡潔著・森田真生編　数学する人生

自然と法界、知と情緒……。日本が誇る世界的数学者の詩的かつ哲学的な世界観を味わい尽す。若き俊英が構成した最終講義を収録。

上橋菜穂子著　狐笛のかなた
野間児童文芸賞受賞

不思議な力を持つ少女・小夜と、霊狐・野火。森陰屋敷に閉じ込められた少年・小春丸をめぐり、孤独で健気な二人の愛が燃え上がる。

石田衣良著　4TEEN【フォーティーン】
直木賞受賞

ぼくらはきっと空だって飛べる！　月島の街で成長する14歳の中学生4人組の、爽快でちょっと切ない青春ストーリー。直木賞受賞作。

伊坂幸太郎著　オー！ファーザー

一人息子に四人の父親!?　軽快な会話、悪魔的な箴言、鮮やかな伏線。伊坂ワールド第一期を締め括る、面白さ四〇〇%の長篇小説。

伊与原新著　月まで三キロ
新田次郎文学賞受賞

わたしもまだ、やり直せるだろうか――。ままならない人生を月や雪が温かく照らし出す。科学の知が背中を押してくれる感涙の6編。

ツナグ　想《おも》い人《びと》の心得《こころえ》

新潮文庫　つ－29－2

令和四年七月一日発行
令和六年十一月十五日六刷

著者　辻《つじ》村《むら》深《み》月《づき》
発行者　佐藤隆信
発行所　株式会社 新潮社

郵便番号　一六二―八七一一
東京都新宿区矢来町七一
電話　編集部(〇三)三二六六―五四四〇
　　　読者係(〇三)三二六六―五一一一
https://www.shinchosha.co.jp

価格はカバーに表示してあります。
乱丁・落丁本は、ご面倒ですが小社読者係宛ご送付ください。送料小社負担にてお取替えいたします。

印刷・大日本印刷株式会社　製本・加藤製本株式会社

ISBN978-4-10-138883-0 C0193